Anna Kolmodin

Boken om Emma

Vägen till mod och frihet

Illustration: Anna Kolmodin
Korrekturläsning: Diana Kreander och Maria Håård

Förlag: BoD · Books on Demand, Stockholm, Sverige
Tryck: Libri Plureos GmbH, Hamburg, Tyskland

ISBN: 978-91-8080-740-1

ETT

Ännu ett brev. En måne. Sand. Vattnet viskar i mörkret, natten är sammetsmjuk och sanden fortfarande varm efter dagens sol. Det viskar i palmbladen bakom mig. Fullmånen glittrar i vattnet och jag håller brevet försiktigt, så försiktigt. Ett brev. Ett innehåll som jag ännu inte vet om jag vill läsa. Min nuvarande digitala detox har fört mycket ovanligt med sig. Speciellt ovanligt känns det att hålla brevet i handen och föreställa sig hur du har suttit där med pennan i din hand, blickandes ut över lägenheten där hemma. Hur du i ditt huvud format orden, hur du smakat på dem och formulerat om dem tills du hittat precis de rätta orden att fästa på papperet. Papperet som nu ligger tryggt inbäddat i kuvertet som jag håller i handen. Jag ser framför mig hur du viker ihop papperet och omsorgsfullt klistrar igen kuvertet, för att sen rota runt bland dina mångfärgade post-it-lappar tills du hittar lappen med min nuvarande adress. Så mycket av dig som jag nu håller i min hand.

Jag satte mig försiktigt ned på en av solstolarna på stranden. Det var något helt annat att sitta där, omsluten av varmt mörker, än på dagen, i gassande sol. Den fulla månen kastade långa skuggor på stranden från parasollerna mellan solstolarna. Jag höll brevet mot mitt bröst, tittade ut över det månskensglittrande vattnet och bestämde mig för att jag skulle läsa brevet imorgon. Jag gav mig själv en natt till utan att veta, utan att undra. Jag släppte allt, la tankarna åt sidan och tömde mig på tankar om då, sen, kanske, om bara. Jag lät mig vara här och nu, kände den ljumma tropiska natten mot min hud, kände fullmånens glitter i hjärtat och bäddades in av de varma vindarna med palmbladens rassel i öronen. Här var jag nu. I paradiset. Ett av alla paradis längs min väg. Dåtiden spelade ingen roll, inte framtiden heller. Den ljumma natten fyllde mig med nu, med livet, med kraft, mod och styrka. Den här resan gjorde mig starkare och bättre. Mer och mer hemma i mig själv, ju fler ställen jag besökte. Mer och mer viss om att jag har allt jag behöver inom mig. Hela universum finns i mig. Jag la mig ned på solstolen och lät nuet skölja genom mig.

Med ett ryck vaknade jag till. Jag hade flutit bort i mig själv, men öppnade nu ögonen och kisade mot det glittrande vattnet. Jag satte mig upp, gnuggade mig i ögonen och såg mig omkring. Mitt rum var inte alls långt ifrån stranden och jag ställde mig upp, letade upp mina flip-flops i sanden och började sakta gå mot mitt rum. En skugga lösgjorde sig från palmen närmast mig. "Madame". Det vänliga tilltalet gled emot mig genom det sammetslena mörkret.

"Yes?". Skuggan kom närmre och jag kände igen en av männen som brukade gå fram och tillbaka i den 35-gradiga värmen, längs stranden på den lilla ön, och sälja saronger om dagarna.

"Oh hi" fick jag ur mig.

Mannen log mot mig och pekade på solstolen. "Did you sleep?" Jag skrattade till och mumlade något om sol och värme och månsken och vatten. Mannen skrattade och frågade: "Do you live here?".

"Yes, I'm going home now".

"Ok, see you tomorrow madame! My name is Wayan."

"Ok, bye for now".

Jag gick vidare mot mitt rum med huvudet fullt av frågor. Varför stod han vid palmen mitt i natten? Varför väntade han på mig? Varför pratade han med mig och ville egentligen ingenting?

Jag låste upp glasdörren på min veranda och gick in, la brevet på bordet i mitt rum och klädde direkt av mig, gick in i duschen och duschade av mig all sand. Jag kände mig lugn, glad och trygg. Äventyret väntade, som alltid, utanför min dörr, och jag hade ett hem här i mitt lilla rum. Min enda packning var en ryggsäck, men trots detta så lyckades jag alltid fylla upp de rum jag bodde i med mina saker, så det direkt kändes som om jag bott där hur länge som helst.

Jag lade mig i den bäddade sängen. Det var inte helt fel att alltid bo på hotell och ha någon som städade, bäddade och lagade mat. Jag tog upp mobilen och gick igenom dagens bilder, sorterade bort några och redigerade några. Jag älskade att fotografera allt jag var med om och bilderna var som små påminnelser om känslorna som jag känt när jag upplevt allt jag var med om. En sådan rikedom! Ett bibliotek av upplevelser som jag när som helst kunde dyka ned i, för att få uppleva sakerna igen och igen och igen. Jag satte mobilen på laddning, satte på min kvällsmeditation, släckte lampan och somnade ett par meningar in i meditationen. Som vanligt. Men meditationen jag lyssnade på var till för att somna till, så det var precis som det skulle.

Det hade tagit ett tag att finna lugnet i resan, på mina destinationer och i livet som digital nomad. Beslutet att åka iväg under hela vintern hade varit ljuvligt, svårt, spännande och utmanande. Att vara femtiosex och ge sig ut på ett ensam-äventyr och lämna barnen, visserligen stora, men ändå, vind för våg hemma i Sverige. Att vara sambo och lämna sin partner hemma, för att vara ifrån varandra i flera månader, var inte heller helt enkelt eller självklart. Marko och jag hade haft många långa samtal innan jag bestämde mig. Men att vara så erbarmligt trött på kyla och mörker och dessutom vara egenföretagare med ett uppdrag som gav en möjlighet att jobba varifrån som helst var för bra förutsättningar för att kunna missa. Jag hade tvingat mig själv att nonchalera den oro och rädsla som dök upp, och helt enkelt bara bestämt mig för att åka. Allt föll på plats efter det.

Mitt hjärta brann för solen, värmen, äventyret, upptäckterna och de vita stränderna. Så här var jag nu. Sovandes i en säng på Gili meno. Redo för allt och hela tiden närmare och närmare mig själv och min själ.

TVÅ

Jag vaknade tidigt nästa morgon och drog ifrån gardinerna och blickade ut över havet, som nu var ett helt annat hav än kvällen innan. Det var det jag älskade med havet, alltid föränderligt, det hade alla humör, alla färger, alla känslor. Idag var havet ganska stilla, med bara svaga krusningar, illande blått och solen sken redan starkt. Jag slängde på mig en bikini och en klänning, tog mobilen och nyckeln och gick direkt till frukostmatsalen. Alla hälsade vänligt på mig och det var redan fullsatt vid poolen. Just nu bodde jag på ett av de bättre hotellen på min resa, på en "honey moon island", så det var många par och lugnt och skönt, välstädad och ganska lyxigt, jämfört med hur jag brukar bo. Idag valde jag kokospannkaka och fruktsallad till frukost, med kaffe och mangojuice. Då kom jag ihåg: brevet! Jag hade till och med lyckats glömma bort brevet. Jag fick lite mer bråttom än vanligt med frukosten och gick tillbaka till mitt rum. Nu skulle jag läsa brevet. Jag låste upp rummet och tog brevet och la mig i solstolen på verandan och öppnade kuvertet. Nu skulle jag få veta.

Kära,

det är svårt att hitta rätt ord för så här stora saker, det känns som om de flesta ord blir så fjuttiga i sammanhanget. Men jag försöker ändå.

När du reste iväg var jag förtvivlad. Jag ville åka med, men ändå inte, det här var din resa, ditt måste, och jag kände att du behövde få ha det ifred. Jag var så ledsen när du åkte iväg. Jag saknade vår vardag, självklarheten, gemenskapen. Du vet att du är min bästa vän och att jag älskar dig över allt annat. Jag älskar det liv vi har skapat tillsammans och det vi har byggt upp. Men jag vet också att du är en fantastiskt frihetsälskande människa, att du behöver ditt space och den här resan är ju definitivt bevis på att du klarar dig hur bra som helst helt själv. Resan har ju på något sätt blivit som en paus för oss, och det kanske vi behövde. Det kanske inte bara var du som behövde resa, kanske behövde jag också space, eftertanke och någon slags frihet. Well. Jag har gått igenom så mycket känslor och tankar under din frånvaro och jag tror att jag har kommit fram till följande:

Jag tycker inte att vi ska bo ihop längre. Jag vet inte vart vårt förhållande kommer att ta vägen och om vi kommer att leva ihop eller tillsammans på något sätt, men jag känner, trots saknaden, att både du och jag behöver mer space än vad vi har haft. Vi behöver växa starka och vackra var för sig. Vi behöver frihet. Jag älskar dig. Jag vet att du älskar mig. Jag vet att allt kommer att bli till det bästa. Jag vill inte att vi är ovänner eller att vi ska dela på oss på något dramatiskt sätt. Jag vill att vi kan prova att bo isär, fortsätta vårt förhållande, om du också vill det, och se vart alltihop tar vägen. Vill du? Vad vill du?

Det har varit värdefullt att få skriva ett riktigt brev på ett riktigt papper, att veta att det kommer att ta tid innan brevet når dig, och att veta att det kommer att dröja innan jag får svar. Men kanske är din digitala detox över snart? Kanske kan vi höras på telefon? Hur du än hör av dig, så hoppas jag att du hör av dig snart, så får vi diskutera hur vi vill ha det framöver. Men du har ju några månader kvar på din resa, dem ska du njuta av! Jag önskar dig allt gott på vägen och jag älskar dig över allt annat, du är min allra, allra bästa vän.

Stor kram från din alldeles egna Marko. "

Ja la ned brevet. Var det det här jag hade velat höra hela tiden? Just nu stormade det i mig, jag kände både en rungande glädje som skrek "JA!" och en bottenlös besvikelse. Mannen som jag älskade ville inte bo med mig längre. Visserligen hade nog mitt mål hela tiden varit att vi skulle komma fram till att vi skulle flytta isär, men när det kom så här, svart ord på ett vitt papper så blev det så verkligt, så kallt, så direkt. Jag kände att tårarna rann ned för mina kinder och torkade sakta bort dem. Jag måste låta det här landa i mig, jag fick ta en soft dag idag, bara ligga vid stranden, tänka, skriva, snorkla. Jag gick in och packade min lilla tygpåse som jag brukade ha med mig till stranden. Snorkel, mobilväskan, solkräm, solbrillor, mobilen, sarongen, solhatt, öronproppar, hörlurar, lite pengar. Gömde undan pass och dator, tog mina flip-flops och gick ned till samma solstol som jag legat på igår kväll. Jag var tidig och solstolarna var tomma på stranden, paren på hotellet låg hellre vid poolen och plaskade i det pissljumna vattnet, i stället för det underbara turkosblå spännande havet som vimlade av exotiska fiskar och havssköldpaddor. Jag smorde in mig med solkräm och la mig till rätta på solstolen, som stod under ett vitt tyg-tak, som även det skyddade mot den brännheta solen. Jag lät tankarna snurra i huvudet, för att försöka få dem att landa någonstans. Vilka känslostormar. Det fick storma och snurra ett tag i mig. Jag vilade samtidigt i vissheten om att allting passerar, även detta. Att leva med lugn var något jag hade övat mig på länge, och det funkade nu också. Mina tankar och känslor fick hålla på och storma omkring, men jag klarade nästan alltid att betrakta dem med kärlek. Så småningom lugnade det ned sig inom mig och jag kände att det var dags att fatta några beslut. Jag bestämde mig för att min digitala detox nu fick vara över, jag hade ändå klarat en vecka och hade bara använt mobilen som kamera och till mina meditationer, jag hade inte ens slagit på e-sim-kortet sen jag kom hit. Jag bestämde också att jag höll med om att vi skulle flytta isär, trots sorgen som dök upp i mig när jag tänkte tanken. Det fanns också en jublande frihetskänsla som lurade runt hörnet. Jag bestämde mig för att ringa Marko när klockan blev tillräckligt mycket för att det skulle vara rimligt, nu var det fortfarande mitt i natten i Sverige.

"Hey".
Jag avbröts i mina funderingar och såg att Wayan stod framför mig igen, nu med alla sina saronger, armband och halsband.
"Are you ok?"
"Oh, hi, yes, I'm ok! And you?"
Han log. "Yes, I'm always ok ma'am".

Jag skrattade. Han såg verkligen ut att alltid vara ok. Livet på en liten ö kanske är lättare på många sätt, även om det också är väldigt mycket svårare på många andra sätt.
"Do you have time to sit down for a while?" Jag ville så gärna veta lite mer om livet på ön.
"Yes, of course! But I don't think that the hotel wants me to stay with the guests."
"Ah! Ok…. Well. I will go to Ana warung later, maybe I see you there?"
"Yes, I will look out for you, see you later then". Han gick fullastad, färggrann och glad vidare längs stranden.

Solen här är alltid varm. Det är alltid varmt. Det är svårt som svensk att föreställa sig att leva i en värld där default-läget alltid är värme. Det är fullkomligt underbart. Ibland kommer ett oväder med riktiga monsunregn och fantastiska åskväder, det räcker som omväxling. När jag ligger här på stranden är det så svårt att tänka sig att hemma i Sverige stressar människor till jobbet i mörkret och snömodden. Tacksamheten ramlar över mig igen. Det är otroligt att jag har kunnat skapa det liv som jag tidigare knappt ens visste att jag drömde om. Jag har varit på resande fot med min ryggsäck hittills två månader och ska vara ute i tre månader till, minst. Jag jobbar medan jag reser. Jag reser ensam, och det är väl det som blev den utlösande faktorn till att Marko och jag nu granskade oss själva och vårt förhållande i sömmarna riktigt ordentligt. Jag sträckte mig efter min lilla vattentäta väska och min snorkel och satte på mig badskorna. Nu var jag för varm, nu måste jag snorkla runt i det trettigradiga vattnet en stund.

Ljuvligt! Knallblå himmel, turkost vatten som mörknade när man gick utåt. Inga vågor idag. Jag gick sakta ett par hundra meter ut i vattnet innan jag satte på mej cyklop och snorkel och vände blicken till den underbara världen under ytan. Åh, som jag älskade detta, och hade alltid gjort. Jag mindes mitt blå cyklop från barndomen. Då fick jag nöja mig med att snorkla i mörka småländska insjöar, men det dög åt mig då, jag spenderade timmar med huvudet under ytan och studerade fiskar, växter och allt vad jag kunde hitta. Hjärnan fick vila och bara betrakta och upptäcka, och så är det nog fortfarande. Så oerhört vilsamt och fokuserande för min hjärna, som annars poppar idéer på löpande band och som jag brukar jämföra med att ha femtio flikar öppna i Chrome samtidigt. Det har krävt mycket övning för att bli bättre på både tålamod, fokus och självledarskap, ett ord som jag inte alls tycker om, men innebörden är ju så viktig.

Jag simmar sakta fram och tillbaka vid kanten där den skarpa lutningen nedåt börjar, där vattnet blir mörkt och lite skrämmande. Det vimlar av färgglada fiskar, koraller och om man har tur får man se en simmande havssköldpadda och det är en sån jag är ute efter just nu. De brukar simma precis vid kanten och det är svårt att få syn på dem, men jag har inte bråttom. Strömmarna drar iväg med en och man får kämpa emot för att hålla sig där man vill vara. Jag har inte med mig min undervattenskamera idag, men sparar allt jag ser i arkivet i hjärnan. Det är ljuvligt! Fiskarna, färgerna, solen, korallerna. Och helt plötsligt får man syn på någon underlig liten varelse som man inte ens trodde kunde finnas. Det är en annan värld, så vilsam för betraktaren.

Efter ett par timmar tar jag mig mot stranden, det bränner på ryggen, jag är hungrig och trött av att kämpa mot strömmarna. Sätter försiktigt ned fötterna på de döda korallerna som finns på bottnen hela vägen in mot land. Jag har glidit iväg en bit och går sakta in mot land. Jag ser solstolarna, hotellet och alla pyttesmå människor. Jag ser Wayan gå förbi igen, nu åt andra hållet. Vilket slit att bära alla saker i den här värmen och tjata på turister. Jag lägger mig på solstolen och en av hotellets personal kommer genast glidande från ingenstans.

" Do you need anything madame?"

Jag beställer en cola, en flaska vatten och en tallrik med pommes. Jag älskar salta pommes på stranden, och nu behöver jag något snabbt. Jag får äta ordentlig mat lite senare idag. Jag missar nog Wayan på Ana warung, men jag har ju två veckor till här på härliga lilla Gili meno, en liten, liten ö, ett par timmars båttur utanför Bali. Maten kommer och jag sätter i mina airpods och lyssnar på en av mina kurser, som handlar om personlig utveckling, medan jag mumsar på pommesen och snabbt häller i mig en massa vatten, så törstig. Kollar klockan och funderar på om Marko är vaken nu. När jag har ätit färdig stänger jag av min kurs och bestämmer mig för att koppla på e-sim-kortet och få kontakt med omvärlden efter en veckas avstängdhet. Det rasar in meddelanden och notiser från alla appar som inte har haft kontakt med omvärlden under min avstängda vecka. Jag bestämmer mig för att prova att ringa Marko. Vad är det ens för dag? Man tappar bort dagarna i det här livet. Kollar mobilen, det är fredag och klockan borde vara sju på morgonen i Sverige nu.

"Heeeej!" Marko låter yrvaken när han svarar, men glad. Jag känner mig helt plötsligt nervös.

"Hej! Sov du?"

"Nej, hade precis vaknat."

"Vad bra!"

Tystnaden. Mer än en vecka sen vi sist pratade. Mycket hade blivit skrivet i breven vi utväxlat, som vi bestämt oss för att göra, utöver de korta samtal vi haft på telefon, tiderna passade aldrig riktigt ihop, och det kändes som om vi inte haft ett riktigt samtal på de två månader jag varit iväg.

"Har du tid att prata nu?" fortsatte jag.

"Ja, jag ska jobba hemma idag, så det är lugnt, jag har inga möten före 10."

"Jag fick ditt brev igår..."

"Ah, ok..."

Tystnad. Hur går man vidare? Vad säger man nu? Vi har levt ihop i sex år, vi känner varandra utan och innan och är varandras bästa vänner. Nu ska vi avsluta något. Ska vi påbörja något nytt? Försvinna ur varandras liv? Fortsätta förhållandet på distans? Vara bästisar, men inte ihop?

Och barnen, hur blir det med barnen? Vi har inga gemensamma barn, men både Marko och jag har två barn var från tidigare förhållanden. De är ju vuxna nu, eller ska i alla fall föreställa det, men de kommer ju såklart att reagera ändå.

"Vad tycker du?" frågade han försiktigt.

"Jag håller med. Jag blev ledsen när jag läste, men jag tycker att du har rätt, vi behöver space båda två."

"Mmmmm." Så skönt att få det sagt.

"Vad roligt att höra din röst" fortsatte han.

"Ja, det var ett tag sen". Jag log. "Du skulle se det här stället alltså!

Ännu ett paradis, helt otroligt."

"Haha, här är det nollgradigt, blåst och snöslask. I alla fall om det är som igår, jag har inte kollat ännu idag."

"Det känns overkligt! Att det här underbara kan existera samtidigt som det där gräsliga".

"Ja, jag fattar!" Jag hörde att Marko också log. "Jag har saknat att prata med dig. Jag vet inte riktigt hur allt ska bli nu?"

"Nä. Jag har inte hunnit tänka på det" ljög jag. Min hjärna hade ju direkt satt i gång att tänka ut olika scenarier. Skulle jag flytta? Marko? Vart? Hur skulle vi hitta ett boende till? Skulle vi byta det vi har? "Vi får väl fundera och se vad vi kommer fram till."

Marko skrattade. "Jag VET att du redan har tänkt ut tio olika lösningar. Men ok, vi funderar lite och ser vad vi landar i. Vet du vad du vill redan?"

"Nä, det gör jag inte än." Och det var sant. Jag visste inte, jag måste landa, känna efter, hinna överväga de olika alternativ som poppat upp i mitt huvud. Svårare på distans, eftersom jag nu levde ett fantastiskt paradisliv, och hade svårt att fatta att jag ens skulle behöva åka hem till tråkiga Sverige.

"Ok."

"Men du? Vill du att vi ska fortsätta vara tillsammans? Är det verkligen det vi ska?"

"Jag vet inte, Emma." Tystnad. "Jag vet faktiskt inte."

"Vi får fundera på det också, vi måste prata mer när vi har hunnit tänka lite mer. Jag vet inte heller riktigt vad jag vill." Samtidigt som jag sa det så kände jag att friheten riktigt SKREK inom mig att jag skulle göra mig helt fri. Jag visste nog vad jag ville. Jag hade nog åkt iväg av en anledning som inte bara var att prova på livet som digital nomad.

Vi pratade vidare och Marko uppdaterade mig om barnen, jobbet, läget där hemma. Det kändes overkligt att höra detaljer om hans jobb, om vädret, om gråheten. Gråheten som jag mötte i alla

Teams-möten jag hade med personer i Sverige när jag jobbade. Gråheten som jag ville så långt bort ifrån som möjligt.

Det kändes så välbekant, men samtidigt så främmande att prata med Marko, min bästa vän sen sex år tillbaka. Jag berättade lite om min nuvarande paradis-vardag och kände hur långt ifrån varandra vi kommit under bara de här två månaderna. Eller hur långt bort jag kommit kanske.

"Men du?" Marko dröjde lite. "Vi får låta allt landa lite, så får vi prata vidare sen?"

"Ja." Jag tvekade. "Men jag känner att jag gärna flyttar". Så var det sagt.

"...ok." Jag hörde sorgen i Markos röst, och hjärtat blev för en stund tungt. "Well. Vi kan väl höras imorron, jag kan ringa dig när jag vaknar."

"Yes, ok! Om jag inte svarar så ringer jag upp, jag kanske snorklar eller nåt."

Marko skrattade. "Haha, ja, inte alls avis."

Vi avslutade samtalet och jag sjönk tillbaka i solstolen, tog ut airpodsen, stängde ögonen och bara lyssnade på ljuden omkring mig. Det svaga bruset från havet, vinden i palmerna, människor som pratade på avstånd. Vad kände jag nu? Det virvlade, snurrade och jublade inom mig, allt på en gång. Mina två månader som backpacker och digital nomad hade verkligen fått mig att älska friheten, självbestämmandet, ensamheten, möjligheterna med att vara själv. Jag älskade Marko och han var verkligen min allra, allra bästa vän någonsin, men... Men jag är femtiosex år, jag har stora barn, jag har eget företag som gör att jag kan jobba var som helst, jag älskar sol och värme, jag älskar att upptäcka, skapa och planera nya saker. Det finns egentligen inget som håller mig fast någonstans. Utom Marko. Kärleken som en boja. Jag log för mig själv, var kom det uttrycket ifrån? Jag kände hur varma tårar rann ned för mina kinder. Alla de här känslorna var så förvirrande. Jag kände oerhörd tacksamhet att jag vågade vara i känslostormen, att jag vågade känna allt och att jag vågade vara ärlig mot mig själv. Det hade krävt en hel del övning för att komma dit. Att acceptera allt som kommer, våga vara i nuet och att låta sig själv känna allt, tänka allt, men ändå kunna välja hur man vill agera. En superpower, min största styrka ofta. Det hade verkligen inte alltid varit så, utan jag hade jobbat hårt för att komma dit. Acceptans. Många lästa böcker, många olika övningar, meditationer och kurser.

Jag bestämde mig för att ta ett dopp och sedan en kort promenad innan jag gick tillbaka till rummet. Det var ungefär trettiofem grader varmt nu och kanske runt trettioen i vattnet. Jag doppade mig vid strandkanten, gick upp och drog på mig klänningen, packade ihop mina prylar och gick norrut längs stranden. Inne i skuggan bland palmer och buskar var det något svalare, så fort man kom undan den gassande solen. Jag gick sakta och njöt av allt. Min nyfikenhet tar aldrig slut och jag upptäcker hela tiden nya saker längs min väg. Idag såg jag några kossor som stod i skuggan i kanten av en glänta bland palmerna, de såg trötta och hängiga ut. Kossorna dök upp lite var som helst på ön, de strövade fritt, vem vet vem de tillhörde? Jag gick vidare, kom fram till Ana warung, där jag tänkt äta middag, men stannande och beställde en kall latte. Borden på warungen var uppställda i sanden längs strandkanten, man satt i skuggan och blickade ut över havet och den lilla bris som fanns fläktade lite medan jag drack mitt kaffe. Jag blev kall av min blöta bikini och bestämde mig för att gå hem och duscha, byta om och jobba en stund. Jag brukade börja jobba vid tvåtiden, då var klockan åtta på morgonen hemma i Sverige. Nu var klockan något mer, men det spelade inte så stor roll, hade ju inga möten förrän klockan fyra min tid. Jag gick hemåt med lite mer fart, duschade, hängde alla saker på tork, satte på AC:n och satte mig i sängen med min MacBook. På det här hotellet fanns inget bord som man kunde sitta och jobba vid, det var lite bökigt, men jag var inte den som klagade. Från sängen såg jag ut genom glasdörrarna till verandan, jag såg den vita sanden som sträckte sej fram till den fantastiska bougainvillean och bakom den glimrade det underbara havet. Det var fortfarande strålande sol, men jag var helt mätt på sol för idag och tyckte det skulle bli kul att hugga in på arbetet. Snart dags för mötet, och jag förberedde mig för det, och sammanställde lite fakta inför en kommande presentation.

Väl inne i mötet så satt jag där i min solklänning, brunbränd med solblekt hår och strålande glad och möttes av de grå, trötta, lite vissna människorna i Sverige. Inget konstigt med det, det är så man blir när man lever halva sitt liv i grått mörker och kyla. Men kontrasterna blev så tydliga i varje möte. Jag försökte tona ned mig själv lite för att inte vara "för mycket", men det var ju inte helt enkelt.

Mötet avslutades, jag jobbade ett par timmar till och la mig sen för att läsa. Jag hade e-böcker på mobilen, jag kunde ju inte släpa runt på en massa tunga böcker när jag reste med bara handbagage. Somnade till en stund och vaknade när solen gick ned. Magen kurrade, jag slängde på mig en av mina två långa klänningar, mest för att skydda benen mot mygg, tog min trogna Fjällräven becknarväska, och gick igen mot Ana warung. Jag hade siktat in mig på deras vitlöksräkor idag, och jag ville verkligen ha dem, så det fick bli två gånger på samma ställe idag. Dessutom hade jag ju lovat Wayan att vara där senare, även om jag tror att han gått hem till sin familj för dagen. Men där hade jag fel! På väg mot warungen dök han upp. Han dök alltid upp liksom från ingenstans.

"Hey!" Jag log.

"Hello madam! How are you?"

"I'm fine! Hungry. I've been working now for a while."

"Ah, you work while you travel?"

"Yes."

"Lucky you! By the way… what's your name?"

Men oj, hade jag inte sagt det? "My name is Emma."

"Emma". Han smakade på namnet. "Emma" sa han igen. "Nice name".

"Thank you. Will you eat with me?"

Han tittade förvånat på mig. Oj, man kanske inte var så framfusig här på Gili meno? Men jag hade kommit över att undra vad andra människor ska tycka om vem jag är, vad jag gör och vad jag säger, och att fråga kan ju aldrig vara fel?

"Emma." Jag gillade hur han sa mitt namn, han liksom smakade på det. Han pausade och verkade fundera. "Ok, I can eat with you."

"Great!"

Vi gick vidare under en stunds tystnad. Jag tog sen till orda och förklarade för Wayan att jag var så nyfiken på hur det var att bo på en sån här liten ö, hur det var att växa upp här, hade han växt upp här och vad drömmer man om och vilka möjligheter har man. Jag hade tusen frågor. Han skrattade och vi var framme vid warungen, satte oss vid ett bord och beställde mat. Jag beställde mina räkor och limejuice och han beställde mie goreng, de underbara stekta nudlarna som serverades överallt, och cola.

" Ok, I will answer all your questions, and you will answer mine?"

"Yes, fine!"

Vi skrattade.

TRE

Jag slängde en blick på klockan, oj, redan åtta, så länge brukade jag inte sova. Solen lyste in genom de tunna gardinerna, jag sträckte på mig och gäspade stort. Satte på min morgonmeditation. Varje dag samma meditation, meditationen som faktiskt förändrat hela mitt liv. Efter meditationen brukade jag skriva en sida där jag visualiserade mitt drömliv när jag var hemma. Det hade jag tänkt göra under resan också, men vanan hade fallit lite i glömska när det blev svårt att drömma större än det jag redan var i. Men varje dag ett litet sting av dåligt samvete och även idag tänkte jag "imorgon, imorgon ska jag börja igen". Och nu kände jag att beslutet om att börja igen imorgon förankrades i mig, att det verkligen kom allra, allra innerst inifrån, och av erfarenhet visste jag, att om jag fattar ett beslut allra innerst inifrån så blir det så. Men nu pockade så mycket på. Det var beslutet att flytta ifrån Marko, mötet med Wayan och att jag nu levde drömlivet och behövde känna efter vad som väntade, hur skulle nästa expansion i mitt liv se ut. Jag är fullkomligt övertygad om att människan är gjord för att utvecklas, expandera och göra gott med all rikedom som hon har och får.

Jag sträckte på mig igen, och stannade kvar i sängen för att fundera över kvällen med Wayan. Vi hade haft så roligt ihop, jag hade lärt mig så mycket om livet på ön. Wayan var inte född här och hade egentligen ingen fast punkt just nu, utan rörde sig mellan Gili-öarna; Meno, Air och Trawangan. Han sålde halsband, armband och saronger till turister, som ofta stannande ett par dagar på varje ö. Jag var ovanlig, sa han, som skulle vara tre veckor på samma ställe. Han var född på Bali och var äldste sonen i familjen, men hade hamnar å Gili-öarna på grund av en historia med en australiensisk tjej, som han var lite hemlig om. Och här var han nu.

Det hade varit så roligt och inspirerande att få ta del av hans liv och att dela med mig av mitt eget. Jag hade inte sagt något om Marko och vårt, just nu, lite komplexa förhållande, jag hade inte hunnit tänka färdigt på det själv ännu. Men en fantastisk kväll med god mat, många skratt och en hel del allvar. Mötet med Wayan var enkelt och gav energi. Två själar som av en slump möts och delar med sig, det bästa av möten. Jag bestämde mig för att ägna förmiddagen åt att hinna i kapp med mail och annat efter en veckas frånkoppling, då jag bara jobbat med att sammanställa det material jag redan hade. Jag packade ned dator och mina "jobbgrejer " och gick till frukosten. Efter frukosten gick jag en våning upp där det fanns en lounge och en helt gudomlig utsikt. Här uppe var det aldrig någon, jag fick ha hela våningen för mig själv, med öppna väggar, mysiga soffor, palmer och utsikt över det turkosblå havet och bergen på ön Lombok. Det första jag skulle ta itu med, innan alla mail och meddelanden var att göra en plan för mina återstående två veckor på ön, och att se till att jag hade biljetter och bokningar i ordning för nästa resmål, som var Padangbai på Bali ett par dagar, och sen Boracay.

Gili meno som jag var på är en pytteliten ö, cirka två timmars båttur från Padangbai. Ön är 2 kilometer lång och en kilometer bred, så det går lätt att upptäcka hela ön. Ön har ungefär 500 fasta invånare. På ena sidan är hotellen väldigt lyxiga, det är utlänningar som bygger, och som tar bra betalt för att man ska få bo på deras hotell. Jag hade gått förbi den sidan några gånger, och visst var hotellen fina, men det var inte sånt jag var ute efter när jag reste. Jag bodde på ett helt ok hotell, som också var lyxigt om man jämförde med hur man kunde bo. Jag hade dusch, pool, frukost, städning varje dag, room-service och alla bekvämligheter man kunde tänka sig. Men hotellet hade jag valt på grund av korallrevet precis utanför och möjligheten att se havssköldpaddor, vilket jag också hade fått uppleva vid flera av mina snorklingar. Helt fantastiskt. Det finns inga bilar på ön, all transport sker med häst och vagn på de skumpiga sandstigarna. Det finns några sällsynta elmoppar också, som kommer susandes från ingenstans när man är ute och går. Det finns faktiskt också någon asfalterad väg här och där. Befolkningen är muslimer, och om man har tur kan man få se bröllopsgäster på väg till ett bröllop i sin allra finaste kläder, det är ju en "honey moon island" och många runt omkring åker hit för att gifta sig, tydligen. Enligt Wayan.

Jag hade redan hunnit se en stor del av ön, men hade en spännande snorkling kvar på den "lyxiga" sidan av ön. Där finns en undervattensstaty "Nest", gjord av konstnären Jason deCaires Taylor, och den ville jag gärna snorkla till innan jag åkte härifrån. Jag ville också äta öns berömda pizza, titta på turtle hatching sanctuary, och samtidigt måste jag ju planera in mitt jobb, jobbet som gör det möjligt för mig att fortsätta resa.

Jag gjord en preliminär plan, tittade upp från datorn och fick syn på Wayan på stranden. Han var alltså redan i gång. Jag vinkade glatt tills han fick syn på mig, jag pekade att jag kommer ner till honom, tog med mig datorn, men lät resten av sakerna ligga kvar i soffan. Wayan tackade för igår och jag kände hur varm och glad jag blev av att träffa honom. Han såg glad ut, och var det lite blyghet jag skymtade? Han skrapade med foten i sanden och undrade vad jag skulle göra idag. Jag berättade att jag måste jobba i kapp en del och inte riktigt hade några bestämda planer för dagen.

"Do you want me to show you something?"

"Yes, of course! When?"

"Well, I don't really know, depends on when I can sell something, I have to get some money."

Jag fick lite dåligt samvete för att jag inte betalat hans mat igår, men han hade vägrat och vi hade delat på notan, maten kostade nästan ingenting, men det var såklart mycket pengar för honom.

"Ok, but you can message me on WhatsApp?"

Vi bytte nummer och han traskade iväg längs stranden, tog sig från skugga till skugga, men kunde inte undslippa den gassande solen helt. Jag gick upp till min lounge igen och satte mig och tog tag i allt som jag inte gjort på en vecka. Mycket mail, ännu fler meddelanden och jag kände att jag längtade efter barnen, jag skulle ringa dem ikväll.

Efter lunchen gick jag ned till stranden, snorklade ett par timmar och gick sen upp till mitt rum. Fortsatte att jobba, nu med en annan del av mitt företag, den delen som jag ville skulle växa mycket mer, som handlade om personlig utveckling. Vid femtiden plingade det till med ett meddelande från Wayan.

I'm going to show you something and I want you to have an open mind. Will you meet me at the turtle hatchery in one hour?

Det luktade äventyr! Pirr i magen, lite otålighet, men mest nyfikenhet. Det tog ungefär tjugo minuter för mig att gå dit, så dags att göra sig i ordning. Jag skrev "Yes" till Wayan och tog fram myggsprejen och såg till att jag var ordentligt täckt överallt, myggorna var fruktansvärt hemska här. Snabba och många och ivriga att äta på en. Tog den andra av de långa klänningarna, det var inte så mycket att välja på precis och gick sakta iväg, ville ha gott om tid för att kunna fotografera på vägen. Ön var täckt med snäckor och koraller och på många ställen fanns koraller upphängda i träden och lite överallt och utgjorde fantastiska motiv. Det var fortfarande gassande sol och klänningen var lite för varm, men jag visste ju att myggorna skulle dyka upp så snart den gick ned. Jag hade ju ingen aning om vart vi skulle eller vad vi skulle göra, och det var lika bra att vara beredd.

FYRA

På väg till mötet med Wayan slog det mig att Marko inte hade ringt som han sa att han skulle, och att jag inte ens hade funderat så mycket på oss och vår "separation" eller vad man nu skulle kalla det. På de månader jag varit ute på resan hade jag lagt märke till att jag mer och mer levde i nuet, jag grubblade inte över sånt som hänt och jag oroade mig inte över det som skulle komma. För det mesta var jag så upptagen av att upptäcka nya saker, förundras över märkvärdigheter och vidunderlig natur, skratta åt surrealistiska händelser, skratta åt mitt mod och min glädje. Resan hade gjort mig så trygg, så säker på mig själv och så lycklig. Att, som nu, gå till ett möte med en man i ett helt främmande land, på en pytteliten ö, utan att veta varför var ju som att leva i en film. Jag såg med spänning fram mot vad som skulle komma att utspela sig i filmen härnäst. Jag tänkte att jag fick ringa Marko imorgon eller nåt. Det kändes skönt att han inte hade ringt, det visade att han också tänkte på annat och var upptagen på sitt håll. Jag närmade mig den lilla sandplätten som var avspärrad till sköldpaddorna, som la sina ägg där. Ibland hittade invånarna ägg någon annanstans och flyttade dem hit, allt för att se till att så många sköldpaddor som möjligt överlevde. Det fanns också ett ställe på andra sidan ön där man kunde få se små sköldpaddor i stora kar, där de fick växa tills de var tillräckligt stora att klara sig, det var väldigt kul att spana in de små, små sköldpaddorna, som var supersnabba och uppförde sig precis som människobarn, lekte och bråkade och hade sig.

Jag var tidig och beställde en limejuice på det lilla haket precis bredvid stranden. "No drama" stod det på en rosa skylt som var uppsatt på en palm. Exakt. Att möta världen med lugn och att inte förvänta sig något och att inte värdera eller döma. Jag kanske faktiskt hade lärt mig att praktisera det, och inte bara teoretisera om lugn och icke-dömande. Jag såg Wayan komma gåendes mellan palmerna, utan sin vanliga packning. Jag vinkade och log.

"Heeeey, how are you today?"
"I'm fine! And you?"

Jag kände hur glad jag blev av att träffa honom, en helt ny vän, som levde ett totalt annat liv an vad jag var van vid, som var villig att dela med sig och att visa mig sitt liv. Vilken rikedom! Vi småpratade lite, Wayan ville inte ha något att dricka, så jag drack upp min juice och betalade i det lilla båset som användes som kassa när vi gick därifrån.

"So. What are we doing now?"
Wayan log. "I want to show you my favorite place on this island. I'm leaving for Air tomorrow, so I won't be seeing you for a few days."
"Oh". Ett svagt sting av besvikelse, men också en lättnad över att få vara helt ensam igen. Jag älskade min ensamhet och hade

fortfarande inte tröttnat på att göra så mycket som möjligt av den ensamhet jag fick.

Wayan visade mig, på smala stigar och genom palmdungar fyllda av mygg, in mot mitten av ön. Vi hamnade på en asfalterad väg som till och med hade lyktstolpar på ena sidan. Mellan träden på andra sidan av vägen skymtade vatten.

"What's this?" undrade jag.
"It's a freshwater lake. Come!"

Han pekade mot en liten väg som ledde till ett skjul med toaletter. Bakom toaletterna gick en träspång ut mot vattnet. Vi gick ut på den nyreparerade träspången. Vi kom ut till en avsats och på bägge sidorna ledde träspången vidare längs strandkanten. Den var dock verkligen inte alls reparerad från avsatsen och utåt, det var stora hål i plankorna och trät såg ruttet ut.

Jag skrattade. "Ok, amazing with the lake, but now what?" sa jag och pekade menande på plankorna med hål i. "Do you want me to walk on those???"
Han skrattade. "Are you afraid?"
"Well. Not afraid really, but I don't want to swim right now" Jag skrattade.
"No, I just wanted to show you the lake, come on, let's go".

Vi gick vidare och strax skymtade havet mellan palmerna. Vi kom ut på en strand och jag kände genast igen mig. Vi var nästan vid undervattensstatyn Nest, vid det lyxiga hotellet som låg precis bredvid. Wayan styrde stegen mot höger och jag kände igen stället med de små sköldpaddsungarna. "Wait!". Jag vill bara slänga ett öga på dem innan vi gick vidare.

Efter ett par minuter kom vi fram till en passage där det varken låg hotell, warungs eller bostadshus. Wayan ledde mig till vänster, mot stranden och havet. Bakom några buskar kom vi fram till en liten, liten alldeles gömd strandfläck, där låg det några stockar som blivit slipade helt blanka och lena av havet.

"This! This is my favoritplace to watch the sunset on this island".

Solen var på väg ned och jag förstod verkligen vad han menade. Jag satt mig på en av stockarna och tittade ut över havet. Det var en massa båtar med turister, bakom dem såg man Trawangan, en av de andra Gili-öarna. Solen var på väg ner och molnen färgades i alla färger från orange till rosa till lila.

"Yes, I can see why, this is amazing!" Det var verkligen amazing. Vi satt tysta och bara njöt i stillhet en stund. "Do you ever get used to this?" frågade jag.

"No, I don't think so" svarade han.

Han sträckte sig efter sin lilla ryggsäck och trollade fram varsin flaska vatten och några små knyten med något som såg ut att vara ätbart. "I want to show you this place and I want you to taste this, it's one of my favorites too. I am happy to have met you, and I am happy to be able to call you my friend."

Jag tittade på honom och kände hur mycket hans nya vänskap betydde för mig. "Oh, this is amazing, have you done these?" Han skrattade igen. "No, I bought them".

"Ah, can I taste one?" Det var små palmbladsknyten fyllda med sött ris, som bara smälte i munnen. "Is this like a snack?"

"Yeah, something like that".

Vi tystnade och tittade på det mirakel som varje solnedgång var. Vi satt bredvid varandra och jag lutade huvudet mot hans axel.

Det kändes så enkelt och så naturligt. Vi satt så en stund och njöt av värmen, de små båtarna som sakta gled fram och tillbaka i solnedgångens spegling och ljuden av dagen som långsamt saktad ned hastigheten. Myggorna dök upp direkt, men jag var väl täckt av myggmedel och klarade mig bra.

"I have to get back to the hotel". Jag var hungrig och ville hinna ringa både barnen och Marko. " Thank you for this, it was amazing and thank you for the "snacks" ".
"Only happy to share this with you. I will follow you back to the hotel." Vi började gå.
"So, I'm leaving for Gili Air tomorrow morning and will be back in maybe four or five days."
"Ok, I will still be here then, maybe we can do something then."

Vi gick sakta hem längs stranden, ön var så liten så man kunde kosta på sig att gå vid strandkanten i stället för tvärs över ön. Vi gick förbi barn som lekte på stranden och i vattnet i skymningen, små, små barn som passade varandra. Vi gick förbi alla warungs på vägen, där folk började dyka upp och det luktade himmelskt från några av dem och jag kände hur hungrig jag var. Idag skulle jag beställa roomservice, ägna mig åt mina samtal och kanske kolla på en film eller nåt. Mörka moln tornade upp sig vid horisonten och färgerna var helt otroliga, rosa, orange, mörk, mörk blå, nästan svart, det turkosa som fortfarande glittrade lite. Vilket skådespel! Vi småpratade, men gick mest tysta och jag bara tog in allt. Kvällen, ljuden, dofterna, himmel och hav. Jag stoppade varsamt in det på en hylla i hjärnan, föra att kunna plocka fram det och njuta av det senare. Nu skymtade alla lampor på mitt hotell mellan palmerna.

"So… now, we're here ". Wayan såg mig i ögonen. " Thank you for these days, so great getting to know you a bit."
"Thank YOU. I hope I will see you when you get back, you have

my number."

Vi gav varandra en lång kram och Wayan smög iväg på stigen söderut. Jag gick in på mitt rum och ringde och beställde mie goreng och en cola. Alla ställens mie goreng var olika, och här var den god, speciellt om man var hungrig och det var jag nu. Medan jag väntade skrev jag till barnen och undrade om de hade tid att ses på Discord. Det hade de, båda två. Vi bestämde tid, maten kom och jag käkade medan jag kollade igenom alla foton jag tagit under de senaste två dagarna. Wayan hade fastnat på några av bilderna, kul! Han var snygg på det där indonesiska viset och det var omöjligt att säga hur gammal han var, han kunde vara allt från fyrtio till sextio, jag hade ingen aning.

Efter maten ställde jag ut brickan på verandan och letade fram datorn och kopplade upp mig. Barnen var redan där och det var underbart att få prata med dem, det var länge sen nu. Vi delade våra liv en stund och pratade om allt mellan himmel och jord och plötsligt hade två timmar gått.

"Oj, jag måste hinna ringa Marko också, ha det så bra mina älsklingar, vi hörs snart igen".

Vi sa hej då och jag pausade ett tag för att ladda inför samtalet med Marko. Det kändes så konstigt, helt plötsligt hade han blivit lite som en främling, han som varit som en del av mig under våra år tillsammans. Jag tog en snabb dusch, kröp ner i sängen och ringde upp honom. Han lät förvånad när han svarade.

"Heeej! ".
"Hej! Hur är läget? "
"Det är bra! Jag fixar lite, Stefan och Jörgen kommer över snart, vi ska gå ut och käka ikväll."
"Vad kul! Du får hälsa från mig."

"Såklart! Hur har du det då?"
Skulle jag berätta om Wayan? Jag bestämde mig för att vänta lite
och känna efter. "Åh, det är toppen här, verkligen! Jag har just sett
den mest fantastiska solnedgången. Igen." Jag älskade
solnedgångar och de var alltid lika fantastiska.
Marko skrattade till. "Aha, igen."
Jag hörde hur regnet helt plötsligt smattrade mot taket på
verandan. "Men va?! Nu regnar det!" Jag tog med mig telefonen
och gick upp från sängen för att kika ut mellan gardinerna. Ja.
Regnet öste verkligen ned nu och det var stora sjöar i sanden på
marken utanför verandan. Det blinkade till på himlen, och jag
förstod att åska var på väg. "Det verkar vara ett oväder på g."
"Oj, är du ok?"
"Ja, såklart! Jag älskar ovädren här, det blir såna härliga
kontraster." Jag bet mig i läppen, men kunde inte hindra nästa
fråga från att komma ut. " Har du hunnit fundera något mer?".
"Ja. Jag vet att jag sa att jag skulle ringa, men jag var tvungen att
landa lite."
"Det är lugnt, jag fattar."
"Men det känns verkligen rätt nu. Att vi flyttar isär menar jag. Jag
känner både sorg och glädje, men också nyfikenhet."
Jag log för mig själv, precis som jag! "Jag fattar PRECIS! Jag
känner likadant!" Vi skrattade tillsammans. " Ok, ska vi planera
lite löst?"
"Yes!"

Vi pratade vidare om hur vi skulle tänka framåt, vem skulle bo
kvar, om någon, och vem skulle flytta och hur skulle vi göra med
allt rent praktiskt. Det var nog bra att jag var borta nu, så vi kunde
få tid att låta allt växa fram i sin egen takt. Jag kände direkt att det
var jag som skulle flytta. Jag vill börja helt på nytt och dessutom
hade jag nu lärt mig hur lite man behöver för att leva, jag ville
downsizea lite och kanske komma ut lite mer i naturen än att bo

på Kristinehovsgatan på Söder.

Vi la på efter nån timme, och nu kände jag mig helt utpratad. Regnet skvalade fortfarande utanför, nu blixtrade det riktigt ordentligt och åskan var precis ovanför oss, dånet var öronbedövande. Ja la mig i sängen och letade upp en bok att läsa på mobilen, när jag hörde att det knackade försiktigt på verandadörren.

FEM

Utanför stod en blöt Wayan med en ett ganska medtaget paraply i ena handen.

"Hi" sa jag förvånat. Det kändes lite jobbigt att han dök upp, helt plötsligt kom han så nära. Jag stod i mitt nattlinne och var på väg att gå och lägga mig.
"I just wanted to check that you are ok. Sorry! I've been thinking of you all night."
"Well, come in, I will get you a towel."

Han tittade sig snabbt omkring innan han klev på, hotellet skulle nog inte vara nådiga om de såg honom gå in till någon av gästerna. Han lämnade sina våta flip-flops utanför och klev försiktigt in. Jag gav honom en handduk för att torka sig och han slog sig ned på den enda stol som fanns i rummet, jag satte mig på sängen. Jag var helt slut, efter att ha hängt med Wayan hela kvällen, sen pratat med både barnen och med Marko. Jag orkade inte riktigt leda det här samtalet och lämnade över det till Wayan.

"Sorry for ambushing you, but I really, really wanted to see you again before I left."
"It's ok, but why?".
"Well..." Han drog ut på det." I really haven't met anyone like you before".
"Really?" sa jag förvånat. Jag var ju bara en vanlig medelålders turist, tyckte jag. " So what's different about me?"
"Your spirit!" Han tittade blygt på mig.

Mitt jävla väsen! Jag hade hört det förr. Och mitt väsen hade lett mig på en massa konstiga irrvägar tidigare i livet. Jag hade blivit bättre på att hantera det, att inte släppa in andra människor i min energi, men blev såklart fortfarande påverkad av andra.

Jag skrattade. "Ok. So, what now? I cannot send you out in the rain again and I don't know if I can let you sleep here?"

Jag hade en vidunderlig säng som var säkert två meter bred, men jag hade vant mig vid min ensamhet och vid att sova själv, att bre ut mig över hela sängen och att inte bry mig om ifall jag snarkade eller hade andra underligheter för mig när jag sov.

"I can go home again, no problem."
"Ok, but you can wait for a while, do you want a cup of tea?" Jag pekade på vattenkokaren som stod i ett hörn ovanpå den lilla kylen i mitt rum.
"Yes, please!" Han lyste upp över lättnaden att slippa gå ut i det hällande regnet och åskan, som visserligen verkade vara på väg bort nu, men fortfarande lyste upp den mörka himlen genom de tunna gardinerna. Jag ställde mig upp och drog för

mörkläggningsgardinerna, ifall någon nyfiken person skulle gå förbi, ingen behövde veta att en "local" var och besökte mig på hotellrum mitt i natten. Vad var klockan egentligen? Vilken lång dag! Jag sneglade på klockan på mobilen, halv tolv. Wayan såg det direkt.

"Oh, I'm sorry, are you tired?"
"Yeah, a bit. But no worries!"

Jag fixade en kopp te till Wayan och satte mig på sängen igen. Samtalet gled in på hans liv, jag frågade och han svarade. Det visade sig att han var nästan jämngammal med mig, något yngre och att han inte hade några barn, hade varit gift, men hans fru hade gått bort tidigt i en olycka, och se dess hade han varit singel. Han hade en familj, men var lite av en udda fågel i familjen, eftersom han varken hade fru eller barn. Jag berättade om mina barn och om Marko, men var otydlig med statusen på vår relation, jag var inte redo att diskutera vår separation med någon ännu. Wayan förvånades över att jag reste iväg ensam över halva jordklotet, men förvåningen var inte negativ, bara ett konstaterande.

"You are a brave woman".

Många där hemma hade åsikter om att jag reste ensam, eller tyckte att jag var modig och stark som vågade att resa ensam. Och kanske var det ännu konstigare här, där kvinnorna i mycket högre grad än hemma i Sverige var beroende av mannen och sin familj. Jag hade under resans gång förstått att jag också sågs som en liten udda fågel. Vi kom fram till att vi var lite ovanliga båda två och skrattade ihop. Wayan hade sen länge druckit upp sitt te, jag kikade ut genom gardinerna och såg att regnet hade slutat nu.

"Ok, my friend, I can go home now, thanks for the tea and for letting me in. You must think I'm a crazy person".
Jag skrattade "Just a little bit crazy". Jag var så lättad att han inte försökte övertala mig att få stanna eller att jag inte hade bett honom att stanna, det hade verkligen krånglat till saker och ting i mitt huvud, det var redan lite snårigt av att vi umgåtts så mycket. Jag fick reda ut det i ensamheten, när Wayan gjorde sin lilla turné på de andra öarna.
"Ok, see you when you get back!"

Wayan gick fram till mig och gav mig en stor kram och en puss på kinden. Det pirrade lite i kroppen, den var sen två månader tillbaka inte van att bli kramad. Det blev en lång kram, sen öppnade han dörren och smet ut i mörkret. Jag gick med honom ut på verandan. Natten var kolsvart, vattenpölar blänkte i sanden, himlen lystes fortfarande upp av åskan som nu var långt, långt borta. Uppfriskande med regn efter allt solgass. Jag tyckte verkligen om de här dramatiska växlingarna i vädret.

"Bye, bye, baby, bye, bye…" Jag sjöng Janis Joplins dänga och Wayan skrattade, tog sitt skruttiga paraply och smet in i mörkret mellan hotellbyggnaderna. Jag hade förstått att hotellet inte skulle vara nådiga om de förstod att en "local" gett sig i lag med en av hotellet gäster, det skulle tydligen inte alls vara populärt. Jag förstod varför han smet iväg.

Wow, vilken dag. Jobb hela dagen, solnedgång på andra sidan ön, långt snack med både barnen och Marko och sen ett oväntat besök på hotellrummet. Jag var helt slut. De sista veckorna hade jag haft lugna dagar med jobb, bad, sol, små upptäcktsfärder till fots, men varit mest ensam och hade hunnit reflektera, landa i mig själv, sakta ned själen. Nu var allt som en virvelvind i mig och jag gick och la mig och somnade direkt. Jag hann inte ens sätta på min kvällsmeditation på mobilen. Helt slut.

De kommande dagarna jobbade jag en hel del, snorklade, upptäckte alla de små warungerna längs östra sidan av ön och njöt an min ensamhet. Det fanns mycket att fundera på, både med flytten från Marko, och kring mötet med Wayan, vad betydde det? Varför hade jag träffat en person som direkt gick rakt in i hjärtat på mig och blev min vän på andra sidan jordklotet? Jag lät alla tankar och känslor snurra omkring i mig som de ville, medan jag ägnade mig åt precis det som jag kände för varje dag. Jag fick möjlighet att simma med havssköldpaddor, de var snabba och lite läskiga. Jag såg fantastiska fiskar, åt otroligt god mat, varje måltid var den godaste jag ätit, jag gick runt ön och upptäckte små smultronställen och roliga, men ganska fattiga, små butiker. Det var verkligen en primitiv tillvaro. Allt som inte fanns på ön måste fraktas hit med båt. Det var brist på färskvatten, så i duscharna var det bräckt vatten från brunnar på ön. Allt dricksvatten fick fraktas hit från Lombok. Jag såg båtar komma fullastade med stora fönster och en massa annat, det pågick en hel del byggen på ön. Tyvärr ska jag väl säga, för den var perfekt precis som den var nu, men jag kunde mycket väl föreställa mig hur det byggdes stora, fula lyxhotell och hur hela ön skulle kunna komma att förvandlas i framtiden till ett exotiskt resmål för rika människor. Inget fel med det, men på en sån här liten ö skulle det ta bort en stor del av autenciteten, för man kunde fortfarande hitta den här och där. Jag inspekterade den lilla strandplätten som var reserverad för sköldpaddornas ägg, men inget roligt var på gång där. På fyra dagar hade jag lärt känna hela ön, hunnit jobba och hade hunnit tänka en hel del, och det kändes så fantastiskt skönt!

Jag hade bestämt mig för att leta ett boende när jag fortfarande var på resande fot, så att jag kunde flytta i princip direkt när jag kom hem, jag tänkte att det skulle vara värre att landa hemma hos

Marko och sen bryta upp en gång till, bättre att bara fortsätta resan. Jag älskar att planera och organisera och hade redan börjat kolla in boenden på Hemnet, bostadsförmedlingen och på Blocket. Jag stod i bostadskön sen länge, för "man vet ju aldrig". Nu visste jag och det kändes fantastiskt att ha den möjligheten.

SEX

"I'm back on the island, do you want to meet?"

Meddelandet på WhatsApp hade funnits på min telefon när jag
vaknade. Jag visste ju att Wayan nu hade sett att jag läst
meddelandet, men jag la undan telefonen och gav mig själv tid att
känna efter vad jag ville. Ville jag träffa Wayan, en ny vän som jag
direkt hade klickat med, men som kunde leda till oönskade
komplikationer, eller ville jag bara låta det självdö. Jag hade nu lite
mer än en vecka kvar på ön, hur mycket kunde hända? Massor!
Jag visste ju det. Våra själar hade ju på något vis funnit varandra
och det var ju underbart och också väldigt spännande. Skulle jag
tillåta mig själv att vara så nyfiken att jag träffade honom igen för
att undersöka vad det här var? Jag skulle fundera på det över
frukosten. Jag visste ju inte ens om han skulle vara här alla de
dagar som jag hade kvar här på ön. Jag utförde mina vanliga

morgonrutiner, meditation, yoga, skrivande. Jag hade kommit igång med mina skrivande kreativa workshops igen, även om det var lite trögt, jag hade det ju helt underbart, och det var svårt att drömma om något mer än det jag var i just nu. Jag försökte få ett bra perspektiv när jag skrev, men det var inte helt enkelt. Jag kände hela tiden lite brådska, lite pirr, och visste att det var på grund av Wayans meddelande. Jag ville vänta med att bestämma vad jag skulle göra tills brådskan försvunnit ur min kropp. Och idag skulle jag jobba massor, det gick framåt med jobbet nu och jag och min kollega höll på att knäcka ett riktigt stort nätverk. Jag var fortfarande fascinerad av att jag kunde sitta på en liten ö utanför Bali och Lombok och utreda brottslighet i Sverige, långt upp i kalla Norden, men det gick hur bra som helst. Vi hade länge letat efter en öppning i det vi höll på med nu, och nu trodde vi att vi hade hittat den. Vi hade pratat med jurist, och allt verkade hålla, så just nu kändes jobbet extra viktigt och spännande.

Jag hade också börjat titta efter boende, och hade bestämt mig för att jag så småningom ville flytta ut på landet, jag ville inte bo kvar i Stockholm längre. Resan hade fått mig att känna mig mer fri och hade fått mig att inse vilken liten ankdamm Stockholm är, jag längtade inte hem dit. Jag visste nu hur viktigt det var för mig att vara nära naturen, att se djur, att möta människor i lite mindre skala. Jag älskade de små ställena jag besökt på min resa och mötena med människorna på vägen. Det kändes jobbigt att åka hem till anonymiteten i Stockholm. Visst var man anonym när man reste runt ensam också, men allting kändes mer på riktigt på något sätt, jag kunde inte ens förklara det för mig själv ännu. Jag hade tittat på lägenheter på bostadsförmedlingen lite utanför stan, både söderut och norrut, men inget kändes ännu riktigt lockande. Det fanns många nybyggen, där lägenheterna var superfina, hade allt man kunde drömma om, men också hade prislappar därefter. Dessutom byggdes många av lägenheterna utan balkong, hur tänkte de där? Jag kunde inte ens föreställa mig hur det skulle vara att bo i en liten etta eller tvåa utan balkong. Som att sitta i fängelse. Jag hade nån vag idé om att hyra en stuga, och hade börjat kika lite, men det var en djungel och jag de lagt det på hyllan just nu. Det var ju ingen brådska, jag hade tre månader på mig att hitta något. Och i värsta fall kunde jag magasinera mina saker och bo ett tag hos något av barnen. Vi hade ännu inte berättat något för barnen, eftersom det kändes så nytt och inte helt bearbetat. Jag hade pratat med Marko ett par gånger till, och vi var nu helt överens och kände att vi verkligen hade fattat rätt beslut. Jag undrade lite för mig själv om Marko hade träffat någon ny, jag misstänkte det, men han bedyrade att så inte var fallet. Det spelade egentligen ingen roll, men jag förberedde mig känslomässigt på att det kunde vara så. Men i medelåldern brukar ju inte män direkt vilja bli ensamma för att finna sig själva.

Jag tänkte att jag måste svara Wayan innan jag av en slump stötte ihop med honom, jag ville ju inte hålla på att försöka undvika någon hela dagen. Jag skrev att vi kunde träffas, utan att tänka så mycket, och när jag skickat iväg meddelandet, så undrade jag om det verkligen var det här jag ville. Time will tell, tänkte jag för mig själv. Men varför skulle jag inte kunna unna mig att undersöka vad det här var? Wayan svarade direkt:

"Tonight?"
"Ok" svarade jag.
"Aloha warung at six?"
"Ok, see you there."

Så. Nu fick det bli som det ville. Om en och en halv vecka skulle jag vara på Bali på väg mot Boracay. Vad som hände på den här lilla ön skulle stanna här för alltid. Det var som en egen liten värld här. Man kände sig verkligen långt borta från allt annat, på ett bra sätt. Turkost hav, blå himmel, gassande sol, grön djungel och en massa koraller, fiskar, sköldpaddor, god mat och vänliga människor. Många skulle säkert ha blivit uttråkade, men det här var exakt vad jag behövde. Lugn och ro, för att landa, för att ge mina tankar utrymme, för att känna efter och för att hinna tänka. Jag älskade varje minut av det och jag var noga med att tänka på hur lyckligt lottad jag var som kunde leva så här och hur tacksam jag var. Jag tänkte medvetet på hur tacksam jag var många, många gånger om dagen.

Jobbet gick lekande lätt och jag hamnat i ett "rabbit hole", man börjar snoka kring något och hamnar djupare och djupare tills man tills slut knappt vet vart man började. Idag solade jag inte, utan satt på min veranda och jobbade, det var ljuvligt. Och jag visste nu, av erfarenhet, att när myggorna började komma fram så var det dags att börja plocka ihop för dagen. Och det var nu. Jag gick in och tog en dusch, sprayade mig med myggspray och gick iväg. Tänkte att jag kunde ta en liten runda innan jag gick till Aloha warung för att träffa Wayan. Det var fortfarande sol och över trettio grader varmt och idag skulle vi äta på östra sidan av ön, den sidan jag bodde på, vilket betydde att vi inte skulle se solnedgången, annat än de rosa speglingarna på molnen, om det kom några, men det brukade det göra. Jag gick in bland palmerna, för att få lite skugga och tog mig in mot mitten av ön. Här bodde lokalbefolkningen och det var fattigt. Små skjul som föreställde affärer, hönor sprang omkring på de små vägarna och barn lekte bland palmerna. Det stod en ko här och där, och det var mycket skräp slängt överallt.

Jag gick mot stranden igen och det var lika fascinerande varje gång. Men går i den mest gudomliga grönska, det är verkligen grönt och helt plötsligt skymtar det oändliga havet med all sina blå färger mellan allt det gröna. Det tog andan ur en, varje gång. Jag hade irrat länge söderut på ön än jag trodde och fick gå en bit norrut längs stranden. Alla hälsade vänligt när man gick förbi och det var en allmänt mysig stämning. Jag gick förbi det lilla skjulet som hyrde ut dykutrustning, det döda trädet på stranden som var pyntat som en julgran, men med koraller, upphängda med fiskelina. "Massage madame?", en kvinna ropade till mig från sin massagebänk. "Not now, thank you", ropade jag tillbaka och vinkade. Jag närmade mig vår restaurang och där satt Wayan, med ryggen mot mig, han trodde nog att jag skulle komma från andra hållet. Jag stannade upp för att känna efter vad jag kände när jag såg honom, det var fortfarande oklart för mig vad allt det här egentligen var för någonting. Jag kände värmen i magen, det pirrade lite i kroppen och jag kände mig ivrig. De känslorna gjorde mig inte klokare direkt. Jag fattade där och då ett beslut. Jag skulle inte vara rädd för något, jag skulle säga ja till allt som kändes rätt, vad det än var. Jag gick sakta mot honom, och han blev överraskad när jag plötsligt dök upp bakom hans högra axel. Han skrattade.

"Oh, hey! You scared me, but sooooo nice to see you again". Jag log." Yes, happy to see you too".

Wayan berättade lite om sina dagar på de andra öarna; Air och Trawangan. Jag hade varit sugen på att upptäcka dem också, men hade bestämt mig för att låta mig själv ta det lite lugnt de här veckorna och stannade på Meno. Vi beställde in varsin Cap Cay with seafood och varsin limejuice. Det var bara ett bord till som var upptaget på stället, några turister som hade med sig en egen högtalare som de spelade hög musik på, de såg att vara ordentligt pårökta. Två västerländska killar och en liten indonesisk tjej. Borden stod direkt på stranden, ett par meter från vattnet, i vattnet låg outriggers, de speciella båtar som de lokala fiskarna använde, som var utrustade med stödarmar för att inte välta. På båtarna klättrade några av alla de barn som alltid stormade omkring precis innan solen gick ned. Antagligen var deras mammor upptagna med att laga mat. De badad, jagade varandra och pojkarna tävlade om vem som kunde rulla sig mest i sanden såg det ut som. Tänk att få växa upp så här och inte veta något annat, undrar hur det kändes?

Vi åt och det fanns en viss spänning mellan oss. Det som hade varit så naturligt förra gången vi träffades var nu fortfarande naturligt, men det fanns något annat också mellan oss nu. Någon slags allvar, en öppen fråga om något mer. Eller inbillade jag mig? Wayan tittade på mig och jag såg att jag inte inbillade mig. Där satt vi. Universums mittpunkt. Runtomkring var världen, barnen lekte, turisterna valde nästa techno track, personalen sprang och bytte ut deras öl då och då, molnen färgades rosa av den nedgående solen, små vågor krusade vattenytan, båtarna guppade, sand mellan tårna, sneda trästolar, skrovligt bord. Och så vi. Helt plötsligt helt fast i varandras ögon. Vi log mot varandra. Servitören kom försiktigt fram till oss och frågade om vi var färdiga. Vi bad att få betala och helt plötsligt kändes det lite bråttom att komma därifrån. Vi betalade och ställde oss upp. Jag tog Wayans hand och sa "Come!"

Han följde snällt med och jag kände hur han tog ett fast grepp om min hand. Vi gick tysta en stund, sakta mot mitt hotell. När vi kom in i den trånga passagen, där man gick igenom några gröna buskage, som höll på att ta över vägen, stannade Wayan upp och drog mig försiktigt till sig. "Ok?" viskade han. Jag nickade. Det var så ok! Min kropp längtade efter att få vara nära helt plötsligt. Jag vet inte vart allt det här kom ifrån, men jag hade ju bestämt mig för att göra allt det som jag kände var rätt, och det här kändes fantastiskt rätt just nu. Vi sökte varandras läppar och jag njöt av mjukheten, vissheten, värmen.

"So…. We are really gonna do this?" frågade jag, och såg in i hans mörka ögon.
"Yes, I think so. Do you want to?".
Och om jag ville." Yes." Jag kände mig överraskande blyg. "My

hotel?" frågade jag.

"Yeah, if it's ok?".

"We'll see" svarade jag.

Vi gick den lilla biten som var kvar till mitt hotell, hand i hand. Innan vi gick in på hotellområdet så bestämde vi att jag skulle gå till mitt rum först, lämna dörren olåst och att han skulle komma efter så fort han kunde ta sig dit osedd. Jag lämnade honom och gick med snabba steg till mitt rum genom sanden. Väl inne på rummet såg jag mig omkring och kände mig lite förvirrad, vad var det här egentligen, vad höll jag på med? Jag sköt undan tankarna och satte mig på sängen och väntade, visste inte riktigt vad jag skulle göra så jag tog upp mobilen. Såg att det kommit ett meddelande från Marko. Men nej! Det ville jag inte läsa nu, jag la ner mobilen igen. Det tog inte lång stund innan Wayan försiktigt gled in genom skjutdörren till verandan.

"Hey." Jag log.

"Hey".

Jag gick fram emot honom och vi kysstes igen, länge. Jag kände hur hans händer stadigt tryckte mig mot honom.

"Wait!".

Jag frigjorde mig och drog för gardinerna, både de tunna och de tjockare mörkläggningsgardinerna. Jag tände en av de små lamporna på rummet. Det skulle inte vara populärt om någon av hotellpersonalen fick syn på Wayan inne hos någon av gästerna. Återigen dök blygheten upp, vad skulle jag göra nu? Jag visste ju inte hur man gjorde sådant här, jag hade ju bara varit med gamla vanliga Marko i sex år. Wayan satte sig på sängen och klappade på överkastet bredvid sig. Vi som hade pratat så mycket var nu helt tysta, och pratade bara med våra kroppar. Jag satte mig bredvid honom och vi kysstes och började försiktigt undersöka varandra med händerna. Jag bad honom vänta, gick runt sängen till andra sidan, drog av mig klänningen och kröp ned i sängen i bara bh och trosor. Wayan flämtade till; "Wow". Jag visste inte riktigt vad han menade, men nu ville jag bara att han skulle krypa ned bredvid mig, komma nära, nära. Han tog av sig alla sina kläder och jag kunde se att han ville samma sak som jag. Han kröp ned på sin sida och våra kroppar möttes mitt i sängen, jag drog av mig bh och trosor och vi lät våra kroppar göra allt de ville med varandra.

Det var fantastiskt att få upptäcka en annan persons kropp, en kropp som man inte hade känt tidigare. Både min kropp och min själ flöt ut och blev alldeles suddiga i kanterna. Jag tillät mig själv att njuta av varenda sekund. Jag visste ju att det här var en tillfällig historia, som skulle stanna här på Gili Meno, och på något sätt gjorde det allting ännu mer underbart. Wayans händer var mjuka och nyfikna, men målmedvetna. När han väl kom in i mig så exploderade fyrverkerier i min hjärna. Han var stor och fyllde mig på ett magiskt sätt. Sakta, sakta rörde vi oss mot varandra, det fick inte ta slut. När vi både var nära bristningsgränsen sa jag "Now!" och vi exploderade i njutning tillsammans. Jag sveptes med av en himlastormande orgasm som aldrig tog slut. Wayan sjönk tungt ner över min kropp och det var underbart att bara ligga där och andas. Han tung på mig och jag kände mig som om jag smält och blivit mjukare, lite som om jag flöt ut över sängen. Han kysste mig och rullade försiktigt ned bredvid mig.

SJU

De dagar som var kvar på ön tillbringades på ungefär samma sätt, jag solade och badade på förmiddagarna, åt lunch och satte mig sen och jobbade när folk började vakna i Sverige. Sen tog jag en dusch, käkade middag och hängde med Wayan. Han var kvar på ön i fyra dagar till och vi njöt av varandras sällskap. Det var så lätt, så okomplicerat. Båda visste att det inte fanns någon fortsättning och att det här bara var här och just nu, den mest okomplicerade sortens relation. Jag lärde mig massor om hur man levde här på den lilla, lilla ön, som tillhörde Indonesien, men som var en egen liten värld för sig. Jag lärde också Wayan om det kalla, mörka Sverige, som jag flytt under vintern, men som han såklart tyckte lät exotiskt och spännande. Är man van vid en konstant temperatur på 30–35 grader och sol för det mesta, så kan jag förstå att allt annat kan låta spännande. Det är ju såklart svårt att förstå hur kompakt gråheten är månader i sträck, hur mörkret får en att vilja krypa in i ett hörn och gömma sig hela vintern, hur kylan biter tag i en och får en att svära när man gräver fram bilen ur den senaste snödrivan, en tidig morgon när man ska iväg.

Det var mörkret, kylan och färglösheten som jag flytt ifrån, som jag till slut hade fått Marko att förstå att jag verkligen inte stod ut med längre. Jag var för gammal för att inte åtminstone prova på att leva det liv som jag drömt om, som nomad i Asien, nu när jag hade ett uppdrag som tillät att jag jobbade helt på distans. Det var ju världens tillfälle. Kanske hade det varit spiken i kistan på vårt förhållande, men ärligt talat var vårt förhållande mest praktiskt och såklart var vi bästa vänner, men det kunde vi väl vara ändå? Eller var det naivt att tänka så?

Jag rycktes tillbaka till verkligheten från mina funderingar på Marko och avslutandet av vår relation.

"Babe, I'm leaving now."

Där stod han, min vackra bruna älskare med glitter i ögonen och all vänlighet och klokskap som bodde i honom. Jag kände hur sorgen grep tag i mitt hjärta, men förklarade för den att det var så här det skulle vara, det var väntat och bestämt från början, att vi skulle dela på oss.

"Bye, beautiful Wayan. It was a pleasure!" Vi skrattade. Det hade varit så lätt att umgås med honom, glädje, skratt, vänlighet, ömhet. "Babe! Take care on your travels! And know that you always have a place to come back to." Han pekade på sig själv.
"Yes, I know." Vi stannande i en lång kram. Så mjukt och varmt. Så tryggt och stabilt. Jag sög in allt jag kunde, om två dagar skulle jag iväg igen, ensam och fågelfri, och tankade mig full med värmen från Wayan, för att ta med mig i själen.

Han gick mot båten som skulle ta honom till Lombok, där han

skulle fylla på sina förråd av vackra tyger, billiga smycken och annat krafs. Han vände sig och vinkade, och jag vinkade tillbaka, sen vände jag mig om och gick sakta tillbaka till hotellet. Ikväll skulle det bli första middagen ensam på länge. Det fick bli room service och ett försök att landa, sammanfatta, känna och låta allt storma klart inom mig, för jag kan inte säga att jag var oberörd. Promenaden kändes ensam och lite ledsen och jag plockade ihop mina strandsaker och la mig i en solstol på stranden, för att bara låta allt komma till rätta inom mig. Havet glittrade i eftermiddagssolen, solen brände genom det tunna tyget som var uppsatt ovanför solsängen. Det gick inte riktigt att vara ledsen här, solen, vattnet, sanden, glittret, allt bidrog till att påminna mig om hur lyckligt lottad jag var, och att det var det här jag ville. Ensamhet, reflektion, introspektion. På något sätt var jag på en plats i livet där jag kände att det var dags att göra allt det som jag ville och drömde om, att livet inte var oändligt och att jag ville tillåta mig allt glitter, all sol och alla stränder i världen om det var det jag ville, och om jag hade möjlighet. Och just nu både ville jag och hade möjlighet. Tankarna gled till Wayan, våra samtal, våra kroppar tillsammans, äventyret. Jag hade inte ett uns dåligt samvetet mot Marko, vi hade ju kommit överens om att dela på oss, och jag hade en stark misstanke om att han träffat någon annan. Jag visste inte, och det spelade egentligen ingen roll, och rättfärdigade inte något jag hade gjort, men jag kände att det inte kunde var fel att följa mitt hjärta. Jag hade lovat mig själv att helt följa min glädje och min intuition hela resan, ja, hela livet egentligen, och det var det jag hade gjort med Wayan. Bara följt glädjen. Friheten. Friheten att följa glädjen. Det var något av det absolut mest värdefulla jag kunde tänka mig, och det var nog också en anledning till min resa. Att komma bort från allt som höll en fast, allas åsikter, alla normer, allt som man "skulle" och "borde" och "måste". Det här var mitt sätt att ta avstamp in i mitt nya liv, det liv som jag hade lovat mig själv bara skulle bli bättre och bättre. Där jag kunde bli bättre och bättre varje dag.

Jag gick ned till strandkanten och gick ned i det ljumma vattnet.
Jag hade inte med mig mina badskor, så jag stannande nära
strandkanten, där vattnet var som mest turkost, där fanns inte lika
mycket vassa koraller att skära fötterna på. Vågorna slog sakta mot
stranden och jag lät mig bara vara. Jag lät de tårar som ville
komma fram komma och blandas med saltvattnet, det kändes
skönt att få låta tårar för förlusten av Wayan landa mjukt i havet,
som jag älskade. En lång stund låg jag och bara flöt på vågorna
och lät huvudet tömmas på tankar. Allra bästa sortens meditation.

Jag gick upp, samlade ihop mina saker och gick till rummet och
duschade av mig saltvattnet. Tog på mig ett nytvättat nattlinne och
la mig på den bäddade sängen. Läste menyn och ringde och
beställde fish and chips, riktig comfort food. Det fick bli en riktig
myskväll idag med mat, en bra film på Netflix på laptop-en, och
lugn och stillhet, för att känslorna skulle få utrymme att virvla runt
som de behövde.

ÅTTA

De dagar jag hade kvar på ön slängdes jag mellan glädje,
tacksamhet och saknad. Jag tror att det var mest sällskapet jag
saknade, självklarheten att ha någon att käka middag med. Jag
älskade verkligen att resa själv, att kunna bestämma mig för precis
vad som helst när som helst, men det var också nånting annat,
något som jag inte riktigt kunde sätta fingret på. Vart jag än kom
så var jag lite, lite avvikande, lite, lite annorlunda. En medelålders
dam som reste själv och jobbade. Folk höjde en liten, liten aning
på ögonbrynen. För det mesta tyckte de nog att det var en kul
grej, men det var nånting med det där, som kändes inuti. Kanske
var det helt enkelt så att den känsla av att vara lite, lite annorlunda
som jag haft hela livet blev bekräftad på något sätt. Och den
känslan, att vara en liten aning annorlunda, tror jag egentligen att
alla har. Och nu satt jag här, mitt i den känslan, åt räkor stekta
med vitlök och smör, firade mig själv med ett glas bubbel, något
som jag aldrig brukar göra när jag reser själv, och tittade ut över

en solnedgång som tog andan ur en. Dessa solnedgångar, jag fick aldrig nog av dem. Dels var det skönheten med alla färger och fascinationen över hur fort solen faktiskt till sist sjönk ner bakom horisonten, men det var också något större, ett avslut, ett lugn, en försäkran om det kommer en dag imorgon, en dag som är helt ny, och att man innan det ska få vila i trygghet. Jag kände mig oändligt tacksam för den här känslan, för självklart förstår jag att det inte är alla som kan känna så inför en solnedgång. Men där jag satt nu med mitt bubbel, barfota på ett stengolv som fortfarande var varmt av solens strålar, med en djungel av palmer bakom mig, en vit strand och ett fantastiskt stilla hav framför mig kunde jag inte annat än att känna tacksamhet och en stilla, pirrande glädje. Tänk att jag verkligen satt här. Att min dröm nu blivit verklighet. Att jag hittat modet. Jag och min ryggsäck, precis så som jag föreställt mig. Jag såg mig omkring och kände bara kärlek till den här lilla ön och dess befolkning. Vilket fantastiskt litet paradis jag hittat, mest av en slump. Jag tänkte alltid, var jag än var, att hit, hit ska jag åka tillbaka. Samtidigt visste jag att det finns så oändligt många ställen som jag vill upptäcka, fascinerande platser med nya paradis. Vår jord är ett förunderligt ställe med så mycket vackert. Tänk om alla bara kunde ägna sig åt att njuta av den istället för att förstöra den.

Jag beställde in en stor flaska vatten och betalade, tog på mig mina flip-flops och gick sakta på de små stigarna genom sanden långsamt tillbaka till hotellet. Sista natten. Alltid lite både vemodigt och förvirrande. Imorgon skulle jag ta båten tillbaka till Bali, för att stanna där ett par dagar, det fanns några saker jag ville se innan jag åkte vidare, och sen skulle det bära av till Boracay, en liten filippinsk ö, som skulle ha en av de vackraste stränderna i hela världen. Hur jag skulle komma dit var fortfarande lite oklart, men jag skulle i alla fall flyga till Manila, och sen till något litet ställe där jag skulle försöka hitta en båt. Väl tillbaka på hotellet packade jag ihop det mesta av mina saker och tryckte ned dem i ryggsäcken.

Jag lämnade alltid något efter mig, eftersom jag alltid "råkade" köpa något nytt, och ryggsäcken hade inte plats för impulsinköp, så köpte jag något så måste något annat lämnas. Pirr inför resan, äventyraren i mig vaknade till liv. Jag älskade verkligen att vara på väg, att upptäcka, att se nya vyer, nya ställen, möta nya människor. Wayan hade redan blivit ett kärt litet minne, som jag kunde bära med mig, som en liten glittrande ädelsten. Jag log när jag tänkte på hur fint vi hade haft det. Hemma kändes så långt borta nu, det här var min vardag. Solen, haven, stränderna, människorna, mötena, omväxlingen, resorna, ryggsäcken och jag. Vardag. Jag hade möten med Sverige nästan dagligen när jag jobbade och det kändes så overkligt att de satt där, helt grå och bleka i sina mörka, dåligt upplysta rum och såg trötta och lite ledsna ut. Och jag satt med en knallblå himmel som bakgrund och fläktade mig med en solfjäder, brunbränd och fin och lycklig med salttrassligt hår. Vilka kontraster! Och vilken oändlig tacksamhet jag kände varje gång. Även om det här blev min enda vinter som digital nomad, så skulle det vara min bästa vinter någonsin. Att leva en dröm, att känna att man kan uppnå precis vad man vill, bara man vill det tillräckligt långt inifrån. Att man, genom att bestämma sig, kan åstadkomma mirakel.

Jag kröp ned i sängen, tog fram min anteckningsbok och bestämde mig för att äntligen komma tillbaka till min vana att skriva tacksamheter varje kväll. Jag skrev ungefär en sida i min bok, satte på min kvällsmeditation på mobilen, och somnade gott till den.

Sista frukosten på hotellet, grön ananaspannkaka med kokos. Jag längtade till det balinesiska kaffet, men tröstade mig med en färsk mangojuice. Efter frukosten gick jag och borstade tänderna och packade ihop mina sista saker, satte på mej mina resesandaler, som jag köpt under resan, de vägde ingenting, och gick sen och checkade ut och lämnade nyckeln. De önskade mig varmt välkommen tillbaka och jag gick sakta, sakta iväg mellan palmerna ned mot hamnen. Det var varmt och man fick gå sakta för att inte bli helt slut, jag tänkte sätta mig på restaurangen vid båten ett tag och bara titta, njuta och skriva lite. Jag blev omkörd av en häst och vagn; "You need a ride, madame?" "No, thank you." Jag hade inte brådska och promenerade gärna för att säga farväl till den lilla ön med alla sina koraller, sköldpaddor, fiskar och vackra blommor.

NIO

Att komma tillbaka till Bali kändes som att komma hem igen. Den fantastiskt gröna ön med allt som fanns att upptäcka, fyllt av ceremonier, tempel och heliga apor. Jag stannade ett par nätter i Padang Bai, där båten anlände från Gili meno, och hade redan i förväg bokat "min" chaufför, Gede, som var en mästare på att göra intressanta rutter utifrån vad jag ville se, och som också kunde berätta om allt, både om sevärdheterna, och om livet på Bali, deras tro, deras traditioner, ceremonier, politiken och balinesernas dagliga liv. Vi hade långa samtal i bilen, som var väldigt intressanta. Jag lärde mig massor om Bali, en helt fascinerande liten ö, där allt verkade fungera i någon slags underbar mix; hinduismen, buddismen, konfucianismen, islam och till en liten del kanske kristendomen också. Balineserna har en alldeles egen form av hinduismen, alla familjer har ett tempel i hemmet och det finns ett tempel i varje by. Alla går till templet, även de som kanske inte är troende, för det är en så stor del av deras vardag. Det finns nästan inga hemlösa, enligt Gede, och kriminaliteten är låg. Det jag hade planerat att se var Goa Lawah, ett tempel med en grotta fylld av fladdermöss, "fruit bats", ett djur som fascinerade mig. Jag hade sett dem förr i andra länder när de flög i skymningen, men här kunde jag alltså få se dem där de bodde. De ansågs som heliga, eftersom de bodde på en helig plats, och man offrade i templet, som annars var en riktigt turistfälla, med tjatiga försäljare som tog hutlöst betalt och guider som också tog överpriser. Jag betalade dock gärna överpriserna och tänker att de behövde pengarna bättre än vad jag gjorde. Jag skulle också åka och se risfälten Jatiluwih, som var ett av Unescos världsarv. Sen skulle jag låta Gede lägga till några utflyktsmål på resan, jag hade bokat två halvdagar med honom, jag tänkte hinna jobba lite från mitt hotellrum också. Dagarna gick fort, jag hann se massor och på kvällen den andra dagen körde Gede mig till Denpasar, där jag skulle sova en natt innan jag tog flyget till Manila tidigt nästa morgon.

Denpasars flygplats var, som allt annat på Bali, väldigt vacker och jag väntade på planet ett par timmar, jag hade ju inget att checka in, det var alltid smidigt och jag var så glad att jag hade rest med bara ryggsäcken. Jag skrev ett meddelande till Wayan, *"Leaving Bali and Indonesia now, thanks for everything, take care"*. Han svarade med ett hjärta bara. Men det kändes fint på något vis. Jag skrev till barnen och till Marko att jag skulle flyga till Manila nu, satte på en ljudbok och väntade på att få gå ombord på planet.

Flygresan gick bra. Det var ett direktflyg och tog lite drygt fyra timmar. Flygplatsen i Manila var gigantisk och kändes inte speciellt välkomnande. Det var för stor för det. Jag fick leta mig fram mellan terminaler och gick till sist ut och tog en Grab, Filippinernas Uber, till den terminal som jag skulle till för att ta flyget vidare. Jag hade gott om tid, så det var ingen fara.

Taxichauffören sa inte ett ord på hela resan. Manila var inget ställe som var inbjudande direkt. Jag letade mig fram till incheckning och genom säkerhetskontrollen och till rätt gate. Här kunde jag köpa något att äta och sen fick jag vänta ett par timmar igen. Jag satte mig tillrätta och halvsov en stund, jag hade gått upp tidigt och nu var jag trött. Flyget till Caticlan skulle bara ta en timme, men sen skulle jag försöka hitta en båt som tog mig vidare till Boracay. När jag väl kom fram till Boracay skulle hotellet hämta mig, men jag måste ju meddela dem när jag skulle komma.

Jag älskade resorna! Jag älskade att vara lite oviss om hur allt skulle lösa sig, men känna att det löste sig längs vägen. Jag älskade att vara på väg och att jag fick uppleva hur olika det var på olika ställen, det var fascinerande och oerhört nyttigt. Ju längre jag kom på min resa, desto mer instängt och fjuttigt kändes livet hemma i Sverige. Jag hade ännu inte längtat hem. Klart att jag saknade människorna ibland, men jag upplevde så mycket nytt och träffade så många nya människor att man inte riktigt hade tid att sakna. Dessutom var ju resan till för att ge mig själv tid att låta min själ få komma till tals utan att stoppas av allt som fanns hemma. Och den hade börjat visa sig, jag hade börjat hitta min själs nycklar här och där. Jag förstod verkligen varför min längtan att komma iväg hade varit så stark. Jag fick nya insikter hela tiden, även om de fortfarande var svåra att uttrycka i ord, men det tydligaste tecknet på att jag "levlade" var att jag hade en oerhört stark och nästan överväldigande känsla av att jag alltid, alltid hade mitt hem med mig. Min lilla ryggsäck med mina få ägodelar och min lilla Fjällräven-väska med pass, pengar och min nyckel till lägenheten som jag inte släppte ifrån mig, jag till och med sov med den ibland, när det kändes lite osäkert. Det var så lite man egentligen behövde, och ändå samlade man på sig så många saker. Jag hade bestämt mig för att göra mig av med en massa saker, eller ge dem till Marko, när vi delade på oss. Jag behövde inte alla saker. Livet var lättare utan att ha alla prylar, som ju också innebar ett stort ansvar. De få saker jag hade med mig var jag rädd om, använde jag och tog hand om tills jag bytte ut någon för att jag hittat något bättre. Man borde göra så hemma också.

När det var dags att borda planet till Caticlan gick jag på med nyfikenhet. Filippinarna var ett folk som jag ännu inte fått grepp om. Inget kunde ju slå balinesernas vänlighet, och jag saknade den. Här var det nästan bara filippinare på planet, och nån till enstaka turist. Som 50+-kvinna som reste själv fick man alltid en del blickar, men var också ganska osynlig. Det var skönt och man kunde sköta sig och sitt, jag gillade det. Flyget gick fort och var vackert med havet under oss. När vi gick av i Caticlan visade det sig vara en pytteliten flygplats och det var lätt att hitta båtarna, det fanns en hel rad med små bås där de sålde biljetter. Jag valde det företag som jag hade fått tips om i en Facebook-grupp och skrev till hotellet när båten skulle komma fram till Boracay, båtturen tog bara cirka 20 minuter. Vi placerades i en liten buss och kördes till hamnen., där vi föstes ihop i ett litet väntrum, där man fick en färg. När färgen ropades upp skulle man få gå på sin båt. Det var varmt, rörigt och trångt, men funkade bra ändå och färg efter färg fick gå på sin båt. Rätt som det var var det min tur och jag satte mig på den lilla båten med min ryggsäck bredvid mig. Båten kom snabbt iväg och körde fort, och då menar jag fort. Härligt att vara ute på havet igen efter den långa resan. Väl framme vid Boracay gick vi av båten och visades till ytterligare buss, som tog oss till hotellen. Jag skulle bo vid station 2 på White beach och bussen tog mig nästan ända fram, jag fick gå sista biten, men fick ryggsäcken buren av en personal från båtföretaget. Jag checkade in och visades till rummet som var helt inrett i rosa. Jag satte ner ryggsäcken på bordet i rummet och la mig på sängen en stund. Det var snart solnedgång och jag skulle ut och leta mat och titta på solnedgången, men några minuter i utsträckt ställning skulle jag unna mig innan jag gick ut igen.

TIO

Solnedgången här var inget annat än magisk. Det fanns egentligen inga ord som kunde beskriva den. Jag har sett många solnedgångar på många ställen i världen, men solnedgången vid White beach på Boracay tog priset. Alla samlades på stranden vid solnedgången, och då menar jag alla, det kryllade av folk. Solen rörde sig majestätiskt mot horisonten, samtidigt som de små båtarna med trekantiga segel åkte fram och tillbaka på det orangefärgade havet framför den. Alla filmade, fotade, badade, mediterade, pratade eller bara stod och tittade. Jag var trött och hungrig efter resan, men kunde ändå inte slita blicken från den nedåtgående solen, det var något helt unikt att få se en sån här solnedgång. Speciellt om man tänkte på att klockan var någonstans runt elva på förmiddagen hemma i Sverige just nu, det var februari och mörkt, grått, snöslask och allmänt deprimerande. Och här stod jag. På en av världens vackraste stränder och beskådade den vackraste solnedgång jag någonsin sett. Jag kände tacksamheten flöda i varenda cell. Jag kände också att magen protesterade mot att inte ha fått någon mat på länge, och jag gick ett par meter upp från stranden till den lilla sandiga strandpromenaden som kantades av hotell och restauranger. Här var det helt inriktat på turister, och utanför varje restaurang, butik och massageställe stod det ett gäng filippinska ungdomar och försökte locka in en på just det etablissemanget. Jag valde ett ställe med stor veranda, där jag fortfarande kunde ha koll på havet och det skådespel som målades upp på himlen efter det att solen gått ned. Jag hade inte hunnit sätta mig in i den filippinska maten och just nu ville jag bara ha något att fylla magen med, så jag beställde in pasta al olio, det var alltid gott och en färskpressad ananasjuice. Man kunde inte påstå att det gick någon nöd på mig. Maten kom snabbt in och jag åt sakta och tittade på stranden, himlen, havet och alla människor. Så otroligt mycket människor, mest asiater som var på semester, väl täckta mot solen, med kameror och mobiler på selfiesticks i högsta hugg. Det här var något helt annat än Bali och det skulle nog ta ett par dagar att ställa om sig. Första kvällen fick bli kort, jag var trött efter resan, jag betalade och gick tillbaka den korta biten till hotellet, på vägen dit slank jag in i en butik som såg ut att sälja det mesta och köpte en stor flaska vatten, paracetamol och lite snacks. Jag behövde också lite annat, men det fick jag köpa imorgon, nu skulle jag hem och lägga mig och läsa lite, eller kanske bara scrolla på mobilen.

Jag somnade fort när jag väl kom i säng, sängen var härlig, jag hade haft tur med sängar hela resan. Jag vaknad tidigt dagen efter, som alltid på ett nytt ställe. Jag kikade ut genom fönstret, jag hade ingen vidare utsikt, men å andra sidan kunde jag gå utanför dörren och direkt ut genom hotellreceptionen och stå på den fantastiska White beach, så jag hade inget att klaga på. Jag tog en lång dusch, klädde på mig och listade sen ut var jag kunde äta den frukost som ingick och gav mig sen ut på en liten upptäcktsfärd. Jag gick lite söderut på stranden, mot station 3, där skulle det vara lite lugnare. Det var mycket folk nu också, men känslan var lite lugnare, lite lojare, lite mer avslappnad än igår kväll. Det var ofattbart vackert, det var nästan svårt att ta in allt, färgerna, den knallblå himlen, det turkosa vattnet och alla palmer som hängde lite lojt ut från den vita stranden över vattnet. De hade nyligen förbjudit solstolar på stranden, för att den skulle få vara så vacker som möjligt, och när man väl var här förstod man precis varför. Skönheten var slående. Jag gick tills jag kom till någon slags brygga, där det fanns båtar att hyra och där det verkade vara lite verksamhet på dagarna. Det kanske var härifrån man kunde åka ut i de små båtarna som jag sett igår? Jag vände och gick tillbaka. Jag skulle bo här på samma hotell i tre veckor och jag hade bestämt mig för att det nu var dags för att lägga på ett extra kol med mitt jobbande. Trots att jag var så långt bort så kunde jag göra allt härifrån, utom de helt handfasta bitarna i uppdraget, en de hade jag en arbetsgrupp i Sverige, som kunde hjälpa mig med. Nu bestämde jag mig för att hämta ut en beach-towel och ligga under en palm i ett par timmar nedanför mitt hotell på stranden, sen skulle jag käka en frozen yoghurt till lunch och sen skulle jag sätta igång och jobba, och hoppades på att någon i Sverige var uppe tidigt och började jobba, så jag hade någon att kommunicera med. Jag låg sju timmar före Sverige, så jag fick ta hänsyn till tidsskillnaden, och hade ibland suttit och jobbat sent på kvällen.

Att ligga under en palm på Boracay på White beach och bara titta upp på palmkronan som vajade sakta i vinden, höra alla som pratade på avstånd, kika ned och se det fantastiska havet som var alldeles stilla just här var något som fick min själ att flyga högt. Kunde man tröttna på att leva såhär? Jag visste inte, men just nu var det bara balsam för själen, total bliss och en avslappning som jag aldrig hade upplevt förut. Hjärnan tömdes på tankar och sinnet bara njöt av palmbladen som sakta rörde sig fram och tillbaka, det var nästan hypnotiserande. Jag låg rätt länge och bara lät allting komma ikapp mig efter resan, men bestämde mig sen för att doppa mig. Vattnet var fyllt av alger närmast stranden, som man fick ta sig igenom, men längre ut var vattnet helt klart, botten var vit sand och det var långgrunt. Jag gick sakta ut, vattnet var kallare än på Gili meno, men det var fortfarande varmt. Jag doppade mig och flöt omkring en stund, simmade lite och rättade till mobilväskan som gärna ville flyta omkring lite hur som helst. Jag tittade på stranden härifrån, den var ännu vackrare så här på avstånd. Jag gick upp, svepte in mig i mitt färgglada tygstycke som jag köpt på Bali och gick upp till mitt hotellrum.

Efter en dusch, för att bli av med saltvattnet satte jag mig på min lilla veranda utanför rummet med datorn. Jag hade en hel del mail att svara på, jag hade ju bara loggat in lite sporadiskt under sista dagarna. Nu skulle jag jobba ikapp. Ett mail var markerat som viktigt och jag öppnade såklart det först, det var från en av de som var med i min arbetsgrupp i Sverige. Jag läste mailet, men fick läsa om texten ett par gånger för att det verkligen skulle sjunka in vad det stod. Vi var nu inne i ett kritiskt skede i en utredning vi höll på med, och mailet informerade mig om att de som ingick i arbetsgruppen nu hade fått skydd, kommunen som var min uppdragsgivare hade anlitat en säkerhetsfirma för att de ansåg att situationen som vi var i nu hade blivit så allvarlig att vi som jobbade med utredningen kunde tänkas vara i riskzonen för att bli utsatta för något personligt hot från individer som berördes av utredningen. Det var lite mer än vad jag hade förväntat mig. Jag undrade för mig själv vad det kunde handla om för hot? Våldshot? Visserligen var vi ju helt på det klara med att de personer som ingick i vår utredning inte hade rent mjöl någonstans, men att de skulle kunna vara hotfulla mot oss i arbetsgruppen hade vi väl kanske inte riktigt funderat över ens. Jag slängde iväg ett mail till alla i gruppen och undrade om vi skulle ha ett Teams-möte när de väl vaknade, vilket borde vara om ett par timmar. Jag själv kände mig helt säker, som var nästan på andra sidan jordklotet, men det är klart, man visste ju aldrig. Jag såg mig omkring. De turistande koreanerna, som det vimlade av här på Boracay, gick fram och tillbaka utanför hotellet, hotellpersonalen satt i receptionen och drack vatten och skrattade. Bougainvillean blommade och gömde mig till stor del från omvärlden på min lilla uteplats. Jag kände mig helt safe.

Jag läste vidare bland mailen och såg att det också kommit svar från min kontakt på Migrationsverket, att jag hade fått flera mail från nätverket som jag ingick i, och jag satte mig för att spara den information jag behövde ha kvar, svara på de mail som behövde besvaras och sedan arkivera eller radera alla mail. Oftast var den information vi fick via mail sådan att vi inte ville ha kvar den i inboxen, om det skulle bli så att någon begärde ut våra konversationer. Offentlighetsprincipen i all ära, men man fick anpassa sitt arbetssätt för att kunna vara säker på att information som absolut inte var till för allmänheten, inte kunde begäras ut hur som helst. Det var ofta väldigt känslig information vi hanterade, det mesta var ju arbetsmaterial som raderades efterhand, men en del måste ju sparas om något skulle gå vidare till rättsprocess.

Efter att ha gått igenom alla mail, och dokumenterat det jag behövde, så var det dags att forska vidare i det som jag just nu höll på med. Det hade gått någon timme och jag gick in med datorn, för att gå ut och köpa en frozen yoghurt på det lilla stället precis utanför hotellet. Stranden var full av folk som låg i skuggan under palmerna, inte så många badade, men det kryllade av folk längs den sandiga strandpromenaden. Jag gick tillbaka till min veranda för att äta upp min froyo. Jag kollade in telefonen om jag fått svar från någon, och ja, det hade jag. Calle hade svarat, han var uppe tidigt tydligen. Han ville gärna ha ett Teams-möte, och jag skickade en bokning till hela gruppen, svensk tid klockan åtta, jag fick vänta ett par timmar till. De som kunde fick vara med. Vi var en liten grupp på fyra personer, och vi jobbade bra ihop, trots att jag befann mig där jag var. Alla var flexibla och brukade finna tid att mötas när det behövdes, utöver de veckomöten vi hade för att stämma av med varandra.

Jag jobbade på ett par timmar, följde spåren av sånt som inte kändes okej i systemen, och var noga med att dokumentera allt jag hittade, för att senare kunna följa alla spretiga ledtrådar åt alla håll de ledde mig. Jag hade av en slump snubblat in på det här området, som konsult tog man ju de uppdrag som man blev tillfrågad om och som verkade intressanta, och att utreda välfärdsbrott hade ju låtit väldigt spännande. Och det visade sig att det var det. Det visade sig också att jag var riktigt bra på att snoka reda på det mesta via de system som jag fick tillgång till, och via offentliga datakällor. Anstränger man sig lite extra så går det att få fram otroligt mycket information om folk, bara man var lite uppfinningsrik. Just nu följde jag ett spår med kopplingar mellan olika företag och personer där vi misstänkte ett långtgående samarbete som inte gynnade någon annan är de som var inblandade. Samtliga personer bodde i lyxvillor utspridda i Stockholms-trakten, självklart på de bästa adresserna i Danderyd, Bromma och på Lidingö bland annat. Jag uppslukades totalt av mitt arbete och ryckte till när jag såg att Teams-mötet startats av Calle. Jag kopplade in mig direkt, och såg Calle sitta blek i morgonmörkret hemma i Sverige, han hade en tjock halsduk runt halsen och höll en varm kopp kaffe i händerna, som för att värma sig. Jag skrattade.

"Gomorron! Är det kallt eller?"
Han log snett. "Skojar du? Det är minus 15 ute nu, det är helt sjukt!"

"Vill du veta hur jag har det?"

"Nä…" Han tittade nyfiket in i skärmen. "Jo! Var är du nu?"

"Boracay, jag bor på White beach, det är typ trettiotvå grader här, jag låg på stranden hela förmiddagen, tyckte det var lite kyligt i vattnet när jag badade, bara 26 grader".

Nu skrattade Calle. "Fan, det där är ännu sjukare ju! Alltså… sjukt bra!"

Plötsligt dök Maria in i mötet; "Heeeej! Gomorron!". Hon såg också blek och frusen ut, stackarna!

Vi stämde av läget med varann och kom sen in på mailet, det mail som hade rört upp lite känslor i gruppen.

"Har ni märkt något där hemma?" undrade jag. "Och var är Lisa?"

Båda två skakade på huvudet, de hade inte märkt av den eventuella fara de var utsatta för.

"Lisa vabbar idag", sa Maria.

"Aha, ok. Men hur går vi vidare? Är det något speciellt vi behöver tänka på" undrade jag. "Som NI behöver tänka på" rättade jag mig sen. Jag kände mig trygg där jag var.

"Äh, vi jobbar väl på som vanligt" tyckte Calle. "Man får tänka sig för lite bara när man ska ut på observationer".

"Ja, och håll ögonen öppna!" uppmanade jag.

"Alltid" skrattade han.

Maria, som var den som höll ihop gruppen, gick igenom var vi befann oss i arbetet och vad som stod på agendan närmsta veckan. Medan hon pratade lyssnade jag och såg mig samtidigt omkring. Här satt jag alltså. Ungefär tio meter från en av de mest fantastiska stränderna i världen, efter en underbar förmiddag på stranden underpalmerna, och jobbade med människor jag gillade och med något som jag tyckte var både spännande och viktigt och roligt. Kunde man egentligen ha det bättre, undrade jag tyste för mig själv.

"Emma!" Marias uppfodrande röst.

"Oj, sorry! Vad sa du?".

"Kan du kolla upp de lösa trådarna kring huvudpersonerna i härvan till nästa möte? Du har så bra koll på det nätverk som vi tidigare har kartlagt".

"Yes, självklart! Jag uppdaterar all info och snokar vidare och ser var jag kan hitta".

"Bra! Fokusera på Parisa och Yasin, och utgå ifrån dom".

"Jepp!"

Calle gjorde tummen upp. "Vi kan väl höras om ett par dagar, jag har några grejer vi behöver bolla mellan oss också".

"Såklart".

Calle och jag bokade in en tid och vi bokade tid för nästa möte med gruppen och hoppades att Lisa kunde vara med då. Vi sa hej då och jag bestämde mig för att gå och hämta en iskaffe från hotellets restaurang. Medan jag gick genom sanden till restaurangen funderade jag på mitt uppdrag för veckan. Parisa och Yasin. Det här var personer som drev företaget som vi just nu utredde, Omtanke & Omsorg. Jag visste redan en hel del om dem, men det fanns såklart mer att ta reda på. Parisa hade kopplingar till flera företag där hon tidigare suttit i styrelser eller varit verksam som chef. Hon hade också kopplingar via släkt till ytterligare flera företag. Yasin var hennes man, som i sin tur hade kopplingar till ännu fler företag, som han själv drivit tidigare. Främst var det företag inom vård, taxi och restaurang. De individer och företag som Parisa hade kopplingar till höll sig framför allt inom hemtjänsten, medan Yasins var mer inriktade på HVB-hem för ensamkommande, det som varit en så stor bubbla som sen plötsligt sprack. Det var många som hade gjort sig stora pengar på alla de HVB-hem som startades då.

Jag fick min iskaffe och tog med mig den tillbaka till min uteplats, tog fram datorn igen och letade fram de filer där jag hade sparat all den information som jag tidigare tagit fram. Jag var tvungen att uppdatera hjärnan med aktuell information innan jag satte igång igen.

Tiden gick fort och jag märkte att det började dra ihop sig mot kväll, snart skulle solen gå ned. Och redan efter första kvällen hade jag förstått att en solnedgång på Boracay är inget man missar om man kan undvika det, så jag gick in och lämnade alla jobbsaker, tog mina flip-flops och gick ut från hotellet och stod direkt på stranden. Det var faktiskt nästan helt overkligt att man kunde vara på ett ställe som var så hänförande, som fick en känna sig så fullkomligt hänförd och full av förundran. Det knallblå havet med den gröna remsan vid stranden, den vita sanden, himlen som började färgas av solnedgången, de trekantiga båtarna vid horisonten och palmerna. Jag gick ned och satte mig i sanden, jag hade bestämt mig för att riktigt njuta av solnedgången idag, i lugn och ro, utan att vara för trött eller stressa iväg till middagen. Jag var inte så hungrig och kunde vänta en stund. Mer och mer folk kom till stranden, hela sällskap, ensamma, familjer. Alla glada och förundrade, med mobilerna i högsta hugg eller med badleksaker till barnen. Jag vet inte hur många solnedgångskort jag tagit under resan, en stor del av minnet i min kamera upptogs av solnedgångsbilder från fantastiska platser och här skulle det bli ett ganska stort antal till. Man ville så gärna fånga känslan, färgerna, den förundran man kände, men det gick sällan, det fastnade liksom inte på bilderna. Ändå försökte man och försökte, och jag älskade alla mina bilder, jag kunde ligga och titta tillbaka på dem och hamna i känslan av att vara där. Mina bilder var som en känslodagbok som jag kunde gå tillbaka i och jag älskade att fota. Jag hade till och med köpt en undervattenskamera till den här resan, som jag använt flitigt på Gili meno. Det var femton minuter tills solen slutligen skulle försvinna bakom horisonten, jag hade kollat min sol-app, och efter det blev ju himlen ännu vackrare. Jag satte mig tillrätta i sanden och bestämde mig för att meditera, att låta tankarna och känslorna vara, och bara vara här och nu. Att nyfiket studera mig själv för att se vad det var som hände med mig just nu. Och kunde det finnas ett bättre ställe att meditera på? På detta fantastiskt vackra ställe i all den förundran och glädje som alla människor omkring mig utstrålade. Solen vandrade ned mot horisonten och precis när den skulle gömma sig bakom kanten så gick det alltid så fort, bara på ett par minuter. Lika fascinerande varje gång. Jag ställde mig upp och borstade av mig sanden. Idag skulle jag gå norrut för att se om jag kunde hitta en fiskrestaurang som jag fått tips om i en Facebook-grupp. Jag gick sakta genom sanden.

ELVA

Jag hittade den lilla, lilla restaurangen efter bara några minuters promenad; Charl's. Jag tog ett bord med ryggen in mot restaurangen och en magisk utsikt över palmerna och havet och himlen som nu var orange, röd, rosa och började mörkna snabbt. Jag tog mig god tid att studera matsedeln och såg mig omkring vad alla andra åt, det var musslor, snäckor, ostron, de mest färgglada krabbor jag någonsin sett och fisk av alla de slag. Så svårt att bestämma sig. Jag bestämde mig till slut att be servitören bestämma åt mig och frågade vad ha rekommenderade; dagens fisk, så det fick det blir, jag beställde potatis till och hoppades på att den skulle vara kokt, men tvivlade på det. Det var typ den enda maten jag saknade, vanligt hemmagjort potatismos. Och lingongrova med ost. Oj, vad jag saknade vanlig ost. Och lingongrova. Jag beställde in ett glas vitt vin, för ovanlighetens skull. Jag tyckte att jag kunde fira livet lite, jag kände mig trygg och hade nära hem. Jag lät blicken vila i havets oändlighet och funderade på mötet vi haft idag. Stackarna som satt hemma i mörkret i Sverige och som nu dessutom behövde passas av säkerhetsvakter. Och här satt jag och kände mig ovanligt trygg. Den koppling som vi nu hittat till grovt kriminella organiserade nätverk var ur mitt perspektiv enbart spännande, men jag förstod att det kunde kännas annorlunda när man var alldeles nära dem. Det skulle bli väldigt intressant att fortsätta att grotta ner sig i utredningen.

I ögonvrån såg jag något som försökte fånga min uppmärksamhet. Det var den ensamma tjejen som satt vid bordet bredvid mig, också hon med utsikt mot havet.

”Sorry, I overheard you talking to the waiter, are you by any chance from Sweden?”.
Hördes det så tydligt? “Yes” skrattade jag.
”Men vad kul!” utbrast hon, nu på svenska.
”Men! Är du också svensk?”
”Ja! Sussie.”
”Emma” hälsade jag. ”Vill du ha sällskap?”
”Ja, gärna!”

Eftersom Sussie redan fått in sin mat, flyttade jag över till hennes bord. Servitören log mot mig och nickade.

”Vad är oddsen att stöta på nån från Sverige på en strand på en liten ö i Filippinerna?” undrade jag.
Sussie skrattade. Hon hade ett skratt som det var lite allvar i. ”Ja, vad är oddsen? Berätta! Vad gör du här?”

Jag berättade att jag var på resande fot med min rygga hela vintern, att jag jobbade under hela resan och att jag hade det helt underbart.

"Men du då? Hur har du hamnat här?"

Sussie berättade att hon träffat en filippinsk man hemma i Sverige och att han tagit med henne hit en gång för flera år sen, och att hon sedan dess längtat tillbaka, och nu var hon här på semester i en månad ungefär. "Jag kom för bara en vecka sen, så jag har tre veckor kvar."

"Men wow, jag ska också vara här i tre veckor, vilket sammanträffande. Jag kom igår och är fortfarande lite snurrig efter miljöombytet, som man alltid blir."

Min mat kom, den såg fantastisk ut, grillad fisk, men ingen kokt potatis, utan pommes. Vi beställde in varsitt glas vin till, det här var ju verkligen värt att fira, att stöta ihop med en ny bekantskap så här in the middle of nowhere.

"Skål!" utbrast vi båda samtidigt.
"Var bor du?" undrade Sussie.
"Åh, jag bor i ett helt rosa rum på Nigi Nigi Too. Du då?"
"Jag bor lite åt andra hållet, upp mot station 1, på Bamboo bungalows. Det är helt ok. Hur är Nigi Nigi?"
"Åh, jag vet knappt än, jag har inte hunnit känna efter riktigt. Det är svårt att ställa om sig från Bali och till det filippinska sättet att vara. Har du varit på Bali?"
"Nope, men jag fattar. Det är lite speciellt här med mängden turister, det blir lite opersonligt på nåt vis."
"Ja, exakt! Och så känner man sig lite som ett UFO bland alla koreaner och japaner."
Sussie skrattade sitt allvarliga skratt igen. "Ja!" Hon hade långt, brunt hår, en lång blå kjol, svart linne, mycket smycken och det

var lite hippie-feeling över henne.

"Så vad har du gjort den veckan du varit här?" undrade jag, nyfiken på om det fanns något att upptäcka här.

"Well, jag har mest badat och solat faktiskt, men har varit på både Bulabog beach och Puka beach."

"Åh, dit ska jag också! Vad finns det mer man ska se?"

"Ja, det är ju mest stränderna som är sevärda, jag har inte hittat så mycket annat som man MÅSTE se. Du kan ju gå till D'Mall om du gillar shopping eller bara för att ha sett det."

"Jepp, det ska jag absolut göra nån dag. Jag hörde om att man kunde köpa daypass på Mövenpick resort också?"

"Ja, jag var där förra gången jag var här, det är väl fint om man gillar sånt".

"Well, vi får se."

"Men vad jobbar du med, som kan ha det så lyxigt och jobba varifrån i världen du vill?"

Jag försökte förklara mitt uppdrag som jag just nu hade, som gick ut på att utreda de som skodde sig på att suga ut pengar ur vårt välfärdssystem. Men en gedigen bakgrund inom hemtjänsten så hade jag en näsa för att snoka upp skumraskaffärer inom hemtjänsten, något som hade visat sig vara en ypperlig tillgång. Att förklara för folk att det fanns välfärdsbrottslingar inom hemtjänsten var alltid en liten utmaning, men Sussie fattade direkt.

"Ja! Men vad bra! Jag har själv jobbat inom hemtjänsten en kort period, och vi uppmanades direkt av chefen att fuska med tiderna."

"Berätta!"

Sussie berättade hur hon av sin chef på hemtjänstföretaget uppmanats att, om inte den person som hon skulle gå och hjälpa ville ha hjälpen, så skulle hon vänta i porten utanför för att ändå kunna registrera tiden som om hon varit där. Det här var ett vanligt sätt att fuska, vilket gav företaget pengar för den tid som utförts hos den hjälpbehövande personen, trots att personen ifråga inte alls hade fått sin hjälp, och inte ville ha den. När man sen tog upp detta med företagets ledning, så var det inte alls ovanligt att de skyllde på personalen.

Vi fortsatte diskussionerna över middagen, betalade och gick sedan de få meterna ner till havet tillsammans. Vi strosade längs stranden och berättade mer om oss själva för varandra och de visade sig att vi båda älskade solnedgångar, resor och att vi båda åkte med bara en ryggsäck. Sussie var något år yngre än mig, men femtio plus hon också. Kul att träffa på någon som inte bara reste runt och festade och var i början av livet, utan hade levt familje-fasen och nu var på sin egen resa. Vi hade promenerat norrut, och nu var vi framme vid Sussies hotell.

"Well, här bor jag" sa Sussie och pekade mot en ingång, gjord av tjocka bambustammar, och en gång kantat av gröna växter.
"Det ser mysigt ut" sa jag.
"Ja, jättemysigt! Du får komma och hälsa på någon dag".
"Ja, gärna".
"Ska vi höras imorron, vi kanske kan käka middag ihop då också?".
"Ja, absolut!" Vi bytte WhatsApp-nummer.
"Är du ok med att gå hem själv?" undrade Sussie.
Jag skrattade. "Ja, såklart! Men tack för att du frågade!"

Vi skildes åt och jag gick sakta hemåt mot Nigi Nigi, den här gången längs den lilla promenadvägen kantad av butiker och restauranger. Den löpte parallellt med stranden, med bara några palmer som avskiljare, så egentligen var det som om man fortfarande gick på stranden. Det vimlade av folk nu, som shoppade, som letade restaurang eller som bara njöt av kvällen och gick runt och fotograferade. Mest asiater, det var faktiskt sällan men såg något annat. Fortfarande var stranden full av folk. Utanför Nigi Nigi byggdes varje dag vackra konstverk av sand, där man skrev "Boracay" och dagens datum, ofta pryddes konstverken av små lampor på kvällen. Naturligtvis så ville alla fotas bredvid dessa fantastiska konstverk, och fick betala en liten slant för det. Jag smet in genom min hotellreception. Inne på gården blommade den fantastiska bougainvillean, precis utanför mitt rum. Jag bodde i första rummet till vänster när man kom innanför porten. Jag låste upp och gick in i mitt rosafärgade paradis. Det kändes så kul att ha träffat en kompis. Att resa själv innebar verkligen att man träffade folk på ett helt annat sätt än om man reste tillsammans med någon annan. Och dessutom var det så att den andra som reste själv också visste att det var underförstått att man inte fastnade i något kravfyllt, utan att båda två var självständiga personer som inte var rädda för att göra saker ensamma, men att, om man fortsatte att umgås, man valde att umgås de stunder man gjorde det. Det blev på något sätt mer värdefullt. Sussie verkade vara en självständig och bestämd person, vilket passade mig perfekt. Jag tog en snabb dusch innan jag kröp ner i sängen, man var alltid sandig här. Eftersom jag skulle vara här i tre veckor hade jag bestämt mig för att ha förmiddagarna till utflykter, strand och bad, att jobba från lunch till middag och sen ha kvällarna oplanerade, om jag inte hade något möte inbokat då, men det hade jag sällan. Jag försökte lägga alla mina möten på svensk förmiddag, vilket var min eftermiddag. Nu la jag mig i sängen med datorn och kollade in vad jag skulle göra imorgon, och bestämde mig för att ta en promenad tvärs över ön till andra sidans strand; Bulabog beach. Där skulle det vara kite-surfers och det ville jag gärna se. Och så ville jag såklart se lite mer av ön. Men kunde enkelt ta en e-trike som transport, det kostade inte många kronor, men jag skulle gå över, det var bara ungefär två kilometer, enligt Google maps. Jag kunde ta en e-trike tillbaka sen om det blev för varmt. Jag kollade snabbt mailen, inget spännande, och bestämde mig för att kolla en film på Netflix. Jag hade VPN för att kunna kolla var jag än var, och bestämde mig nu för mexikanska Netflix, jag ville kolla klart på La reina del sur.

TOLV

Nästa dag begav jag mig mot Bulabog direkt efter frukosten. Det var varmt att gå, jag hade packat ned vatten och badgrejer i min lilla tygpåse, som jag alltid hade med mig. Jag gick förbi turistshoppar, grönsakshandlare, koreanska restauranger, läkarmottagningar, fiskställen. Det var ordning och reda och relativt välstädat. Jag kollade gps-en, jag hade hittat ett ställe där det skulle finnas mangrove och hade bestämt mig för att gå den vägen. Jag kom in på en hemlig liten bakgata, där asfalten var perforerade av potholes, så det gällde att hela tiden se var man satte fötterna. Efter att ha åkt båt genom mangrove på Sri Lanka trodde jag inte att det skulle imponera på mig med lite mangrove här, och jag hade rätt, men det var ändå kul att se. Jag gick vidare till Bulabog beach och blev stående och bara tittade. Det var nog den mest perfekta stranden hittills. Knallblå himmel, en vit strandremsa med de numera obligatoriska palmerna som hängde ut över vattnet, och ett vimmel av kitesurfare ute på vattnet, med sina färgglada skärmar som kontrast mot den blå himlen. Vilken syn! Jag hittade en liten plats under en palm där jag slog mig till ro, och bara satt och tittade och fotograferade hur länge som helst, det var helt magiskt. Jag gick ned och kände på vattnet, det var mycket varmare vatten på den här sidan av ön. Men jag tänkte inte simma här, det kändes som om man skulle vara i vägen för alla surfare. Det var någon enstaka person som badade i strandkanten och jag vadade till knäna, men gick upp och satte mig igen. Det var ganska blåsigt här, och svalkade skönt även utan bad. Jag tog fram mina airpods och bestämde mig för att bara ligga och lyssna på en bok. Vilken strand!

Efter ett par timmar var jag nöjd med dagens strandhäng och gick upp mot ett litet matställe, för att käka något litet innan jag gick hemåt igen. Eller rättare sagt innan jag tog en e-trike hemåt, det var riktigt hett nu, och jag hade ingen lust att gå ens två kilometer på varma asfaltsvägar. Restaurangen var liten och mysig och var smyckad med allt möjligt, man kände sig direkt som hemma. Jag beställde in pasta och en limejuice.

När jag ätit färdigt och betalat gick jag lite norrut för att komma fram till den lite större vägen för att få tag i en trike, det stod ett helt gäng där, jag tog den som stod först i kön. "How much to Nigi Nigi Too, station X?". "250" "Ok".

Vi åkte iväg över skumpiga vägar. Det var kul att åka i den öppna triken, man såg så mycket på vägen, och vi susade förbi D'Mall, dit måste jag gå imorgon, jag ville verkligen se vad all the fuzz var om.

Hem till hotellet, nu skulle jag jobba. Vi var ju inne i ett riktigt spännande skede just nu, speciellt med det som hänt hemma i Sverige, att mina medarbetare hade fått en säkerhetsfirma som vakade över dem. Jag måste verkligen kolla vidare på de vi just nu granskade. Det var helt sjukt hur det fanns stora organiserade kriminella nätverk som verkligen pumpade pengar ur Sveriges välfärdssystem. Som egenföretagare retade jag mig varje månad på de stora summor jag måste betala in i skatt, när jag visste hur mycket av pengarna som gick direkt ned i de kriminellas fickor. När man berättade för andra vad man jobbade med; att utreda välfärdsbrott inom hemtjänsten, så trodde de knappt på vad man sade. Att som företagare ge sig in i en bransch där de mest sårbara finns, för att utnyttja systemet till det allra yttersta var något som man inte ens ville föreställa sig. Från att ha varit ett "folkhem" där alla gjorde rätt för sig och där man förväntade sig att alla var ärliga och ville väl, till det vi hade nu, var en milsvid, oändlig skillnad. Efter att ha jobbat med samma sak i tre år hade min inställning ändrats från att tro att det fanns lite "fusk" till att misstänka verkligen alla för att utnyttja systemet, och tyvärr tror jag att den senare uppfattning är den mer korrekta. Alla utnyttjade systemet, och de var otroligt uppfinningsrika när det gällde utnyttjandet, hela tiden upptäcktes nya metoder för att få ut mer och mer pengar, och när spelreglerna ändrades var man blixtsnabb på att anpassa sig och hitta nya vägar och sätt att få tag på pengarna. Vi kunde i vårt arbete se tydliga kopplingar till välkända kriminella gäng och nätverk, men att undersöka de brott som vi trodde att vi upptäckte lämnade vi över till polisen. Vi hade ett väl fungerande samarbete med den lokala polisen, och hade till och med blivit inbjudna att samarbeta med polisen på nationell nivå, eftersom vårt arbete blivit uppmärksammat och man ville veta mer om våra arbetsmetoder och vad vi hittade.

Jag plockade fram datorn och satte mig med den nätverkskarta som hade hängt med mig länge och som jag var tvungen att ha, för att hålla reda på alla personer som hängde ihop med varandra. Det var släktband, företagskopplingar, giftermål för svenskt medborgarskap, försäljningar av arbetstillstånd, folk hängde ihop med varandra på såna många olika sätt. Personer som var gifta med varandra, men som var folkbokförda på olika adresser, tillsammans med någon annan från ett annat giftermål som även de var folkbokförda på olika adresser. Lägenheter eller hus där det fanns upp till trettio personer folkbokförda på samma adress. Min nätverkskarta växte och växte varje dag, och vi som jobbade med att utreda välfärdsbrott inom kommunerna samarbetade med varandra, för att hjälpas åt att upptäcka de kriminellas nya metoder och för att informera varandra om det vi upptäckte. Därför byggdes nätverkskartan på, på ett ofta oroväckande snabbt sätt. Idag fokuserade jag alltså på familjen Parisa Rahimi och Yasin Jafari, ett par som var gifta, men som hade olika efternamn. Det fanns kopplingar till ett stort antal andra företag i flera olika branscher; taxiverksamhet, HVB-boende, skönhetssalong, personlig assistans och hemtjänst. Dessutom hade paret ett holding-bolag och ett företag som antagligen var vilande och inte hade använts till något ännu. Ofta hade man ett företag på vänt, för om man blev påkommen med något kunde man lätt sätta ett företag i konkurs och driva vidare verksamheten i det nya företaget. Paret hade också släktband till ett stort antal andra personer, som i sin tur också drev ett antal företag var, även dessa i ett stort antal olika branscher, där man också kom in i fastighetsförvaltning, byggbranschen och friskolor. Bland annat.

När jag satte igång med att jobba med detta hade jag blivit förskräckt över att de här människorna dök upp överallt, tandläkare, vårdcentraler, skolor, sådant som man hade förtroende för och litade på var pålitliga verksamheter. Efter tre år trodde jag inte att det fanns en enda väl fungerande verksamhet. Alla fuskade på något sätt och ett stort antal av de som fuskade var uttalat kriminella. Idag skulle jag fortsätta med en koppling till paret Rahimi/Jafari som ledde till ett företag som bedrev tandvård för äldre i deras hem; mobil tandläkare. Parisa Rahimi hade vad vi misstänkte var en bror, som jobbade som ekonomichef på företaget. Det var även svårt att hitta släktbanden, eftersom folkbokföringen sällan stämde och en hel del information hade utelämnats när personerna folkbokfört sig. Man kunde sällan se hur personerna hängde ihop med varandra, utan fick gräva djupare för att hitta information om detta. Den person som vi misstänkte var Parisas bror Saeed hade blivit intervjuad i ett tv-program på SVT för några år sen, när företaget blev anklagat för att ställa ut en stor mängd fakturor till dödsbon och till personer som bodde hemma och var gravt dementa. Företaget hade hävdat att fakturorna var korrekta, och verksamheten fortsatte som om ingenting hade hänt. I alla fall efter vad vi hade sett. Anledningen till att vi var intresserade av den här kopplingen var att Parisa satt med i företagets styrelse och vi började undra lite om pengaflödet mellan företagen, och om Parisa gav sin bror information om vilka personer med hemtjänst som skulle kunna gå att lura av lite extra pengar. Eftersom ingen av oss i arbetsgruppen hade någon som helst ekonomisk expertis var just såna här frågor lite kluriga för oss. Vi tog hjälp av kommunens ekonom Anne, men inte heller hon var ju van vid den här sortens ekonomiska efterforskningar. Så nu hade vi bestämt oss för att fokusera på det eventuella överlämnandet av information, och försökte på något sätt få reda på vilka kunder den mobila tandläkaren hade i vår kommun, som också hade hemtjänst hos Parisas företag Omtanke & Omsorg. På grund av sekretess var det väldigt svårt att ta reda på sådana här saker och jag skulle nu gå igenom de personer som eventuellt skulle kunna tänkas vara i riskzonen för att bli drabbade, för att arbetsgruppen i Sverige sen skulle kunna åka ut och göra observationer. Vi fick ju vara lite försiktiga med detta just nu, på grund av säkerhetsläget, men vi kunde i alla fall förbereda arbetet för att se om det var någon som var aktuell. Eventuellt kunde biståndshandläggarna vara behjälpliga med information så småningom.

Alltid när jag satte mig med datorn för att följa kopplingarna mellan olika personer och företag och allt det som dök upp längs vägen, så flög tiden iväg. Likaså idag. Jag satt i en inte alls angenäm arbetsställning och kände hur jag suttit böjd över datorn alldeles för länge. Jag tittade på mobilens klocka. Redan fem! Flera timmar hade rusat iväg och jag hade hittat några intressanta kopplingar, men ingenting som vi riktigt kunde använda oss av. Jag tänkte att jag skulle kolla mailen innan jag gjorde mig i ordning för att gå ut till solnedgången. Det enda jobbrelaterade, förutom alla nyhetsbrev och all reklam man fick, var ett mail från Calle med den intressanta rubriken "A knight in shining armour?". Jag skrattade för mig själv, det lät ju spännande, och jag klickade upp mailet direkt. Han berättade att en före detta anställd på just Parisas företag Omtanke & Omsorg hade hört av sig till kommunen med ett klagomål mot företaget, och att han gärna delade med sig av allt han visste om företaget, dess ledning och arbetsvillkoren där. Men var det sant? Det här var ju exakt, precis vad vi behövde exakt precis nu. En insider. Jag ringde upp Calle på Teams och hoppades att han hade tid att prata. Han svarade efter bara två signaler.

"Jaha, har du sett mailet nu?" Han skrattade. Jag gissade att du skulle ringa direkt.
"Men ja! Vilken grej! Precis vad jag satt och drömde om! Jag har suttit hela eftermiddagen och följt olika spår, men det är svårt att få ett riktigt grepp om vad som händer när man inte riktigt VET."
"Ja, det här kan bli ett riktigt lyft för utredningen" svarade Calle.

Han berättade hur den här personen, en man som tidigare jobbat på företaget, hade hört av sig till kommunens informationscenter och blivit kopplad till Calles chef Mia. Calle hade inte själv pratat med honom, men hade fått telefonnummer och personuppgifter av Mia, som hade sagt att gruppen nu fick hantera detta på ett varsamt sätt.

"Jag tänkte att det är bäst att du ringer upp honom, eftersom du har bäst koll på det här företaget" Vi jobbade med lite olika företag och spår parallellt, och jag hade huvudansvar för Omtanke & Omsorg.
"Yes! Jag kontaktar honom gärna, fanns det någon mailadress med bland uppgifterna?"
"Jepp!"
"Toppen! Då mailar jag honom och bokar något direkt."

Calle läste upp personens uppgifter, han hette Sami, och hade slutat på företaget för bara ett halvår sen, vilket skulle innebära att han hade relativt färsk information. Jag antecknade så pennan glödde, och började skissa på ett mail redan medan jag hade Calle kvar på skärmen.

"Haha, du kan inte hålla dig va?" undrade Calle.
Jag skrattade också "Nääääää. Det här kan bli ett riktigt stort steg framåt".

Jag skrev ihop mailet och skickade iväg det med min kommun-adress som avsändare, jag förklarade för Sami vem jag var och undrade om han hade möjlighet att ta ett möte via Zoom, WhatsApp eller Teams. Jag hade inget telefonnummer just nu, utan enbart ett e-sim med data, och använde mig mest av hotellets och restaurangernas wi-fi.

"Sådär, nu har jag skickat iväg ett mail till honom".

"Spännande! Du får höra av dig när du får ett svar".

"Ja, absolut! Men du? Vi hörs mer imorgon? Jag ska ut och kolla solnedgången nu".

"Somliga har det bra! Här är nollgradigt och snöblandat regn". Jag rös. "Ja jag kan inte påstå att jag är avundsjuk." Jag klickade iväg en bild av White beach i chatten på Teams. "Kolla chatten" uppmanade jag Calle.

"Näääääääää, jag ORKAR inte! Är det där du är?!

"Jepp". Jag log med hela ansiktet. Jag hade det nästa för bra. Ett spännande jobb, en underbar miljö, härliga kollegor, mina fina barn, Marko, som fanns med lite i periferin någonstans, och de få, men underbara vänner som jag hade kontakt med under resan. Plus alla nya människor jag träffade. Jag kände mig rik, tacksam och oerhört fylld av någon slags bliss.

"Well, Calle boy. Nu är det dags för mig att rida bort i solnedgången. Jag mailar dig så fort Sami har svarat".

Vi sa hej då och jag slängde på mig en lång klänning och gick ut direkt. Jag ville aldrig missa solnedgången, det var alltid en magisk upplevelse. Det var ganska tidigt och solen gassade fortfarande, men rörde sig sakta mot horisonten. Jag messade Sussie på WhatsApp; *"Vad gör du?"*.

Hon svarade nästan direkt *"Kollar solnedgången! Du?"*.

"Jag också, ska vi käka ihop?"

"Absolut! Om du går norrut så går jag söderut".

"Ok".

Jag gick sakta norrut längs strandkanten, stilla små vågor sköljde upp över mina fötter, vattnet var mjukt som sammet och alldeles ljummet. Sanden var ljuvlig att gå på. Jag tittade framåt och såg Sussie sakta komma gående från andra hållet, jag vinkade. Vi bodde verkligen inte långt ifrån varandra. Hon vinkade glatt tillbaka. Efter någon minut var vi framme vid varandra.

"Hej! Hur är läget?" undrade Sussie.

"Åh, det är toppen! Jag har haft en så himla bra dag! Hur har du haft det idag?"

"Vad kul! Jag har också haft det bra, jag har bara varit på stranden och här i krokarna och har tagit det lugnt idag, så skönt!"

" Aha. Jag var på Bulabog idag, vilken strand alltså! Helt ljuvlig!"

"Ja, jag håller med, jag har också varit på den, fantastiskt! Så kul med alla surfarna."

"Ja, exakt! Det blev helt magiskt på något sätt".

Vi satte oss i sanden och tittade tysta mot solnedgången, de orange vågorna som sakta smekte sandstranden, båtarna med sina trekantiga segel. En repris av igår, men ändå så fascinerande. Mitt hjärta sjöng. Här satt jag. På en av världens vackraste stränder med en helt obeskrivbart ljuvlig solnedgång framför ögonen, med en nyfunnen vän, efter en perfekt dag och arbetsdag. Kunde livet egentligen bli bättre? Om jag dog nu skulle jag dö lycklig. Men dö var ju det sista jag skulle göra.

Jag tittade på Sussie. "Kan man ha det bättre än så här?"

"Nej, jag tror inte det". Hon såg tillbaka på mig och jag såg lyckan också i hennes ögon.

Tänk att livet kunde vara så lätt och så underbart. En snabb tanke på Calle, som berättade om det snöblandade regnet, gled förbi i mitt huvud, vilket bara fick mig att känna mig ännu mer tacksam. Jag la mig ned i sanden och Sussie följde mitt exempel. Sanden var fortfarande varm och det var fullt av människor överallt. Men jag ville så gärna stanna i den här känslan, tacksamheten, ljuvligheten en stund till.

Jag kände då hur min telefon började surra. Någon ringde på WhatsApp. Jag grävde fram telefonen ur mun Fjällräven, och såg att det var Marko. Honom hade jag nästan glömt, allting i Sverige kände så oerhört långt borta och främmande. Skulle jag svara? Jag hade det mest perfekta ögonblicket just nu, och ett samtal med Marko kunde innebära vad som helst. Men jag kunde inte heller med gott samvete bara klicka bort honom, som om han var vem som helst.

"Hej Marko!" Jag svarade och kände att jag blev lite nervös.

TRETTON

Marko hade ringt för att säga hej bara. Men så länge som vi varit så nära så hörde jag direkt att det var något som han inte sa. Jag hade inte berättat för honom om Wayan. Vi hade ju bestämt att separera och jag hade kommit fram till att det var onödigt att ta risken att göra Marko ledsen.

"Är det något?" frågade jag nu.
Marko var tyst, men jag hade lärt mig att om man väntade lite så kom det alltid fram något.
"Alltså, äsch, jag vet inte…"
"Jo, säg!" uppmanade jag.
"Ja, alltså… Jag vet inte hur jag ska säga det här. Eller ens OM jag ska säga det."
Nu kommer det, tänkte jag, han har träffat någon annan, det var därför han ville separera.
"Ja, alltså. När du åkte iväg kände jag mig så himla övergiven."

Men va? Skulle han skylla det på mig? "Ok" sa jag bara.
"Ja, och jag var ute med gänget, och då träffade jag en tjej."
"Oj!"
"Ja, jag veeeet. Men alltså, vi har setts en del, och jag tror att det kan bli något med oss, och jag vill inte att du ska råka höra det från någon annan."
Well, den risken var ju liten, tänkte jag lite surt, jag är på andra sidan jordklotet, typ.
"Jag vet inte vad jag ska säga" sa jag. Och det var sant, jag visste inte vad jag kände ens. På ett sätt kändes det skönt, eftersom jag hade min lilla story med Wayan, men å andra sidan var det här min trogne följeslagare sen sex år som på något vis hade gått bakom ryggen på mig. Och som också skyllde det litegrann på mig.
"Nä, jag fattar. Det är fan inte lätt att ens berätta det här".
Nä, ska jag tycka synd om honom också? "Nej, jag fattar det". Jag ville inte bli arg eller bitter mot Marko nu. Jag måste få känna efter vad som hände i mig först. Jag slängde en blick på Sussie.
"Du? Jag ligger på en helt fantastisk strand med en helt magisk solnedgång bredvid en ny väninna. Jag måste nog smälta det här lite, kan jag ringa dig senare?".
"Ja, såklart, du får tag i mig när som helst! Puss!"
Den där pussen sved lite, men den kom såklart av gammal vana.
"Hej då, vi hörs sen" sa jag och la på.

Sussie tittade lite frågande på mig.

"Alltså, det var min sambo. Eller före detta sambo, får jag väl säga." Jag berättade hur vi bestämt oss för att separera under min resa, och att han redan träffat någon ny.
"Hur känns det?" undrade Sussie.
Jag skrattade "Jag vet fan inte! Ska vi leta upp en restaurang?"
"Yes!"

Vi ställde oss upp och borstade av oss sanden. Luften var som sammet, sanden var som potatismjöl, alla runt omkring var glada och tittade fortfarande ut över havet med det färgskådespel som pågick.

"Vad är du sugen på?" frågade jag.
"Anything. Ska vi testa Nigi Nigi?"
"Ja, det gör vi!".

Hotellet som jag bodde på hade ett "moderhotell" som också hade en restaurang där de spelade rockmusik och även hade livemusik på kvällarna. Jag hade tänkt gå dit, men det kändes mycket roligare nu när jag hade sällskap. Stället hette Nigi Nigi Nu Noos 'e' Nu Noos. Det var typ en minuts promenad dit från där vi hade mötts, och det fanns lediga bord. Vi satte oss vid ett bord med utsikt över vattnet, visserligen precis bredvid disken med fisk som de hade utställd utanför, men lite fisklukt kunde man stå ut med i paradiset. Servitören kom direkt och vi beställde in varsitt glas vin. Jag hade knappt druckit på hela resan hittills, och nu två kvällar i rad. Jag skulle känna av det, även om det var lite.

"Är du ok?" undrade Sussie.
"Jaaaa, det är ingen fara, jag misstänkte att han träffat någon, men det blev ändå lite chockartat. Vi har varit tillsammans i typ sex år och han är min bästa vän. Men det är ju rätt skönt att det händer när man själv befinner sig i paradiset."
"Du får säga till om du vill prata om det."
"Ja, det kommer jag att göra."

Vi småpratade lite om vad vi gjort under dagen och jag berättade lite om det eventuella genombrottet på jobbet och Sussie tyckte att det var som att lyssna lite på en deckare. Jag skrattade.

"Ja, tanken har slagit mig" sa jag.

"Alltså du får gärna intervjua mig också vid tillfälle. Visserligen har jag inte jobbat på något av företagen i den kommunen som du jobbar i, men jag har ju generell info om hur det är att jobba i hemtjänsten nu för tiden hos en privat utförare".

"Men ja! Vilken bra idé, tack!"

Vi beställde in mat, jag hittade en rätt som hette Spicy gambas och beställde in den. Maten tog god tid på sig och vi beställde in ett glas vin till. Kvällarna var ljuvliga här. Varma, vackra, magiska. Vi pratade och skrattade, Sussie var en människa som det var väldigt lätt att prata med och vi lärde oss sakta mer och mer om varandra. Hon jobbade nu som sjuksköterska och hade tankar på att starta eget på något sätt och hade massor av frågor till mig om hur jag hade gjort. Vi bestämde att hon skulle få intervjua mig om min uppstart av företaget om jag fick intervjua henne om tiden i hemtjänsten.

Maten kom in och den var alldeles fantastisk. Det var nu fullt med folk i restaurangen och ljudnivån var hög. I ett hörn stod ett litet band och spelade livemusik, gamla godingar som man kunde sjunga med i. När vi ätit upp betalade vi och gick ned till vattnet igen och småpratade. Sussie berätta lite om sig själv och sitt liv, och jag delade med mig av livet med Marko och försökte får grepp om känslorna inför att han nu träffat en ny person som skulle ta min plats. Jag visste fortfarande inte riktigt vad jag tyckte och kände vad det gällde det. Jag frågade ut henne lite om den filippinska man som var den som först hade fått henne att åka hit. Hon berättade att han levde på att vara trubadur hemma i Sverige, och att han var en riktigt glidare, hon trodde att han hade "en kvinna i varje hamn", han reste runt en del i Sverige och hon hade en bestämd känsla av att han hade haft någon dam på varje ställe.

Hon hade inte fått det bekräftat, men hade inte orkat leva med den känslan och hade till sist avslutat förhållandet. Men ingen av dem hade barn, så det var ganska enkelt. Vad mina barn skulle tycka om att jag och Marko separerade hade jag inte riktigt funderat över. Och Markos två döttrar, som jag hade fått så bra kontakt med, de var som nästan mina egna. Deras egen mamma hade tragiskt gått bort för ett par år sen, och jag hade på något vis blivit lite av en mamma för dem. Jag hoppades och trodde att de ville ha kvar kontakten med mig när vi delade på oss. När vi delade på oss. Det kändes fortfarande lite overkligt att tänka det, men allting som hade med hemma att göra kändes ganska overkligt just nu. Eller kanske kändes det overkligt att vara i det här paradiset, det var svårt att säga vilket. Vi hade gått söderut längs stranden och var nu nere vid station 3, här var det betydligt färre människor och inte lika många butiker, men det såg ut att vara en del mysiga restauranger. Vid stranden låg båtarna längs långa gummibryggor.

"Ska vi ta en sån här båt någon kväll?" undrade jag.
"Ja! Det gör vi! Jag gjorde det när jag var här med Ramon, det var en fantastisk magisk upplevelse."
"Ja! Vad kul! Jag älskar magiska saker!"
Vi skrattade. "Imorgon?"
"Ja, gärna! Vi får se till att träffas lite tidigare då, det lär vara rusning här vid solnedgången".
"Absolut! Jag kan jobba lite tidigare imorgon."
"Hur går det med jobbet?"
"Alltså det går toppen! Jag ska intervjua en "insider" och förhoppningsvis få bekräftat något av det som vi just nu bara gissar oss till".
"Åh, spännande! När ska detta ske?"
"Vet inte, jag har mailat källan, men väntar på svar." Jag slängde ett öga på mobilen. Inga mail än så länge. Skönt det, det var rätt

skönt att vara ledig när man inte jobbade. Det blev lite så att jobb och fritid flöt ihop när man inte hade så bestämda tider och när man jobbade med folk som levde i andra tidszoner.

"Kolla!" Sussie viskade och pekade mot några mörka silhuetter under palmerna lite längre bort vid bryggorna.

"Vad?" viskade jag tillbaka och kisade lite med ögonen för att se bättre.

"Business going on, tror jag" viskade Sussie tillbaka.

Jag såg hur saker bytte händer, men kunde absolut inte se vad det var på det här avståndet. "Aha, det är här man kan få tag i sånt".

Vi vände och gick sakta tillbaka. Antagligen såldes weed och det var onödigt att störa och kanske bli indragen i något som man inte alls ville bli indragen i. Jag berättade för Sussie om Sri Lanka, där jag hittat ett ställe längs stranden, där männen hade byggt som en scen under ett stort träd med nedhängande grenar. På den satt de sedan gömda av grenverket och rökte gräs och sålde. De hade frågat mig om jag ville köpa när jag gick förbi men jag hade vänligt tackat nej, och det var helt ok med dem. Det hade sett väldigt roligt ut, doften av weed kändes långt ut på gatan, och jag undrade lite hur de vågade, eftersom det var väldigt stränga straff gällande droger på Sri Lanka. Men kanske mutades den lokala polisen, vad visste jag. Alla fuskade väl där också. Jag tvivlade på att Sverige var det enda landet i världen där man hade shady business. På bara några få minuter var vi framme vid mitt hotell.

"Idag blir det du som får gå ensam hem, är det ok?" frågade jag.
"Jaaaaa… Jag är van att göra allting själv."
"Samma här" skrattade jag.
"Fan, vad bra vi är!"

Vi kramade om varandra och bestämde att höras imorgon under eftermiddagen.

Äntligen stillhet och ro. Jag körde lite yin-yoga i sängen, det hade varit en intensiv dag. Jag behövde landa i mig själv och låta känslor och tankar få storma runt lite i mig, medan jag bara observerade dem. Efter en halvtimmes yoga kände jag mig i balans och mådde toppen i själen. Nu kunde jag fundera på Marko och det han hade berättat. Var jag egentligen ledsen alls? Jag hade ju min lilla fling med Wayan, som jag inte hade delat med mig av, så jag var ju inte bättre på något sätt. Och vi hade ju bestämt att vi skulle dela på oss, så Marko kunde ju absolut göra precis vad han ville. Jag hoppades att vi kunde vara varandras vänner, men det var nog inte helt självklart om han skulle ha en ny kvinna vid sin sida. Det berodde nog mycket på hur säker hon var på sig själv och vilket kontrollbehov hon hade. Well, time will tell. Jag letade upp Storytel på mobilen och bestämde mig för att läsa lite innan jag somnade, för att inte fastna i någon tankeloop som jag inte ville vara i. Bestämde mig för Tolles "The Power of Now", den kunde få mig att koppla bort mitt ego litegrann. Jag tror jag somnade efter en sida, och vaknade mitt i natten med lampan tänd och telefonen insnurrad i lakanen. Jag som hade lovat att ringa Marko. Jag skickade iväg ett sms till honom, där jag skrev att jag skulle höra av mig imorgon istället och att jag var trött och måste sova nu. Jag gick upp och borstade tänderna, släckte lampan och somnade gott.

FJORTON

Nästa dag tillbringade jag förmiddagen på "min" strand, D'Mall fick vänta, åt en tidig lunch och satte mig inne på rummet för att jobba. Att efter frukosten på bara en minut kunna gå till en av världens vackraste stränder, lägga sig under en palm och stirra upp mot himlen med de vajande palmbladen var oerhört fantastiskt och också oerhört vilsamt för själen. När man sen gick tillbaka till hotellet var det som om man svävade på moln. Miljön som man vistas i påverkar allt, både kropp, själ och sinne.

Jag öppnade datorn och mailen, och såg direkt att jag fått svar från Sami. Wow, vad spännande! Han kunde höras redan idag! Då var det bara att vänta in så att klockan var tillräckligt mycket i Sverige för att jag skulle kunna ringa. Jag satte mig för att gå igenom det material jag redan hade och förberedde några frågor. Jag skickade iväg ett mail till Sami där jag skrev att han kunde höra av sig med en tid för ett första möte. Jag förslog Zoom, det brukade funka bäst. Jag mailade också arbetsgruppen att jag hade fått tag på Sami och att vi antagligen skulle prata redan idag. Helt plötsligt gick tiden oerhört långsamt och jag försökte ta mig an någon av mina lösa trådar i det jag just nu höll på med, men det var svårt att koncentrera sig när man bara väntade på svar på ett mail. Till slut började jag kolla låsloggar, där personalen gått in och ut hos vårdtagarna i hemtjänsten, och försökte hitta avvikelser där, skrev upp allt jag hittade för att kolla det senare och ögnade igenom flera medarbetares loggar, innan notisen om nytt mail dök upp på skärmen. Sami var vaken och kunde höras när som helst, wow, vad spännande. Jag sparade ner det som jag höll på med, gick och drog på mig det enda blusliknande plagg jag hade med mig över bikinin, och drog en borste genom håret. Jag såg i spegeln att jag var mörkt brun av en härlig solbränna i ansiktet och skrattade, man visste aldrig hur det skulle tas emot när man pratade med någon.

Jag kopplade upp mig på ett Zoom-möte och skickade iväg länken till Sami via mail. Sen var det bara att vänta. Jag fick vänta i ungefär fem minuter, sen kom Sami in i mötet, hållandes en blå kopp, som jag gissade innehöll kaffe. Det var ganska mörkt i rummet där han satt, men jag kunde ändå se att han var en stilig persisk man i 35-40-årsåldern.

"God morgon!" sa jag.
"Hej!" sa Sami, och tittade nyfiket på mig.
"Jag har ju fått ditt namn från Calle på kommunen, jag är en av dem som jobbar med att utreda företag inom hemtjänsten". Jag nämnde inte välfärdsbrott, eftersom det kunde vara avskräckande.
"Ja, ok."
"Jag förstår att du har jobbat på Omtanke & Omsorg tidigare".
"Yes, det stämmer."
"…och att du har en del att berätta?"

Sami tvekade lite innan han svarade. "Ja, alltså... Jag vill gärna berätta för någon, för jag känner mig så dåligt behandlad."

"Ok. Berätta!" uppmanade jag vänligt.

"Jag har redan berättat allt för en på kommunen, men hon var inte intresserad av att lyssna."

"Jaså?" sa jag förvånat och antecknade att jag skulle komma ihåg att fråga honom om vem det kunde vara lite senare. "Well, jag lovar att jag kommer att lyssna och att jag kommer att jobba vidare med den information som du ger mig."

"Bra! Jag tycker inte att företag ska få ta pengar från kommunen när dom inte gör det dom ska".

"Nej, jag håller med" sa jag. "Det är ju våra skattepengar dom tar".

Sami såg lite förvirrad ut, så långt hade han nog inte tänkt och jag tänkte för mig själv att jag fick ta det lite lugnt med honom, så att jag inte skrämde honom tyst. "Ja, var ska jag börja?" undrade han.

"När var det du jobbade hos företaget?"

"Jag slutade för kanske ett halvår sen."

"Ok. Hur kom det sig att du slutade?"

"Jag hade jobbat mycket, och använt min egen bil, men jag har inte fått betalt för det jag har jobbat."

"Aha, ok, men hur kommer det sig och hur har dom kunnat låta bli att betala dig?".

"Well..." Sami funderade en stund. "Jag har jobbat svart, ok? Och jag har inte fått pengar för något av det jag har jobbat."

"Aha, ok." Nu gällde det att vara försiktigt så man inte tappade förtroendet. " Hur mycket pengar det rör sig om?"

"Kanske runt femtiotusen."

"Oj!"

"Ja." Han funderade igen. Det var som om han vägde varje ord han skulle säga och funderade på vilka han skulle släppa ut i samtalet, och göra verkliga. Han tog ett djupt andetag. "Jag och Parisa hade ett förhållande".

"Men va? Ok…" Jag hämtade mig blixtsnabbt från överraskningen, det här hade jag verkligen inte väntat mig. Parisa var gift med Yasin som ju också satt i företagets styrelse. Då hade hon alltså en lite affär med en av sina anställda vid sidan om. "Berätta mer hur det gick till när du jobbade".

"Well. Parisa kunde komma till mig, hon hade loggat in hos någon gamling och kom till mig för att vänta ut tiden. Eller så kunde hon bara ge mig en jobbmobil, så fick jag logga in med hennes bankID, och sen fick jag åka runt och logga in mig hos gamlingar, vänta ut tiden och sen logga ut igen."

"Så det var ingen som fick den hjälp de skulle ha?" Jag kunde knappt behärska min iver över att ha funnit en källa som bekräftade allt det som vi misstänkt att vi sett i systemen för tidsregistrering.

"Nä. De fick ingen hjälp." Han tvekade igen. "Jag vet att jag har gjort fel…" Han såg ångerfull ut. "Men jag försöker göra rätt nu."

"Det är ok" sa jag, som absolut ville att han skulle berätta mer.

Vi pratade i ungefär en timme, och Sami bekräftade mycket av det vi hade trott och misstänkt. Han berättade dessutom en hel del saker som vi inte hade haft en aning om, till exempel att Parisa alltid hade en miljon kronor i cash liggandes hemma, att hon hade hus i Dubai, som hon ibland registrerade hemtjänstinsatser ifrån, att hon hade ytterligare en bror som jobbade på Skatteverket, som Sami trodde hjälpte henne på något sätt med företaget. Jag var helt överväldigad av all information och antecknade så pennan glödde, jag fick reda ut anteckningarna efteråt. Jag frågade och frågade, och Sami svarade snällt. Till slut kände jag att jag inte kunde ta in mer information, och frågade Sami om det var ok att jag hörde av mig igen, om det skulle behövas. Det var helt ok, tyckte han.

"Om det skulle gå så långt att det blir någon form av rättsprocess, skulle du i så fall kunna vittna om det du just nu har berättat?"

frågade jag honom.

"Ja, absolut!" Han tvekade inte en sekund. " Det dom gör är så fel!"

"Ja." Jag kunde ju inte annat än att hålla med. " Tack, Sami. Det här var oerhört värdefullt för oss, och jag kommer att jobba vidare med den här informationen nu på en gång."

"Vad bra!"

"Du sa tidigare att du hade pratat med någon på kommunen om det här, men som inte tog informationen på allvar?"

"Ja, första gången jag ringde blev jag kopplad till en Karin. Hon var inte det minsta intresserad av att lyssna på mig."

Aha. "Ok, jag ska kolla upp det" sa jag bara. Jag visste mycket väl vem denna person var, någon som jobbat alldeles för länge med samma sak, och som kanske var lite för bekväm, kanske lite för mycket kompis med de privata utförarna. Jag hoppades i alla fall att det inte var mer än så, men vad visste man egentligen? " Tack igen! Och lycka till med jobbsökandet! Vi hörs igen så småningom."

"Ja, vi hörs igen. Lycka till!"

Jag kopplade ner zoom-en. Jag tittade på mina anteckningar, jag hade skrivit sex sidor i min anteckningsbok. Jag satte mig för att skriva rent det på datorn på en gång, medan jag fort farande förstod vad det stod. Men först mailade jag Calle.

Wow, Calle! Vilken info! Du får höra av dig när du kan prata.

Jag visste att de hade möten hela dagen idag, men tänkte att Calle säkert hade en rast någon gång.

Efter bara en halvtimme, precis när jag börjat få anteckningarna färdiga på datorn, ringde Calle på Teams.

"Berätta!"

Jag skrattade. "Ja, du. Jag vet knappt vad jag ska börja." Jag försökte återge så mycket som möjligt av den information som Sami hade lämnat om företaget, och om Parisa. Att Sami hade haft ett förhållande med Parisa var förstås en smaskig detalj mitt i alltihop. Och miljonen i cash var ju en intressant upplysning som vi funderade över vad den kunde betyda. Varifrån kan man ens få tag i en miljon i cash, vad håller man på med för verksamhet då? Vi hade sett tillräckligt många tv-serier om penningtvätt och gissade att det här var något åt det hållet, men vad? Vår kriminella kompetens var inte tillräckligt hög.

"Jag måste dra in på mötet igen." Calle lät stressad. "Bra jobbat." Vi kopplade ner oss.

Jag slog ihop datorn och tänkte att det fick vara nog för idag, nu skulle jag ta en dusch, messa Sussie och dra ut på en liten båttur med efterföljande middag. Vilken dag!

FEMTON

Dagarna rullade på. Stränder, palmer, bad, jobb, mat, hänga med Sussie, samtal med barnen. Att reda ut härvan runt Parisa och Yasin tog tid, det dök hela tiden upp ny information, nya kopplingar, nya upptäckter. Jag hade kontakt flera gånger med Tobbe, en person i det nätverk vi skapat, vi som arbetade med välfärdsbrottslighet i kommunerna. Han var mycket kompetent, men framför allt hängiven. Vi delade en del information för att komma framåt, och tillsammans la vi ihop våra pusselbitar, för att få ihop det stora pussel som alla kopplingar runt Parisa och Yasin skapade. Men fortfarande saknades en hel del bitar.

Att Sussie hade dykt upp här på Boracay var en gåva, men också lite förvirrande, jag var så inställd på att hela tiden vara ensam, att ha en person som man på något sätt hängde ihop lite med, var nu en omställning. Jag var noga med att få tid för mig själv, för att hinna med allt det som jag ville göra, både i form av utflykter, att se olika stränder, och för att hinna med mina meditationer, min yoga och mitt skrivande. Jag ville hinna reflektera en hel del. Jag var också med i flera olika grupper som träffades regelbundet via nätet, för att hjälpa varandra med vår personliga utveckling.

Dagarna var alltså fullspäckade med jobb, utflykter till underbara stränder, häng med Sussie och allt det jag ville hinna med på min "egentid". Det var nästan så att jag kände mig stressad. Jag hade pratat en del med Marko och vi hade inte berört hans eventuellt nya flickvän mer. Det hade däremot blivit så tydligt att vi på något vis hade avslutat något, relationen var inte alls som den hade varit. Jag hade tagit som vana att kolla in bostäder minst en gång varannan dag. Jag visste inte riktigt hur och vad jag ville bo, så det var svårt när man inte visste riktigt vad man letade efter. Men det skulle lösa sig, det var jag helt övertygad om.

Något jag hade lärt mig de senaste åren var, att om man verkligen bestämde sig för något, då blev det så. Så hade det varit med den här resan. Plötsligt hade jag fattat ett beslut om att jag skulle resa hela vintern. Jag hade köpt en enkel biljett till Sri Lanka, och hade tänkt att det fick lösa sig med pengar och uppdrag och allt som behövde lösa sig. Och det hade det såklart gjort. Pengar hade dykt upp från oväntat håll, jag hade först fått tag i ett uppdrag som drog in pengar under de månader jag var kvar i Sverige, och sen hade jag fått ett uppdrag som tillät att jag jobbade varifrån som helst. Man får det man bestämmer sig för och fokuserar på. Det hade blivit mer och mer tydligt för mig att det verkligen var så, och om man var uppmärksam så kunde man se tecken på det varje dag, hela tiden. Det man tänkte på dök plötsligt upp framför ögonen på en, både det bra och det dåliga, så det gällde att ha kontroll på sina tankar och fokusera på det man ville skulle dyka upp i ens liv.

Jag var så tacksam att jag kunde leva det här livet just nu. Självklart fanns det vänner och bekanta där hemma som tyckte en massa saker och som sa "inte alla har möjlighet att leva som du", "är det inte ensamt?", "jag fattar inte hur du vågar!" osv. Men det var lite det som var grejen, alla hade verkligen möjlighet att leva som jag, eller precis som de ville leva. Såhär på avstånd kändes det så sorgligt att se människor gå och känna sig fast i det som de inte riktigt trivdes med att vara i. Och att känna sig ensam? Jag kände mig aldrig ensam, jag trivdes ypperligt i mitt eget sällskap och behövde massor av egentid, jag tyckte tvärtom att det var en oerhörd lyx att få bestämma allt själv, att helt kunna skapa dagen precis som jag ville ha just dagen idag. Och att våga? Vad finns det egentligen att vara rädd för? Att gå och oroa sig för sådant som sedan aldrig händer hade jag slutat med, det mesta gick att lösa och hände det något som man inte räknat med så fick man ta itu med det då. Vissa tyckte nog också att jag stack huvudet i sanden och inte brydde mig om krig och elände och hemska nyheter, men jag kan verkligen inte förstå de som tror att man måste ha koll på allt hemskt som händer. Informationsflödet var oändligt och man fick vara noga med vad man släppte in i sitt sinne, det fanns inte en möjlighet i världen att ha koll på allt, och det var inte heller meningen att varje liten människa skulle bära alla jordens sorger på sina axlar.

Jag skakade av mig mina funderingar. Framåtfokus, nya mål, glädje och närvaro! Det hade redan gått nästan precis två veckor på Boracay, och det var bara en vecka kvar. Forskningarna kring Parisa och Yasins business var nu inne på sluttampen, vad gällde vår utredning. Dessutom hade vi ju hittat flera spår att följa till andra företag, som vi skulle fortsätta att utreda. Nätverket kring bedrägerierna verkade oändlig, och det vi hittills hade hitta var ganska skrämmande. Jag tänkte att jag drog något slags strå till stacken genom att uppdaga vart våra skattepengar egentligen tog vägen, raka vägen ned i fickorna på kriminella nätverk. Just det här företaget, Omtanke & Omsorg, verkade vara någon slags nyckelspelare i nätverket och hade på vår nätverkskarta fått vara i mitten, som en sol, som allting utgick ifrån. Vi hade misstankar om att Parisa och Yasin hade hus i både Dubai och i Spanien, och att de ibland registrerade utförda hemtjänstinsatser från något av de husen via sina arbetsmobiler. Självklart kunde vi inte bevisa något, men intervjun med Sami hade avslöjat en hel del, och jag hade också haft uppföljande samtal med honom, för att ta reda på mer. Vi misstänkte också att Omtanke & Omsorg "importerade" människor från Iran, och att de sålde arbetstillstånd för dyra pengar. När personerna väl kom till Sverige, tvingades de att jobba i företaget under slavliknande villkor. Vi hade fått in anonyma klagomål till kommunen där man låtit ana att det var värre än vi kanske hade trott och att folk inte vågade säga något, för de var rädda att bli av med arbetstillståndet. Vi hade kontakt med Migrationsverket gällande detta, och de var väldigt intresserade. Tyvärr fick man ju sällan veta vad som hände sen när man anmälde saker till polis, Skatteverk eller andra myndigheter, men det kändes ändå bra att göra så mycket vi bara kunde med det vi upptäckte. Sami berättade vid vårt andra samtal att han inte direkt hade blivit hotad, men att Parisa hade träffat honom och filmat hela mötet och varnat honom för att något kunde hända. Jag hade frågat honom om han var orolig, men han hade bara skrattat, ryckt på axlarna och sagt att "det som händer händer" och "om något händer mig så vet ni...". Det var oklart om Yasin visste att Parisa haft ett förhållande med Sami, men om någon skulle göra något, så trodde Sami att det var Yasin som skulle anlita någon, och han hade medgett att han alltid såg sig över axeln när han var ute.

Efter att ha jobbat med hemtjänst på olika sätt i över tjugo år, så var det här en utveckling som jag aldrig ens hade kunnat föreställa mig, när jag åkte runt i min lilla hemtjänstbil på landsbygden i ett blommande sommar-Sverige. Det var verkligen som natt och dag.

De kopplingar vi hittade till olika branscher fick mig också att förlora förtroendet för de flesta, och jag var nu helt övertygad om att det fuskades hejdlöst överallt. Jag insåg hur lätt det var att suga pengar ur välfärdssystemet, och ur andra system också, för den delen, och hur lätt det var att ta sig ur en knipa om man hamnade i en. Vi hade sett en jurist, Andreas Nilsson, som dök upp i flera olika sammanhang kring de företag vi undersökte. I något företag satt han i styrelsen, men hos de flesta verkande han vara den som stod för dokument och skrivelser i juridiska sammanhang, vi hade hittat flera dokument i olika sammanhang, där hans namn fanns med. Googlade man på hans namn så dök han upp på många ställen och han hade kopplingar till en advokatbyrå, som inte verkade ha rent mjöl i påsen. Vi hade ju hört talas om advokater som hjälpte till med pengatvätt och allt möjligt och kunde misstänka att det här var precis det som vi såg. Men vi visste inte. Det fanns också en stor frustration över att inte ha tillräcklig kunskap om hur kriminella agerade och hur det faktiskt funkade med holdingbolag, att flytta pengar mellan företag, konkurser och nystarter. Vi pratade ofta i arbetsgruppen om att vi behövde lära oss mer om detta, men hur? Det var inte direkt så att man kunde gå nån kurs för ekonomisk brottslighet.

Ibland funderade jag på hur det här utredandet påverkade mitt sinne, men jag försökte hålla det ifrån mig så mycket jag bara kunde, så att jag inte gick och funderade på hur hemskt det egentligen var, utan istället kände att det var bra att vi försökte göra något åt eländet.

För vi gjorde verkligen vad vi kunde, men den kommunala apparaten var trög och kändes ibland lite tandlös. Vi var självklart tvungna att följa rutiner och riktlinjer och processer, och allt tog sån tid, vilket gav företagen vi granskade tid att försöka sopa igen spåren efter sina oegentligheter. Vi anmälde till andra myndigheter, men fick i princip aldrig veta vad som hände sen, vilket fick det att kännas som om ingenting hände. Det var ju också så att det för mig kändes ännu mindre, eftersom jag var så långt bort och hamnade lite utanför "loopen". Allting har sina fördelar och nackdelar. Under de dagar som gått hade vi sammanfattat allt det som vi hade hittat om företaget Omtanke & Omsorg. Det var inte lite, och det var flera saker som vi skulle bli tvungna att anmäla till polisen, Skatteverket och Migrationsverket. Men först skulle alla skrivelser vi gjorde läsas och godkännas av chefer, det skulle fattas beslut av chef och eventuellt av nämnden, beroende på vilka beslut det blev. Vår arbetsgrupp rekommenderade att kommunen skulle säga upp företaget direkt, en s.k. hävning, där de fick avsluta på dagen, och att alla misstänkta brott och oegentligheter skulle anmälas. Men bara för att arbetsgruppen tyckte det var det inte alls säkert att det skulle bli så. Maria, vår gruppledare, skulle i alla fall bli inbjuden till nämnden för att berätta lite mer generellt om vårt arbete, vilket kändes väldigt viktigt och som en chans att öppna ögonen på dem som satt i nämnden. Vi visste ju själva att, om man inte jobbade med det här och verkligen såg hur det fungerade, så var det svårt att tro på hur omfattande fusket inom välfärden var. Det vi också misstänkte med just Omtanke & Omsorg var att de pengar som de lurade till sig gick in i organiserade "gäng". Vi hade sett tydliga kopplingar till kända familjer som var aktiva i grovt kriminella nätverk, där det handlade om vapenhandel, droger och vem visste vad mer. Därav säkerhetsfirman som blivit indragen.

Jag hade nu fyra dagar kvar på Boracay och hade planerat att vara helt ledig de dagarna, jag hade redan jobbat in mina timmar och kunde vara ledig med gott samvete. Självklart var jag alltid tillgänglig, så var livet som konsult, men det gjorde mig ingenting alls. Eftersom jag jobbat en hel del hade jag inte hunnit umgås med Sussie så mycket de senaste dagarna, men hon skulle ju också åka hem om fyra dagar, så nu tänkte vi att vi kunde hitta på några saker tillsammans.

SEXTON

Jag messade Sussie: *Vaken?*
Yes! Ska vi dra eller?
Jepp! Jag är redo! Kommer du förbi mig?

Idag skulle vi ta en e-trike till Puka beach, en paradisstrand på
norra sidan av ön. Ingen av oss hade varit där ännu, men vi hade
googlat loss om den, och den verkade fantastisk.

Jag packade ihop det jag skulle ha med mig, och Sussie dök upp
efter bara tio minuter.

"Heeeeej! Hur är läget?" undrade hon.
"Åh, det är toppen! Det ska bli skönt att vara ledig några dagar!"
"Ja, du har verkligen jobbat på nu. Och du har fortfarande inte
intervjuat mig!"
Nä, just det! "Nej, det har jag ju inte! Kan vi ta det ikväll, över

middagen?"
"Yes, men nu drar vi".

Vi gick småpratandes sakta i värmen i sanden längs
strandpromenaden, för att sedan svänga upp till vänster vid den
lilla livsmedelsbutiken, och gå den lilla gatan upp mot ett hotell
där det alltid stod e-trikes utanför och väntade. Vi tog en,
förhandlade om priset, och satte oss tillrätta på bänkarna på det
öppna flaket. Chauffören körde i full fart längs skumpiga vägar
och vi susade förbi affärer och restauranger, och kom så
småningom upp bland kullarna, där vi åkte igenom filippinarnas
vardagsliv, där sprang hönor och hundar och barn i en salig
blandning, vi såg skolor och små affärer för invånarna, som inte
alls såg ut som de som fanns längre ned för turisterna. De här
affärerna var bara små bås med allt man kunde tänkas behöva för
sin vardag. Färggrann tvätt hängde på tork här och där och det var
grönt, massor av blommor, men även ganska torrt och fattigt med
mycket skräp överallt. Dessa förbannande plastflaskor som
hamnade verkligen överallt, men kanske allra mest i havet. Det var
hemskt med alla dessa paradisstränder som ibland var helt fyllda
av skräp. Visserligen plockade de bort skräp på turiststränderna,
men ibland hanns det inte med, och man såg hur mycket skräp
som egentligen fanns. Jag försökte själv hålla ned förbrukningen
av plastflaskor till ett minimum, men vad hjälpte det i den stora
helheten just nu? Jag tänkte på hur man i Sverige sorterade och
sorterade, medan man här liksom bara gjorde sig av med sitt skräp
hur som helst, utan speciellt mycket tanke på konsekvenserna.
Ibland såg man hela tomma tomter fyllda med plastskräp, gömt
bakom höga murar.

Efter ungefär 20 minuter stannade chauffören med ett ryck.
Chaufförerna var inte speciellt pratsamma här, det var inte som på
Bali där de gärna frågade ut en och berättade som allt mellan

himmel och jord.

"Beach?" frågade Sussie chauffören nu, och han pekade framåt.

Tydligen fick man inte köra längre, och vi fick gå sista biten. Den lilla gatan var kantad av försäljare och här var det riktiga små turistshoppar med snäckor i alla former och färger och kombinationer, smycken, skålar och en massa annat. Klänningar, shorts, t-shirts och massor av krimskrams. Vi gick förbi försäljarna med nedböjda huvuden, det var bäst att inte vara för nyfiken, för då blev man alltid indragen i något. Efter kanske fem minuter såg vi havet mellan de små stånden. Där fanns också en restaurang och vi såg oss omkring när vi kom ut på stranden. Ännu ett paradis. Vattnet var illande turkost längs inne vid stranden, för att förvandlas till en mörkare indigo bara ett par meter ut i vattnet, det borde betyda att det blev djupt ganska fort. Ute på vattnet gled de små genomskinliga plastbåtarna omkring, man hyrde en och någon liten filippinsk kille paddlade omkring med en ute på vattnet för att man skulle kunna ta selfies.
Till höger verkade stranden ta slut, och vi började gå åt vänster.

"Alltså wow! Man tror att man skulle vara mätt på vackra stränder, men man blir lika förundrade varenda gång" sa Sussie.
"Jaaaaa" höll jag med. "Vilka färger alltså."

Den här stranden var helt vit, sanden var lite grövre än nere vid White beach, och bestod här av söndermalda snäckskal, hade vi läst. Vi började gå åt vänster, det var packat med folk en bit in på stranden, i skuggan, där det också gick försäljare och små filippinska män som hyrde ut kassa solmattor. Vi gick ytterligare en bit tills stranden blev lite mer öde. Vi hittade ett område med lite mindre palmer, de hade väl fyllt på med nyplanteringar, och vi la oss i halvskuggan under några av dem. Här var lite vågor, inte som vid White beach där havet var i princip stilla hela tiden. Vi bredde ut våra saronger och la oss ned. Efter en stund med lite småprat frågade jag Sussie om det var ok att jag frågade henne lite om hennes tid i hemtjänsten redan nu.

"Ja, visst".

Jag var ju mest intresserad av systematiskt "fusk" som var sanktionerat av ledningen, för att förstå hur det egentligen gått till. Sussie berättade hur de uppmanats att stanna tiden ut hos vårdtagarna, även om de inte ville. Om man som personal absolut inte fick stanna inne hos pensionären så skulle man vänta utanför och registrera avslut av besöket på kundens digitala lås när tillräcklig tid gått. Den tiden som man fick på sitt schema var den som skulle utföras. Det var samma sak om vårdtagaren sa att de hoppade över ett besök, då fick personalen vackert stå utanför deras dörr, för att kunna registrera ett utfört besök i alla fall.

Sussie fortsatte att berätta om arbetsförhållandena. Det var många nysvenskar som hade hemtjänsten som första jobb, de kunde knappt någon svenska, och hade inte direkt koll på sina rättigheter heller, Sussie misstänkte att många av dem hade fått lön bara för den tid som de registrerade hos vårdtagarna, alltså inte för den tid det tog att ta sig mellan vårdtagarna. Att personalen på eget initiativ då började fuska med tidsregistreringarna för att få betalt för den tid de var på jobbet var ju inte så konstigt. Hon fortsatte att berätta att det företag som hon jobbade för också hade ägt fastigheter, och flera av de nysvenska arbetarna blev placerade i dessa lägenheter, eftersom de hade svårt att få eget boende. Detta boende drogs av på lönen, vilket gjorde att de knappt fick något betalt alls. De fastnande i en spiral, där de var beroende av företaget för sitt boende, och inte kunde söka andra jobb, för då skulle de bli av med allt.

Jag antecknade allt Sussie sa i minnet, det här var ju inga konstigheter, det var sånt vi sett och sånt vi misstänkt, men det var härligt att få bekräftelse från någon som faktiskt jobbat mitt i alltihop.

Sussie avbröt sin berättelse och satte sig upp och pekade:

"Kolla!"

Jag tittade åt det håll hon pekade. Ett stort fartyg med en massa folk kom glidandes. Hittills hade vi bara sett småbåtar här, men det här var ett stort skepp eller fartyg eller vad det nu heter, jag var helt oerfaren med sjötermer, och för mig var allt båtar.

"Wow! Vilken båt!"

Hög musik spelades och det var packat med folk både på nedervåningen och övervåningen. Vi tog oss raskt ur vår hemtjänst-värld och förflyttades tillbaka till nuet på paradisstranden.

"Undrar vad dom är ute och kollar efter?"
"Säkert delfiner, det finns ju typ överallt."
"Ja, kanske det."

Här kunde vi inte googla något, för på den bit av stranden som vi valt fanns noll mobiltäckning. Otroligt ovant, men också avkopplande, men tur att jag hade sällskap, det hade varit tråkigt annars.

Den stora båten gled vidare mot en annan ö som man kunde ana lite svagt långt bort. Vi bestämde oss för att bada och jag tog på mig mina badskor och min mobilväska. Sussie lämnade allt på stranden, det var säkert safe, men jag släppte inte min telefon en sekund, jag skulle inte klara mig utan den, jag hade ju allt i den.

Det var ganska strömt här och blev djupt fort. Jag hade inte tagit med mig min snorkel och mitt cyklop, så jag bara guppade omkring i godan ro rätt nära stranden medan Sussie simmade ut en bit. Jag hade koll på henne, det var rätt skönt att vara två för ovanlighetens skull när man badade i okända vatten.

Vi gick upp och flyttade oss nu till den gassande solen, för att torka. Det var nästan för varmt för att ligga i solen, och vi smorde in oss med solskydd med hög solskyddsfaktor. När vi torkat någorlunda bestämde vi oss för att gå och hitta något att äta för att sen åka tillbaka och spana in D'Mall, kanske ville man köpa med sig något litet minne från tiden på Boracay? Vi gick sakta tillbaka till där vi kom ifrån, och valde den restaurang som låg närmast oss. Där beställde vi in varsin nasi goreng med räkor och en Coca cola. Jag hade börjat dricka en Coca cola varje dag, för att hålla ordning på magen, och det funkade, jag hade inte haft något strul alls med magen på hela resan. Maten smakade ljuvligt, men det var ju alltid så gott att äta efter en stund på stranden. Vi ordnade upp sakerna i våra tygpåsar, för att de skulle ta så liten plats som möjligt inför shoppingturen.

När vi ätit färdigt gick vi för att få tag på en e-trike. Någon kom springandes efter oss och jag kände hur någon försiktigt tog tag i min axel.

"Ma'am?" Det var servitören från restaurangen. "You didn't pay".

Åh, nej! Vi hade glömt att betala. "Oh! We are SO sorry. We will come back with you."

Servitören såg nöjd ut, och verkade inte helt ovan vid detta. Vi fick oss en extra promenad, jag betalade med mitt kort, Sussie fick betala e-triken eller något sen.

Efter den lilla extrapromenaden var vi nu helt genomblöta av svett, det var omöjligt att undvika. Vi gick bort till stället där vi hade blivit lämnade av vår chaufför. Där satt några män i skuggan och halvsov. En av dem kom fram till oss.

"Trike?"
"Yes, please. To D'Mall".
"Ok. 400?"
"Ok".

Priserna varierade en hel del, men det var fortfarande alltid billigt, så jag hade inte brytt mig om att ens försöka förhandla om priserna. De behöver pengarna, tänkte jag. Mannen tog upp sin mobiltelefon och ringde till någon.

"Ok, he will soon be here".
"Thank you!"

Vi sattes oss på en liten bänk i skuggan och väntade. Triken kom inom tio minuter, och vi gav oss iväg på en hisnande färd mot D-Mall, den här chauffören körde FORT, och vi klamrade oss fast vid sidorna på det öppna lilla flaket. Vägarna var fulla av hål och det var verkligt skumpigt. Vi skrattade mot varann, men pratade inte, man fick koncentrera sig på att hålla sig kvar i triken. Vi kom fort fram till D'Mall, Sussie betalade och vi gick in på shoppingområdet, där affärerna, fylld av turistprylar, avlöste varandra. Nu ångrade vi lite att vi redan käkat, för här fanns en bra sushirestaurang. Vi bestämde oss för att gå dit innan vi lämnade ön. Som alltid så överväldigades jag när det var för mycket intryck, och kände genast för att gå ned och vila ögonen på det vilsamma havet, men tvingade mej att gå omkring en stund. Jag hade ju bara ryggan på min resa, vilket gjorde att jag inte kunde nöjesshoppa, utan enbart kunde byta ut saker i min redan existerande packning, vilken var ganska optimerad just nu. Här fanns inte vackra silversmycken och inte samma utbud av kläder som på Bali, här var mer turistigt med tryckta, färgglada t-shirtar som hade "Boracay" eller något annat småroligt budskap tryckt på sig. Jag hade redan köpt en batikfärgad t-shirt i alla regnbågens färger en eftermiddag när jag inte hade något rent att mysa i på hotellet, så nu hade jag bekymmer med vilket plagg jag skulle bli tvungen att lämna kvar. Jag letade efter öronproppar att använda när jag snorklade, men det verkade omöjligt att hitta, och när man frågade på apoteken så skrattade de bara, och någon annanstans hade jag inte sett dem. Vi gick omkring nån timme, men sen gick vi ned mot stranden och började gå mot våra hotell. Jag var trött och skulle gå hem och vila lite. Sussie tänkte sig ner till stranden igen, hon skulle ju hem till Sverige snart, själv skulle jag vidare till Kerala, och hade inte samma behov av att utnyttja de sista soldagarna, men jag förstod verkligen att Sussie ville göra det. Vi bestämde att höras senare.

SJUTTON

Min resdag var här, och jag hade packat ihop min ryggsäck, en av klänningarna hemifrån Sverige fick stanna kvar den här gången, och en selfiepinne, som jag hade köpt, men inte använt. Hotellet hade inspekterat mitt rum, något som jag inte varit med om tidigare, men det kanske var nödvändigt här, vad visste jag? Jag satt och väntade i receptionen på att bli upphämtad av transporten som skulle ta mig till hamnen. En liten kille kom och frågade om jag var madame Emma. Ja, det var jag ju. Jag hade vant mig vid att bli tilltalad med madame, men jag gillade det inte direkt. Vi gick i rask takt längs den lilla gatan som ledde bort mot station X, som låg en bit inåt mot mitten av ön. Där stod en minibuss och väntade på mig, jag var helt själv på den här turen, och det var ju en bra start på resdagen, att trängas med en massa andra turister i en trång buss är inte det roligaste jag vet direkt. Resan till hamnen gick snabbt och här släpptes jag alltså av med oklara instruktion om vart jag skulle nu, alla pratade inte jättebra engelska, och det gjorde alltså inte heller chauffören av denna buss. Jag letade mig fram till rätt båt bland alla små båtar i hamnen, och det var i sista sekunden, båten la ut så fort jag satt mig ned på det galonklädda sätet. Det här var en speed boat, och jag var glad att havet var lugnt, jag hade åkt speedboat utanför Bali när det var vågor, det var inte något jag ville uppleva igen. Människor hade spytt, vatten hade spolat över alla som satt på båten, även de som satt inne, men nu kunde man njuta av solen, glittret i vattnet och den lilla ön Boracay som försvann bakom oss. Båtresan tog tio minuter till Caticlan, och sen slussades vi på små bussar igen för att komma till flygplatsen. Jag skulle till Manila, och sen vidare till Dubai, för att sen flyga till Kerala. Det var en omväg, och jag vet inte vad jag hade tänkt på när jag bokade biljetten, det blev en lång resa, men jag antar att jag tog den billigaste biljetten, utan att titta på mellanlandningarna. Det var mycket att hålla ordning på när man luffade runt såhär; visum, biljetter till flyg, båtar, tåg, appar till taxi, hotellbokningar, olika kort man hade, pass och konstiga online-registreringar som man skulle göra både här och där, men som ingen informerade om. Ibland blev det lite knasigt, som nu. Jag hade ju ingen brådska, och tyckte om att vara på väg, man upplevde ju lika mycket då som när man var längre tid på samma ställe. Det värsta var om man inte fick sova, men jag var bra på att somna i princip var som helst och hur som helst.

Flygplatsen i Caticlan var liten och det fanns ingenting annat att göra än att vänta på flyget till Manila, men det var kort väntetid, de var bra på planering när man skulle till och från Boracay. Det var jag och en massa asiater på planet, och en fransman som vi stött ihop med en kväll på någon restaurang, vi nickade och log mot varann, men hamnade långt ifrån varandra på planet. Skönt, jag orkade inte prata med någon när jag flög, jag ville bara sätta i hörlurarna och lyssna på något eller kanske sova.

Efter en timme var vi i Manila och här skulle jag byta terminal. Det gick bra, eftersom jag lärt mej att det enklaste sättet var att gå ut och ta en Grab till den terminal man skulle till. Jag tänkte igen med tacksamhet på beslutet att bara åka med en ryggsäck. Så smidigt att bara kunna gå av planet och dra vidare.

Jag ägnade tiden på Manila Airport till att käka lite, vilket var hutlöst dyrt, som på alla flygplatser, och sen letade jag upp ett växlingskontor som hade indiska rupies. Alltid bra att ha lite cash i Indien.

Resan från Manila till Dubai gick bra, den var ganska lång, men maten var bra och jag kunde sova mesta delen av tiden. Jag skulle landa i Dubai mitt i natten, och skulle ha tre timmar på mig att leta upp rätt gate för vidare resa mot Cochin.

Väl framme i Dubai kom jag av planet fort och gick mot tavlan med avgångar för att kolla vart jag skulle ta vägen. Jag hörde då helt plötsligt svenska röster runt mig, det kändes märkligt när man var van att ha någon slags obegripligt småprat som bakgrundsljud för det mesta. Jag tittade mig försiktigt omkring, det måste vara ett plan som kommit från Sverige precis nu. Fler och fler yrvakna svenskar kom och flockades runt tavlan. Jag drog mig tillbaka en bit bort, och ville väl egentligen inte beblanda mig, men stod kvar för att studera dem lite och för att memorera informationen om mitt plan.

Det var då jag fick syn på henne. Jag gnuggade mig i ögonen, kunde jag verkligen se rätt? Jag tänkte att min hjärna spelade mig spratt i förvirringen som alltid uppstår när man är på resande fot och ska byta land och miljö. Jag tittade igen. Men nej, det var hon, självaste Parisa Rahimi i egen hög person. Hon stod i utkanten av den lilla samlingen med svenskar och pratade med någon, men var helt ointresserad av tavlan med avgångar, det betydde alltså att hon antagligen skulle stanna här i Dubai, eller? Jag visste inte om hon eventuellt skulle kunna känna igen mig om hon såg mig, jag trodde inte det, men drog mig ändå lite inåt skuggorna i utkanten av den stora salen, fortfarande med blicken klistrad på Parisa. Hur stor var chansen att jag skulle vara precis här precis just nu, precis när Parisa dök upp i Dubai. Jag kunde inte låta bli att slänga iväg ett snabbt meddelande till Calle; *"Är i Dubai, mellanlandning. Gissa vem mer som är här?"*. Jag tänkte att han skulle få syn på det när han vaknade och log för mig själv. När jag tittade upp från telefonen var Parisa borta. Nej! Jag såg mig snabbt omkring. Puh! Där var hon. Hon gick med raska steg bort mot utgångarna. Jag började gå efter henne, utan att ens hinna tänka på vad jag gjorde. Jag skulle bara se vart hon tog vägen, jag hann innan jag var tvungen att infinna mig vid min gate. Jag hade aldrig, ens i min vildaste fantasi, kunnat drömma om att den som jag hade lagt ned så mycket tid och energi på att studera genom datasystem och intervjuer med Sami och som jag diskuterat i timmar med min arbetsgrupp skulle kunna dyka upp här. Jag såg henne framför mig, välklädd, med stora smycken och håret i en perfekt frisyr. Det kanske stämde som Sami berättat; att hon hade ett hus här i Dubai? Jag svor lite för mig själv över att jag skulle vidare direkt, men kunde inte missa flyget och allt som jag bokat, flyg, taxi, hotell. Det blev alldeles för krångligt Och dyrt. Men åh, vad jag hade velat stanna här och se vart hon skulle ta vägen. Parisa gick med bestämda steg mot utgången, och jag saktade ned på mina steg och såg henne försvinna ut genom de portar som jag nu inte kunde passera. Det bara snurrade i mitt huvud av tusen tankar, det kändes helt totalt overkligt. Jag var trött och förvirrad efter den redan långa resan, jag visste inte vad klockan egentligen var för min kropp, Dubai låg i en helt annan tidszon än Boracay, och jag kände mig allmänt förvirrad. Och sen Parisa på det. Jag gick mot en kiosk, köpte vatten och nötter och gick sakta mot min gate medan jag funderade på om det jag sett verkligen var sant. Varför hade jag inte tagit en bild med mobilen, jag som alltid fotade? Jag svor tyst för mig själv igen, men kände att jag genast måste dokumentera vad jag sett, annars skulle det på något sätt vara som att det aldrig hade hänt.

Jag letade mig fram till gate D10, där var en grupp indier som väntade på flyget, men det var fortfarande ganska tomt. Jag slog mig ned i en av plaststolarna, som stod i långa rader, öppnade mitt vatten och klunkade i mig. Sen drog jag fram datorn ur sin ficka på ryggsäcken, slog på den och började skriva vad jag sett, med datum och klockslag, som jag var tvungen att kolla upp flera gånger i mobilen, eftersom jag knappt visste vare sig dag eller tid just nu. Det skulle bli väldigt intressant de närmsta dagarna att se om Parisa var inne i systemen och registrerade utförda insatser, nu när jag verkligen visste att hon inte var i Sverige. Man åker knappast till Dubai och bara vänder efter en natt. Jag kollade hur lång tid det tog att flyga till Dubai från Arlanda, ungefär sex till sju timmar. Då stannande man väl ändå några dagar. Jag fick be arbetsgruppen på något vis forska i om de på något sätt kunde ta reda på när hon kom tillbaka till Sverige igen. Om vi kunde få reda på det så hade vi ju säkra bevis för exakt vilka dagar hon inte varit hemma i Sverige, och alltså inte på sitt företag.

Jag var helt färdig när jag väl boardade planet för den fyra timmar långa resan till Cochin. Nu behövde jag sova. Jag satte på mig min sovmask, lade nackkudden till rätta och satte i airpodsen, som stängde ute allt ljud. Det snurrade fortfarande i huvudet, men jag somnade nästan direkt, resan, tidsomställningen och att se Parisa hade gjort mig helt utmattad. Jag kunde inte bärga mig tills jag landade i Cochin, och kunde ringa upp Calle på Teams, men visste att det skulle få vänta tills jag checkat in på hotellet. Jag sov som en stock och vaknade till av att någon petade mig på axeln. Det var en vänlig flygvärdinna som bad mig dra upp för fönstret, det var tydligen redan dags för landning, jag hade sovit mig igenom hela resan. Skönt! En tanke gled genom mitt huvud: det hade varit meningen att jag skulle boka den konstiga omvägen från Boracay via Dubai. Jag sände en tacksam tanke till Universum, som gett mig en upplevelse som var helt utanför vad jag kunnat föreställa mig.

ARTON

Indien överväldigade. Indien är extra allt av allting. Visserligen kan man ju se Kerala som Indien light, men alla människor, alla färger, alla ljud och dofter slår emot en så fort man sätter foten utanför flygplatsen. Flygplatsen som för övrigt är den enda i världen som är helt driven av solkraft och som är en av världens vackraste, och faktiskt en oerhört välorganiserad flygplats. Inte riktigt vad man väntar sig.

Mitt plan hade landat i tid, och jag hade förbokat en bil som skulle ta mig de två timmarna som det tog till mitt hotell i Alleppey, som var det resmål jag valt. Så fort jag slog på mobilen såg jag flera meddelanden från min chaufför, Sam. Jag ringde upp honom och meddelade att jag landat och han gav mig instruktioner för var vi skulle mötas. Jag trängde mig fram bland glada backpackers, stressade affärsmän och stora indiska familjer i färgglada kläder. Jag ställde mig vid mötesplatsen, och höll ögonen öppna efter en svart Toyota med rätt registreringsnummer. Sam dök upp efter bara några minuter. Jag kände mig fortfarande nyvaken och behövde tid att tänka på att jag verkligen sett Parisa i Dubai, just nu kändes det som en dröm. Jag var också otroligt törstig och hade glömt att köpa vatten på flygplatsen. Som om Sam läst mina tankar räckte han mig en flaska vatten från framsätet. Efter de vanliga artighetsfraserna satt jag tyst i baksätet, jag orkade inte riktigt småprata just nu. Jag bad Sam att stanna vid en ATM på vägen någonstans, och han lovade att göra det. Jag tittade tyst ut genom fönstret och försökte ta in allt jag såg. Vägarna kantades av butiker, restauranger, människor, hus med kläder hängandes på husfasaderna, stora reklamskyltar, bilar, små skjul som såg fallfärdiga ut, ännu mer människor. Motorcyklar, med flera personer på varje motorcykel, susade förbi nära mitt bilfönster. Överväldigande. Jag stängde ögonen och vilade i mig själv en stund. Jag hade sovit gott, men jag blev alltid trött av resorna av allt som jag var tvungen att hålla ordning på, att hitta rätt, att hinna med, att hitta mat och dryck vid de tiderna man var hungrig och törstig och av tidsskillnaderna. Det tröttade ut huvudet. Men snart skulle jag landa i Alleppey, vid stranden. Sam stannade vid en ATM, och jag gick in i det lilla, lilla båset och stack in mitt kort. Inga pengar. Sånt vande man sig vid, ibland fick man inga pengar för att det var fel kort, eller för att pengarna var slut eller av någon annan underlig anledning som man inte förstod. Men nej! Kortet kom inte ut igen. Panik! En kvinna stod och väntade på sin tur bakom mig och jag förklarade för henne att mitt kort fastnat. Jag hade visserligen ett reservkort, men det här var det kort som jag behövde använda, där jag slapp extra avgifter för valutaväxling osv. Kvinnan bad mig att vänta och gick in i en liten affär bredvid ATM:en. Man visste aldrig vem som hade hand om bankomaterna, de hörde alltid till den som man allra minst väntade sig. En liten, liten man kom ut och frågade vad som hänt och bad mig visa mitt pass. Jag grävde fram det ur min Fjällräven.

Han studerade det ingående och länge.

"Ok, let me see."

Han gick fram till ATM:en och försökte greppa mitt kort. Han torkade av handen på byxorna och försökte igen. Kortet satt där det satt. "Wait!" Han smet in i den lilla affären igen och kom ut med något litet verktyg, som jag inte riktigt såg vad det var. Han slet och drog i det stackars kortet, men till slut släppte automaten taget om det med ett plopp. Jag drog en lättnadens suck och log med hela ansiktet.

"Oh, thank you so, so much!".
Den lille mannen log tillbaka "You're welcome."

Jag gick tillbaka till Sam som satt i bilen och som tittade frågande på mig. Jag förklarade vad som hänt och undrade om det fanns en annan ATM i närheten. Han pekade en bit bort.

"Yes, over there."

Jag gick dit och provade igen. Den här gången funkade det finfint, och jag tog ut så mycket som möjligt. Anledningen till att jag behövde så mycket kontanter var att mitt hotell inte tog kort. Jag hade inte så det räckte ännu, men jag tänkte att jag fick lösa det när jag kom fram. Jag gick tillbaka till bilen. "Ok?" sa Sam frågande. "Yes, ok!" svarade jag. Jag satte mig i baksätet och vi åkte vidare under tystnad. Indisk musik spelade på bilradion och AC:n skapade ett behagligt klimat i bilen. Mig gick det ingen nöd på! Jag lutade huvudet mot nackstödet och stängde ögonen. Jag skulle vila både kropp och huvud tills vi kom fram.

"Ma'am". Bilen hade stannat och jag öppnade förvånat ögonen. Jag hade somnat igen. Var vi framme? Jag såg mig omkring. Bilen hade stannat på en trång, trång gata som kantades av murar och gröna växter.

"Is this my hotell?"

"Yes, ma'am". Jag öppnade bildörren och klev ur, Sam gjorde detsamma, och han gick och öppnade bakluckan där min trogne vän ryggsäcken befann sig.

"Ok, thank you so much!"

"You're welcome, ma'am."

Han satte sig i bilen och åkte iväg. Jag tittade mig omkring för att orientera mig lite och såg ingången till mitt hotell. Jag gick in igenom porten och gick längs en gång som hade ett plank på ena sidan och lummiga gröna växter på andra sidan. Bland trädens grenar hängde stora posters uppspända med någon slags reklambudskap som jag inte förstod. Jag kom fram till en reception inne i ett litet, litet uterum. Där satt en ung indisk man med skägg och halvsov. Mannen fick syn på mig och spratt till och flög upp från den vita plaststolen.

Jag skrattade. "Did I scare you?"

"No, ma'am!" Han log." Welcome! My name is Ravi, and you are very welcome to our hotel."

Jag log tillbaka. "Thank you".

Jag drog fram passet och förklarade att jag inte lyckats få tag i tillräckligt med kontanter ännu, men att jag kunde fixa det så snart som möjligt. Dock inte på direkten, för nu var jag trött, ville ta en dusch, jag var hungrig och törstig och behövde få landa lite. Ravi visade mig till mitt rum, som låg vid en liten innegård med en fantastisk utsikt över Arabiska havet. Det svävade örnar över stranden och jag stannade upp och bara tog in allt jag såg. Jag fick gå på upptäcktsfärd sen, nu ville jag bara vara ifred i mitt rum en stund.

"Is it possible to get some water and something to eat delivered to the room".

"Of course, ma'am! What do you want to eat?"

Jag hade ingen aning! "Maybe some vegetarian samosas and some fruit?"

"Yes, ma'am, I will get it for you!"

Jag tackade igen och stängde dörren om mig. Inspektionen av rummet visade att det var ett väldigt enkelt rum, med en stor och skön dubbelsäng, kontakter som såg ut att ha varit i bättre skick, en enkel toalett med en typisk indisk dusch med de obligatoriska hinkarna, men här hade jag ett bord med två stolar, det var toppen, ett arbetsbord! Jag tänkte att jag fick vänta med duschen tills Ravi kommit med maten. Jag satte ned ryggsäcken på en av stolarna och började packa upp, hängde upp kläder på galgarna och satte in toalettsakerna i badrummet. Det gick fort. Jag la mig på sängen, den var ljuvlig, rena, släta lakan och lagom hård. Jag måste ha slumrat till, för plötsligt knackade det på dörren, där stod Ravi, med vad jag skulle komma att lära mig, sitt vanliga stora leende med vita tänder i det mörka skägget.

"Your food ma'am." Han höll en liten plastlåda, en flaska vatten och en påse med frukt i händerna.

"Oh, thank you! Do you want me to pay now?"

"No, we can take it later, enjoy your meal."

"Thank you".

Jag tog emot maten och stängde dörren om mig igen. Det var så skönt att ha fått sin egen lilla plats, efter den långa resan, där man alltid var omgiven av andra människor.

Jag satte mig på den andra stolen och ställde maten på bordet. Jag hällde i mig vatten och öppnade den lilla lådan med samosas, de var fortfarande varma och doftade ljuvligt. Jag åt raskt upp tre samosas och tog sen ett äpple till efterrätt. Härligt med lite riktig mat, efter allt flygplatskrafs. Jag klurade ut hur duschen funkade, på ett ungefär i alla fall, och tog en lång dusch med kallt vatten. Jag satte mig sedan på sängen med datorn i knät. Nu skulle jag äntligen få tänka på vad jag varit med om på väg från Boracay. Jag började med att skapa ett nytt dokument och sparade det som "ObservationerBoracayAlleppey.docx". Jag skrev återigen ned var jag sett Parisa, vilket datum och vilken tid och vart hon varit på väg. Jag öppnade sen kalendern och bokade in ett möte med arbetsgruppen senare under dagen. Klockan var bara elva på förmiddagen här, de hade väl precis börjat vakna hemma. Här var jag fem och en halv timme före Sverige. Helt ologiskt med en halvtimme i tidsskillnaden, men Indien var ju speciellt på alla sätt och vis. Jag tänkte att jag kunde ta ett möte vid klockan nio svensk tid, då borde de vara igång hemma. Det innebar halv tre här, då skulle jag hinna gå ut en sväng innan, för att se var det var jag hade hamnat den här gången. Jag skickade en inbjudan och kallade mötet "Observationer utöver det vanliga". Jag loggade in för att se om Parisa hade registrerat några hembesök under den tid hon måste ha suttit på planet eller när hon befunnit sig i Dubai. Jag antecknade allt jag hittade och sparade anteckningar till mötet i eftermiddag. Jag tog sen på mig en av mina rena klänningar, tog flip-flopsen och lämnade rummet.

Jag kunde inte låsa dörren utifrån, men Ravi dök upp från ingenstans som en räddande ängel.

"Let me show you ma'am!". Han visade att man måste trycka och hålla på ett speciellt sätt för att det skulle gå att låsa dörren. Som sagt, i Indien är allting speciellt.

"Thank you! I'm going out to look around for a bit" förklarade jag.

"Ok, see you later ma'am".

Solen stod högt på himlen och det var varmt, säkert närmare trettiofem grader. Jag gick ut genom den lilla porten och ut på den trånga gatan där min chaufför släppt av mig. Jag valde att gå till vänster och gick förbi en restaurang, några små ställen som gjorde reklam för alla sorters massage, ett ayurvediskt massagecenter, som såg ut att vara stängt och gamla indiska kvinnor och män som satt i skuggan längs gatan, kvinnorna tvättade kläder för hand och det hängde färgglada kläder på tork på tvättlinor längs gatan. Jag gick vidare och kom till en korsning, där låg en liten butik och ett hotell som annonserade ayurvedisk massage. Jag la det på minnet, hit skulle jag gå sen när jag hade mer tid. Jag gick till vänster igen och kom ned på stranden. Här gassade solen ordentligt och sanden brände mot fötterna när de gled utanför flip-flopsen. Jag tittade åt det håll där mitt hotell måste ligga, jag kunde inte urskilja det i solgasset, men tänkte att jag gick dithåt, så skulle jag säkert komma tillbaka. Stranden var bred och jag gick ned över den, ned mot vattnet. Örnarna svävade fortfarande över mitt huvud. Mitt spirit animal. Jag kände mig välkomnad av dem. Havet sände höga, stora vågor mot stranden idag, och i strandkanten gick fåglar på långa ben och jagade små, små krabbor så fort vattnet drog sig tillbaka. Inget badande idag med såna vågor, jag hade lärt mig en läxa efter upprepade incidenter med stora vågor som slängt omkull mig så jag varken visste upp eller ned. Det var inget jag eftersträvade att vara med om igen. Det var stor skillnad på havet mot vattnet på White beach på Boracay. Där var vattnet turkost, och stilla, med skiftningar i grönt, en kritvit strand och knallblå himmel. Här gick allting i lite mer beige och naturfärger och luften var disig av värmen. Jag gick sakta längs vattnet och försökte få en bild av allting. Ute på vattnet gled små farkoster förbi, som såg ut som de uppblåsbara madrasser vi har i Sverige, de var lappade och tejpade, och på varje liten farkost satt en eller två män som var helt uppslukade av vad som såg ut som någon slags fiskemetod. De här farkosterna skulle jag få fråga Ravi om sen, det såg för roligt ut. Som små män som var ute och paddlade på en uppblåsbar säng. Jag hade ingen aning om hur mitt hotell såg ut från den här sidan och jag gick upp över stranden till där hotell och restauranger tog vid. Det satt färgglada lampor överallt och halvfärdiga byggprojekt dök upp här och där på stranden. Jag gick över något som jag föreställde mig kunde vara en cricketplan. Jag gick upp till en av de små restaurangerna, där satt personalen vid ett bord, de verkade inte ha öppnat ännu. Jag frågade dem om hur långt det var till mitt hotell, och de pekade åt det håll jag var på väg.

"Just 50 meters, ma'am",
"Thank you". Jag log och gick vidare.

Jag fick hålla ögonen öppna för att se om jag fick syn på Ravi, som var det enda landmärket jag hade just nu. Ah! Där var det. Jag kände igen de blå lamporna som var uppsatta i palmen på innergården, och hängstolen som hängde från en av grenarna i ett träd. En liten trappa ledde upp från stranden till den lilla trädgården med sand och växter i stora krukor. När jag kom upp för trappan fick jag syn på Ravi. Han log stort mot mig.

"Hello ma'am! Everything good?".
"Yes! It's hot!" Samtidigt som jag sa det kom jag på att jag inte hade handlat något, som jag tänkt. "Do you have water here that I can buy?"
"Yes, of course, ma'am!". Ravi försvann in i receptionen och kom tillbaka ut med en stor flaska vatten. Underbart!
"Thank you!" Jag tog tacksamt emot flaskan och låste upp dörren till mitt rum och gick in.

Snart var det dags för mötet med Sverige, klockan var nu fem över två, så jag hade 25 minuter på mig att förbereda mig. Min förberedelse bestod av att knappa in wifi-lösenordet på datorn, tidigare hade jag kopplat upp mig via mitt e-sim, sen la jag mig på sängen med mitt vatten och mobilen. Jag satt på fläkten i rummet och bara lät mig själv kallna av lite efter den superheta promenaden längs stranden.

Efter en stund satte jag mig vid bordet, öppnade mina anteckningar på datorn och kopplade upp mig till mötet, jag kunde vänta där tills de andra dök in. Först in i mötet kom Lisa, som jag inte sett på ett tag, vi småpratade lite och hon berättade att hennes barn haft vattkoppor, vilket jag mindes själv från min barndom som en fruktansvärd upplevelse. Efter bara några minuter dök både Maria och Calle in i mötet. Hela gruppen var samlad för en gångs skull.

"Vad är det som har hänt?" undrade Calle, som alltid var den som tog mest plats på mötena.
"Ja, alltså, jag tror knappt att det är sant, men jag är i Indien nu..."
"Ja, det är ju helt otroligt" sa Calle och alla skrattade.
"Nej, det är inte det jag vill prata om, men jag hade på något underligt vis lyckats boka en flygbiljett hit via Dubai, vilket egentligen var en omväg..."
"Ja?" Maria manade på mig att fortsätta.
"Och jag mellanlandade där mitt i natten. Och... Gissa vem jag såg? Mitt i natten. På Dubais flygplats." Jag såg tre ansikten titta nyfiket på mig, väntandes på fortsättningen. "Parisa!"
"Va?!" Alla tre började prata i munnen på varandra, vilket inte riktigt funkade på digitala möten, jag hörde avhuggna ord omväxlande får dem alla tre. Jag skrattade.
"Ja, det var helt sjukt! Här kommer jag från paradiset Boracay och mellanlandar och får syn på den person som jag suttit och undersökt i flera veckor faktiskt. Jag kunde knappt tro mina

ögon."

"Men vad gjorde du då?" undrade Lisa.

Jag skrattade högt. "Alltså, jag följde efter henne." Jag vred mig nu av skratt. "Som värsta detektiven."

De andra tre skrattade också högt, det här var alldeles för surrealistiskt när man pratade högt om det.

"Mästerdetektiven Ramström" frustade Calle.

"Damernas detektivbyrå" skrattade Lisa.

Jag fick en inre bild av mig själv smygandes på tå bakom en person på flygplatsen iklädd en slängkappa och bärandes ett förstoringsglas. Vi skrattade tills vi skrattat skrattet så länge det ville skrattas.

Sen sa Maria, som var den mest samlade av oss: "Vad innebär detta för vår utredning?"

"Ja, nu kommer vi till det som är verkligt anmärkningsvärt" svarade jag. "Under den tid när Parisa alltså rimligtvis satt på flyget, eller vistades på någon av flygplatserna i Sverige eller på Dubai har det alltså registrerats hemtjänstbesök i hennes namn."

"Va?!!?!" Återigen började gruppen prata i munnen på varandra. Jag fortsatte att prata. "Ja, jag har dokumenterat väldigt noga vad jag såg med klockslag och alltihop, och jag har räknat på tidsskillnader och det finns inte någonting alls som gör att de skulle kunna förklara de registreringar som gjorts medan Parisa var någon helt annanstans."

"Men det här är ju fantastiskt" utbrast Maria. "Vilket genombrott!"

Ja, så var det ju, jag hade inte riktigt hunnit tänka så långt, men det var det ju faktiskt. Vi fortsatte samtalet och alla tre beklagade sig över att jag inte kunnat stanna i Dubai, och vi skrattade åt det länge, men mest av allt skrattade vi nog åt det absurda i situationen.

Rätt var det var så utbrast Lisa: "Men hörni! Nu kom jag på en sak som faktiskt känns lite obehaglig."

"Vaddå?" undrade Calle.

"Karin, ni vet?" Karin var en utredare på kommunen, som jobbat där i tjugofem år minst, och som var lite blasé, bekväm och ganska ointresserad samt ibland till och med irriterad på det arbete som vår arbetsgrupp utförde, eftersom det kunde innebära att det skapade merarbete för henne.

"Ja?" svarade Maria frågande.

"Det här kanske är ett konstigt sammanträffande, men känns det inte lite FÖR konstigt för att bara vara ett sammanträffande?" Hon tog sats för att slänga ut sig det hon kommit på: "Karin skulle ju resa till Dubai den här veckan."

Den här gången kom inte några skratt, utan gruppen blev helt tyst och vi tittade på varandra, från den ena till den andra på våra skärmar. Att Karin reste just till Dubai kändes för det första väldigt underligt på grund av att Karin inte var en person som reste till ett sånt resmål som Dubai. Och att hon tagit ledigt just nu var inte heller det likt henne, enligt dem som jobbat med henne längre än vad jag hade. Alla hade reagerat när hon berättat om det oväntade resmålet. Det blev Calle, som vanligt, som blev den första som bröt tystnade.

"Ja… Vi får ju hålla ögon och öron öppna vad det gäller det här."

"Ja" höll Lisa med, "det känns lite för underligt för att bara vara slumpen".

Till och med Maria, som annars höll ganska låg profil, höll med " Ja, det här känns ju genast mycket märkligt".

Jag berättade vidare för gruppen om mina efterforskningar i systemen, och hur jag direkt hade hittat inlagda besök på Parisa, då hon måste ha suttit på planet eller redan varit framme i Dubai.

"Det här är mycket allvarligt!" utbrast Maria.

"Ja, jag håller med" svarade jag. "Jag vet inte hur vi skulle kunna få reda på när hon åker hem igen?"

"Det kan vi nog inte" sa Calle, "men vi får väl göra observationer och kanske ett oanmält besök på företaget. Fast då skickar vi någon av handläggarna, det är bra om de fortfarande inte har koll på vilka vi är."

"Ja, det håller jag med om, med tanke på säkerhetsläget". Maria var alltid lugn och klok och trygg.

Mötet drog ut på tiden, det var som att vi behövde sitta tillsammans och smälta informationen, och misstanken om att Karin kanske kunde vara "köpt" av Parisa var fruktansvärd, en kommunal tjänsteman som sitter i knät på skumma privata utförare med kriminella kopplingar? Men ju mer vi tänkte på det och pratade om det, desto rimligare blev det, och det skulle verkligen förklara en hel del av Karins nonchalanta sätt mot vår arbetsgrupp, och att hon inte riktigt ville kännas vid vad vi kom fram till. Dessutom hade ju Sami, enligt honom själv, försökt rapportera sina avvikelser till Karin innan han fick kontakt med oss, men hon hade inte velat lyssna på honom. Vi kom fram till att Maria skulle prata med Mia, Calles chef, som också var den som hade satt ihop arbetsgruppen. Maria skulle kanske inte direkt outa Karin, men skulle understryka vikten av att så få som möjligt fortsatt var inblandade i arbetsgruppen och dess arbete. Vi bokade en ny tid för ett uppföljande möte dagen efter, det kändes som om det hettade till nu. Vi bestämde också at jag skulle boka ett samtal med Sami, och lite försiktigt försöka höra mig för om han hade hört något om ifall företaget hade kontakter som hjälpte dem inom den kommunala organisationen. Vi sa hej då, och kopplade ner mötet när alla arbetsuppgifter var fördelade.

Jag skickade iväg ett mail till Sami, för att se om han kunde tänka sig att prata med mig ytterligare en gång. Jag såg mig omkring i rummet, och det tog några sekunder innan jag kopplade var jag var. Jag hade inte hunnit bo in mig ännu, men här satt jag nu, i mitt hotellrum på stranden i Alleppey. Jag hade lite frukt och jag hade vatten, men jag skulle gå ut och köpa lite snacks eller nåt, och sen gå och lägga mig tidigt, jag var helt slut efter resan, tidsomställningen i flera omgångar, oregelbunden sömn, dålig mat och all spänning. Livet är ju ändå ett underbart äventyr, tänkte jag för mig själv, medan jag stängde dörren bakom mig och ställde mig och tricksade med låset, så som Ravi lärt mig. Han dök, som från ingenstans, och studerade mig när jag försökte.

"Ok, ma'am?"
Låset klickade igen. "Yes! Ok!" utbrast jag triumferande och skrattade. "See you soon".

Jag kände hur Ravi tittade efter mig när jag gick, när man bodde på så här små hotell, så ville de gärna ha koll på en och var man var. Nu skulle jag bara utanför porten, så jag tänkte att jag inte behövde förklara mig. Det var riktigt hett nu och jag höll mig i skuggan så mycket det gick. Jag hade sett ett litet hål i väggen på min gata, där de sålde lite småsaker och tänkte att jag kunde köpa något där. Jag kom fram och tittade in i den lilla luckan, där satt en gammal indisk man och lutade sig mot väggen.

"Hi!" sa jag prövande.
Han log. "Ma'am". Han ställde sig upp, inte helt utan besvär, och kom fram till luckan.

Jag pekade på vad jag ville ha, en påse nötter, några kakor som det såg ut att vara choklad på och något som såg ut som bananchips.

"Fifty rupies, ma'am".

Jag betalade och tog mina saker och gick den korta vägen tillbaka till hotellet, ingen Ravi syntes till nu, jag smet in på mitt rum och la ifrån mig alla saker på bordet. Jag klädde av mig och tog en snabb, kall dusch och kröp sedan ner i den bäddade sängen. Underbart! Nu skulle jag vila, sen käka lite och sen sova. Jag bestämde mig för att lyssna på en meditation och la telefonen bredvid kudden och satte på en av favoriterna.

NITTON

Jag vaknade med ett ryck. Jag måste ha somnat direkt när jag la mig ner. Vad var klockan nu? Oj, redan nio på kvällen. Tur att jag köpt något att äta, jag hade ingen lust att gå ut och leta restaurang nu. Jag slängde på mig en klänning och gick ut från rummet, jag ville se hur det såg ut på natten. Jag gick fram till staketet som skilde hotellets sand från den allmänna sanden på den breda stranden. Jag tittade ut över havet och stranden, det var kolsvart natt och stranden lystes upp av alla färgglada lampor som hotell och restauranger hade hängt upp överallt i sina trädgårdar, i träd och palmer, och på byggnader. Det var en hel del folk på stranden som satt och pratade, par som satt vid strandkanten och höll om varandra och människor som sakta promenerade. Jag njöt av alltihop, andades in den härliga, varma kvällsluften och gick tillbaka in på mitt rum. En helt annan miljö än Boracay, som jag precis kom från. Här kändes det mer autentiskt, jag bodde liksom mitt i verkligheten på något vis. Jag älskade de varma nätterna. Vid horisonten blixtrade det till då och då, kanske var ett åskväder på väg hitåt. Inte mig emot, jag älskade att uppleva de plötsliga regnen och den vidunderliga åskan. Jag gick sakta tillbaka till mitt rum, nog med upplevelser för en dag, tänkte jag för mig själv och gäspade. Jag hade sovit lite här och lite där det senaste dygnet, men nu skulle det bli skönt att få ordning och sova en hel natt, för att vakna på morgonen på ett helt nytt ställe, något som var bland det bästa jag visste, och upptäcka mer av Alleppey imorgon. Jag borstade tänderna och kröp ned i sängen, drog upp lakanet till hakan och somnade så fort mitt huvud landade på kudden.

När jag vaknade sneglade jag på klockan på mobilen, halv sex. Försökte tänka ut vilken tid det var i Boracay, men de där halvtimmarna som var med i tidsskillnaden här ställde till det för mig, men jag gissade på åtta ungefär. Jag fick fördriva tiden tills de började servera frukosten. Jag inledde med min morgonmeditation i tjugo minuter, slängde på mig en solklänning och gick ut från mitt rum. Där satt Ravi och sov i en stol i den öppna receptionen. Var han aldrig ledig? Jag smög iväg utan att väcka honom och gick ned på stranden. Idag var havet helt stilla. Solen hade precis gått upp, men värmde direkt, men sanden brände inte fötterna som igår och jag tog av mig flip-flopsen och gick barfota ned till vattnet, och satte mig ned i sanden. Jag tittade ut över vattnet och helt plötsligt såg jag något som rörde sig. Men vad var det? En delfin? Ja! Det var en delfin som hoppade precis framför mina ögon. Jag fylldes av lycka. Jag följde delfinen med blicken när den hoppade förbi mig och vidare mot nya äventyr. Helt fantastiskt att få uppleva något sånt första morgonen på ett nytt ställe. Jag tog det som ett tecken från universum på att jag var precis där jag skulle vara precis just nu.

Där jag satt så hade jag nu lite tid att reflektera. Sista veckan hade varit helt crazy, med avsked från Sussie och att lämna Boracay, den krångliga resan för att komma hit till Alleppey, att se Parisa i Dubai och alla tankar och misstankar som det väckte, speciellt det där med Karin. Och nu Indien. Det överväldigande Indien med extra allt. Jag hade knappt hunnit tänka en sekund på dem där hemma och det ägnade jag mig åt nu. Jag tänkte på Marko. Hur skulle han ha upplevt resan från Boracay och hit. Jag skrattade högt för mig själv. Det hade aldrig funkat! Marko ville ha koll på allt, ville veta exakt vad som skulle hända och ville alltid att allt skulle vara tryggt, beprövat och säkert. Kanske hade jag också varit så tidigare, men det hade jag helt tappat på min livsväg och älskade nu att åka ut i det okända utan att egentligen veta alls vad som skulle hända. Men jag saknade honom, min bäste vän. Tanken på att han nu var med någon annan, antagligen, sved lite. Men jag visste ju att det var bäst som det blev, vi var på så olika platser just nu, jag ville bara vidare, utvecklas, göra mer, upptäcka. Han ville ha trygghet, stabilitet och bygga upp ett rejält hem. Så olika. Tankarna gled in på framtiden. Jag hade blivit så bra att leva i nuet på den här resan, att jag ibland glömde bort att jag ju måste ta itu med mitt kommande boende och liv någon gång. Jag hade två veckor kvar här, sen två veckor till, och sen skulle jag hem. Tiden gick alldeles för fort. Kunde jag hitta ett boende på fyra veckor? Jag hade stått i bostadskön i Stockholm forever och kunde med all säkerhet få en dyr, flashig nybyggd lägenhet, men det var ju inte riktigt vad jag ville. Jag bestämde mig för att ta itu med letandet imorgon, idag skulle jag upptäcka och sen jobba och ta det lite lugnt, resorna tog mycket energi och jag behövde få tillbaks lite, så idag blev det stillsam utforskning av närmaste området och bra mat och mycket vatten. Jag bestämde mig för att ringa Marko också, vi behövde prata lite. Eller jag behövde i alla fall prata med honom.

Livet hemma kändes så långt borta och nästan påhittat. Det var svårt att bekymra sig om problem som här kändes helt irrelevanta.

Men jag insåg ju att jag måste ha ett boende. I värsta fall fick jag väl flytta in hos något av barnen en period, men trodde inte att det skulle vara superpopulärt, vuxna barn vill inte ha sina mammor boende hos sig. Jag bestämde mig för att försöka få tag i dem också idag för att bestämma ett Zoom, de kanske hade tips på lägenheter eller något. Jag tog min sjal, som jag alltid bar med mig och slängde ut den bakom mig i sanden, och la mig ned och tittade upp i den knallblå himlen. Örnarna svävade högt, högt uppe. Jag hade googlat dem och det är tydligen en speciell sorts havsörn som är vanlig här i Kerala. Jag älskade att följa deras flykt högt däruppe. De svävade lika högt som min själ. Jag log för mig själv. Allt skulle bli bra. Även om jag saknade Marko så skulle allt bli bra. Allt jag hade och allt jag var gjorde mig helt säker på den saken. Jag hade hittills på min fyra månader långa resa bara mötts av vänlighet och omtänksamhet från alla människor som jag mötte. Människor är goda, världen är god och den är också fantastiskt vacker. Man måste bara rikta sitt fokus på det vackra och fina. Jag undrade om Marko låg och sov nu, det gjorde han väl med all säkerhet. Jag bestämde mig för att skicka ett meddelande till honom, tog fram mobilen och skrev i WhatsApp *Ska vi höras sen? Har du tid? Vore skönt att få prata lite. Kram!* Jag såg att klockan redan var halv åtta och bestämde mig för att gå tillbaka och se om Ravi hade vaknat och om det gick att få någon frukost. Jag kom inte ihåg vilka frukosttider de hade på hotellet, men snart måste det ju vara dags i alla fall. Jag svepte med blicken över havet, men ingen mer delfin syntes. Men den hoppande delfinen som välkomnade mig till stranden sparade jag som ett värdefullt minne i minnesbanken.

TJUGO

Ravi var vaken, och nu var han i full gång med att skramla med grytor och tallrikar i det lilla köket som fanns på innergården. En äldre indisk dam dök också upp, iklädd en vacker blå sari, hon hälsade blygt och smet in i köket. Ravi log stort mot mig, vita tänder i svart skägg.

"Good morning, ma'am! Have you been swimming?"
"No, just been looking at the sea. I saw a dolphin!"
"Oh, that's nice! Ok, so do you want your breakfast now?"
"Yes, please."
"Do you want continental or traditional Keralan breakfast?" Han tittade nyfiket på mig.
"Hm. What is the Keralan breakfast?"
Han beskrev något som jag inte riktigt fattade. Jag log mot honom. "You know what? I will take continental today and try the Kerala breakfast tomorrow, ok?"

"Ok! You can sit down by any of the tables." Han pekade mot de fem borden som stod i skuggan under ett tak gjort av flätade palmblad.

Jag valde ett av borden, det längst in, där man satt på en tygklädd bänk med utsikt över havet, och med en fläkt i taket som fick det att fläkta i den stillastående värmen. Jag stack ned fötterna i sanden och bara njöt. Nu var jag i Kerala, Indien, ännu ett av mina drömmål. Hela den här resan var egentligen ofattbar, något jag drömt om så länge, och som jag nu höll på att genomföra under en lång vinter. Jag liksom svävade fram genom tillvaron och allting bara flöt på, precis som det egentligen alltid borde vara, funderade jag. Ravi kom till mitt bord med rostat bröd, marmelad, smör och ett glas juice.

"How do you want your eggs? And do you want tea or coffee?"

Jag gav honom mina önskemål om ett kokt ägg och kaffe och väntade på dem. Fåglarna samlades på behörigt avstånd från mig, men jag såg att de var ute efter mitt bröd, här fick man hålla koll. Jag schasade iväg dem, men de kom tillbaka efter en stund igen. De satt på rad på en av solstolarna som stod bredvid den lilla matplatsen. Ravi kom med kaffe och omelett, och schasade återigen de svarta fåglarna, som hade stenkoll på mig och min mat.

Jag åt upp frukosten, som var helt ok, men lite tråkig, jag skulle absolut testa den keralanska frukosten imorgon. Jag hade redan varit vaken ett bra tag nu, och gick efter frukosten till mitt rum och la mig på sängen, i bara tio minuter. Sedan var det dags att bege sig ut i värmen. Jag tog min tygpåse, la ner min vattenflaska med filter, som gjorde att jag kunde dricka kranvattnet överallt, tog fram min solfjäder som jag köpt på Bali och packade ned min lilla svetthandduk. Jag tänkte ta en promenad och se vad det fanns här runt omkring mig. Ut i solen, ut på den lilla vägen, den här gången tog jag till höger och gick förbi någon slags ödetomt, där det stod en stackars ko bunden med ett snöre, den såg lite slokande ut i hettan, men det var grönt och lummigt omkring den, så jag fick anta att den hade det bra för att vara ko. Jag gick vidare längs vägen, kom in i ett bostadsområde med smala gator, där jag begav mig in på upptäcktsfärd. Blommor, tvätt på tork och barn som lekte. Luften var klar och färgerna var nästan överväldigande. Jag irrade så klart bort mig på de små vägarna och kom efter en stund tillbaka till där jag började. Jag bestämde mig för att gå ut på den lite större vägen och gå uppåt mot "city". Jag gick sakta för att inte svettas för mycket, det var redan full rulle överallt i affärer och i trafiken. När man gick såhär så såg man så mycket av allt. Efter en stunds promenerande, efter att ha kommit upp till floden, där man kunde ta en båt ut på Backwaters, något jag skulle göra någon av dagarna, så bestämde jag mig för att leta mig ned mot havet igen. Jag gick lite längre norrut och tänkte att jag kunde komma tillbaka till hotellet från andra hållet. Jag stannande och googlade och hittade ett café, där jag tänkte att jag kunde få något gott och kallt att dricka. Det var ungefär en halvtimmes promenad till cafét, jag hade irrat mig en bra bit bort, men när jag kom fram dit så var det helt värt promenaden. Jag gick upp för en trappa och möttes av den mest gudomliga utsikten över havet och stranden. Jag möttes av en artig indisk man som visade mig till ett av de låga borden med bänkar på golvet, och jag krånglade mig ned vid det, och beställde en pineapple lassi. Här skulle jag trivas bra i två veckor. Klockan var elva nu, och jag skulle kanske tänka på att fixa nån lunch. Jag beställde en vegetarisk pizza att ta med mig, betalade för mig och gick tillbaka till hotellet. Nu skulle jag jobba lite och sen ringa Marko. Det skulle bli skönt att prata med honom, han var ju ändå en fast punkt i tillvaron fortfarande för mig.

Ravi satt som vanligt i receptionen när jag kom.

"Hello ma'am".
Jag kom på att jag inte betalat hotellet ännu. "I must get to an ATM to get cash to pay you. You don´t take cards?"

Ravi förklarade att de hade tagit kort tidigare, men att det flera gånger hade hänt att transaktionerna inte gick igenom på grund av dålig uppkoppling och att de då stått utan betalning när kunderna redan rest iväg. Ja, det fattade jag ju att det inte funkade.

"I can follow you to the ATM!"
"You can? Great!" Orkade jag det här nu? Ja, det fick jag väl lov att göra. "Ok, I just have to leave this in my room" sa jag, och gick in och lämnade min medhavda pizza.
Ravi gick till en av motorcyklarna som stod längs gången där man gick in. "Let's go!"
"Do you want to drive me on THAT?" Jag skrattade.
"Yes?" sa han undrande, som om det var det mest självklara i världen. Skulle jag göra det här? Jag hade inte åkt motorcykel sen jag var i tjugo-årsåldern.
"Hm, ok. But you have to be careful!"
"Of course, ma'am."

Han drog ut motorcykeln till gatan och satte sig stadigt på den. Jag satte mig bekom honom med bägge benen på ena sidan och klamrade mig fast med armarna runt hans midja. Han körde iväg på den guppiga vägen och samtidigt som jag var livrädd att glida av kände jag hur roligt och spännande det var, att helt plötsligt glida runt i Alleppey på motorcykel, bakom en stilig indier. Det var absolut inte vad jag väntat mig, men jag levde ju i nuet och vad som helst kunde hända. Tydligen. Jag skrattade högt. Ravi susade fram i den nu tilltagande trafiken. Jag litade på att han klarade av den helt kaotiska trafiken, som jag själv aldrig skulle ha vågat köra i, men han gled fram mellan tuktuks, bilar och cyklar som om han inte gjort annat. Efter en tur på kanske tio minuter var vi framme vid en ATM. Jag gled av motorcykeln och skrattade högt.

"What, ma'am?"
Jag kunde inte sluta skratta. "No, nothing, just... This." Jag pekade på mig själv och honom och motorcykeln.

Han skrattade också, men verkade inte förstå hur roligt jag tyckte det var. En femtioplussare på oväntat äventyr på motorcykel i Kerala. Well. Mot ATM:n!

När pengarna tagits ut, en vild motorcykeltur senare med mycket tutande och väjande, så var jag tryggt på tillbaka på hotellet. Efter att ha betalat för två veckors boende gick jag in på mitt rum. Jag var fortfarande helt uppspelt. Tänk att jag landat i Indien och var ute på, för mig, galna äventyr, och samtidigt hade en helt vanlig arbetsdag framför mig. Jag tänkte på att jag hade kunnat sitta hemma i lägenheten på söder och jobbat, i mörkret och grådasket. Jag hade i så fall varit blek, trött och allmänt olustig. Jag tyckte att mörkret blev värre och värre för varje år. Nu var jag här! Med sol, hav, värme och underbara upplevelser. Så glad att ha vågat drömma och att jag vågat åka iväg själv. Mod! En av de viktigaste ingredienserna i livet, hade jag lärt mig.

Jag tog en bit av min nu kalla pizza till lunch, och sparade resten till om en stund, jag var inte så hungrig. Jag trodde nog att Marko kunde vara vaken nu, och testade att ringa honom på WhatsApp. Han svarade på en gång.

"Hej! Hur är läget där hemma i Sverige?" inledde jag.
"Hej! Vad kul att du ringer! Här är allt ok, hur har du det?"
Jag berättade lite om resan hit, om det overkliga att ja sett en av

dem som jag utreder på vägen, om Kerala och om min galna färd på motorcykeln.

Marko skrattade. "Ja, det verkar inte gå nån nöd på dig i alla fall."

"Nej, jag har det helt underbart! Men jag har saknat dig lite".

Marko blev med ens allvarlig. "Jaaaaaa…" Han drog ut på sitt svar. " Du vet jag har ju träffat Lina?"

Jaha, det var så hon hette. Jag hummade lite.

"Ja, alltså vi har pratat om att kanske flytta ihop. Sen."

Oj, här gick det undan minsann. "Oj!" var det enda jag fick ur mig, det var en liten överraskning, så långt hade jag inte tänkt. Det hade ju ändå bara gått några veckor, men visst, medelålders ensamma män hade ingen tid att slösa bort när de väl hittade någon. Hjärnan slog direkt om till sitt problemlösarläge. "Ok. Det är ju bäst att jag börjar leta boende på allvar nu då".

"Nej, men asså, det är ingen panik, men jag vill inte ha några hemlisar för dig eller smussla eller så, du är ju min bästis. Vi ska såklart ta allt i vår takt!"

"Ok. Men jag måste ju ändå börja leta lite, jag ska ju faktiskt hem redan om fyra veckor, tiden går så fort."

"Ja, bara Indien och Maldiverna kvar va?"

"Ja." Jag log. Maldiverna lät helt overkligt. Ett resmål jag aldrig trott att jag skulle komma till i hela mitt liv.

Vi fortsatte samtalet en stund till, uppdaterade varandra om små detaljer och Marko berättade om barnen och hur de hade det.

"Tjejerna saknar dig också."

"Ja, jag ska ringa dem" lovade jag. Det hade varit så snurrigt med allt, så jag hade knappt hunnit tänka på dem. Sara och Betty måste känna sig lite övergivna av sin extramamma, det dåliga samvetet anföll en stund. "Säg till dem att jag hör av mig om du pratar med dem".

Det lovade Marko att göra. Vi la på, och nu kändes det så verkligt att min resa bara hade en månad kvar och att jag inte hade någonstans att bo när jag kom hem. Eller det hade jag ju, men jag var tvungen att hitta något rätt fort. Jag gick direkt in på Stockholms bostadsförmedling för att kolla om det fanns något som jag skulle kunna tänka mig. Jag visste ju inte ens var jag ville bo ännu, och ärligt talat kändes det som om det inte spelade så stor roll. Bara jag hade en fast punkt någonstans så var jag nöjd. Jag la in tid i kalendern om två dagar senare och skrev *'Leta lägenhet'*. Det som skrevs upp i kalendern blev av. Jag skrev till Sara och Betty i vår gruppchatt och undrade om de hade tid att höras någon dag. Sen skrev jag till Hampus och Daniel, mina egna fina killar, för att boka något med dem också. Så där. Familjelivet avklarat för idag.

Nu skulle jag fortsätta med jobbet. Jag tog en pizzaslice till, sen ett av äpplen som Ravi köpt åt mig. Jag samlade ihop all dokumentation som jag hade om observationen av Parisa i Dubai, la in den i ett dokument tillsammans med de tidsregistreringar som hade gjorts i hemtjänstsystemet samtidigt som hon var på resande fot. Jag skrev en kort sammanfattning, och bokade sen en tid i kalendern med Mia, Calles och Lisas chef, som var den som hade gett mig uppdraget. Jag tänkte att jag måste få hennes input om hur jag skulle gå vidare med detta, skulle det polisanmälas nu direkt, eller skulle det hanteras på något annat sätt. Jag fortsatte med att strukturera upp och sammanställa den övriga information som jag samlat om företaget, hittade lösa trådar som jag måste forska vidare lite om, för att vi skulle få en komplett bild. Jag hade också fått svar från Sami som skrev att han kunde ta ett samtal i princip när som helst. Jag mailade och bokade en tid imorgon. Jag skulle skriva ihop en rapport om allt det jag hittat nu, göra en lista på vad som skulle anmälas till olika myndigheter, för vidare utredning av dem, och göra en bedömning med ett förslag på hur kommunen skulle gå vidare med hantering av företaget. Min spontana reaktion var ju att man skulle häva avtalet på dagen, och anmäla alla avvikelser och misstänkta brott till berörda myndigheter, men ingenting var någonsin självklart i kommunal verksamhet, det var något jag lärt mig efter många års arbete i kommuner. Det fanns alltid en rädsla för konsekvenser och det fanns ett politiskt spel som man måste ta hänsyn till som tjänsteman. Efter att ha gått igenom allt material, städat bland alla dokument och sammanfattat det vi hittat i stora drag så såg jag att det hade gått fyra timmar. Det fick räcka för idag. Jag skulle fylla på rapporten med mer detaljerad information imorgon. Då hade jag också ett möte med Mia och ett med Sami, så det kunde bli en intressant dag. Jag var trött, efter att ha vaknat så tidigt, men ville ändå gå ut och äta på kvällen. Jag gick ut och bad den lilla damen, som tydligen jobbade i köket, att lägga resterna av min pizza i kylen i köket. Hon pratade ingen engelska. Jag frågade efter Ravi, hon pekade mot stranden. Jag såg honom stå vid kanten till hotellets sandiga gård och titta mot havet. Jag gick fram till honom.

"Beautiful!"
Han vände sig mot mig. "Yes, I never get tired of it".

Det var underbart hur jag överallt träffade människor som var lika fascinerade av solnedgången som jag var. Det var lite fint på något sätt, hur vi människor förenades av en så naturlig, men förunderlig sak. Vi tittade i tystnad på solen som speglade sig i havet, som en stor knallorange apelsin.

"Well, I came to ask you about places to eat".

Ravi berättade lite om vilka matställen som fanns i närheten, och jag bestämde mig för det närmsta, som bara låg några steg bort på stranden, och som jag hade gått förbi tidigare idag. Det kändes som en evighet sen.

"Ok, thank you. I will go there now, see you later? Are you working all the time?"

Ravi förklarade att han bodde här, och att han åkte hem och sov, men då fanns det annan personal på hotellet, och att han var här nästan all sin vakna tid.

"No family?" undrade jag.

Han log stort. "No, not yet". Nej, han var ju ung, och verkade ha fullt upp med sin verksamhet.

"Ok, laters!"

Han nickade hej då, och jag gick ned för den lilla trappan av sand och stockar till stranden och gick de få stegen till den lilla restaurangen med bord utplacerade under palmerna i sanden, fyllt med färgglada lampor överallt. Att efter första dagen i Kerala sitta på ett litet beachschack i solnedgången och vänta på mat och dryck som lagades i ett litet kök som var nedsänkt i marken, omgiven av indier, som nu började samlas på stranden, var helt magiskt. Maten var underbar, stark och billig, och när jag ätit upp och solen gått ned, gick jag hemåt den korta biten i mörkret. Sanden var varm, det var människor som spelade, pratade, lekte, sjöng och jag kände mig verkligen trygg och beskyddad av universum. Mitt hotell hade sina fina blå lampor som lyste upp innergården, och jag avslutade dagen, trött och tacksam.

TJUGOETT

Den första veckan i Indien virvlade förbi, jag upptäckte Alleppey till fots och med tuktuk. Ravi hade en kompis som han ringde så fort jag ville åka någonstans, han körde som en galning, men det gjorde ju alla här. Jag åt på alla restauranger jag kunde hitta, indiska mat var en stor favorit och jag utforskade kända och okända rätter. Jag badade i det lite oroliga havet, studerade människor, djur och fåglar och jobbade med att sammanställa all information jag hade om Omtanke & omsorg, för att kunna avsluta arbetet med det företaget just nu, och påbörja nästa granskning. Tiden rusade iväg. Jag hade pratat med barnen och med Markos tjejer, med Marko igen, och nu var hela mitt fokus på att hitta någonstans att bo. Jag ville inte känna mig som någon slags stoppkloss när Marko skulle fortsätta att dejta Lina. Ravi hade också bjudit hem mig, men jag hade vänligt tackat nej, jag visste inte vad han ville och jag orkade inte fundera på det heller, bättre att hålla sig på sin kant, även om han var underbart rolig, trevlig och snygg. Det kanske finns en gräns för vad en femtioplussare med misstänkt odiagnostiserad ADHD orkar med. Jag hade till och med hunnit med lite shopping, och hade köpt en väska med paljetter, som jag visste aldrig skulle komma till användning, men vem kunde motstå lite glitter? Nu hade jag bara en vecka kvar, och hade bestämt mig för att jobba min arbetstid på tre av de dagarna, och vara ledig resten.

Samtalet med Sami, min källa, och med Mia, min uppdragsgivare, hade resulterat i att jag hade fått en hel del info som vi hade misstänkt bekräftad, så gott det nu gick från Sami, och att jag fått tydliga riktlinjer från Mia om att vi skulle gå på en strikt linje och anmäla allt vi hittat som var misstänkt och gå mot en hävning av företagets avtal. Så jag var nöjd och det kände verkligen som om vi gjorde nytta nu, med vår lilla arbetsgrupp. På tre arbetsdagar kunde jag bli helt klar med allt underlag och jag kunde också påbörja nästa företagsgranskning, ett företag som hade kopplingar till Parisas Omsorg & Omtanke, så det skulle bli ypperligt intressant.

Men nu var jag i Kerala och jag skulle absolut inte missa att åka ut i Backwaters, som var en av anledningarna till att jag valt just det här resmålet. Jag hade diskuterat olika alternativ med Ravi, som var en vandrande turistinformation slash resebyrå. Han hade kontakter överallt och stod gärna till tjänst med allt man kunde önska sig, från att beställa en pizza från Dominos, köra omkring en på motorcykeln eller fixa tuktuks, guider och båtar. "Full service" kallade han det, med det ständigt närvarande skrattet gömt i det svarta skägget.

Och idag var det dags. Idag skulle jag åka ut i Backwaters, sova en natt på en husbåt och komma tillbaka imorgon kväll. Jag hade köpt plats på en husbåt, tillsammans med några andra personer, men hade eget rum på båten. Jag hade packat ihop min lilla tygpåse med vatten, snacks, en sarong/handduk, ombyte, tandborste, myggmedel, mitt magsafe batteri och min laddare. Pengar och pass låg alltid i Fjällräven-väskan, som jag aldrig släppte ifrån mig, den var snart som en kroppsdel. Ravis kompis Suresh, chauffören, skulle komma och hämta mig alldeles strax med tuktuk, och jag var lite nervös, det här kändes verkligen som ett äventyr. Suresh körde snabbt upp mig till floden, där alla båtar låg, och till den båt som skulle ta mig vidare. Jag blev mött av en indisk man, som presenterade sig som Arun, och som visade mig ombord och till mitt rum på båten. Han bad mig komma ner för en gemensam rundtur och visning av båten innan vi skulle ge oss iväg. Jag lämnade min tygpåse på mitt rum och gick ned på en gång, mitt rum låg på det övre planet på båten, vilket kändes superlyxigt, vilken utsikt jag skulle komma att ha. De andra passagerarna stod redan i en liten klunga i fören av båten, det var bara indier och jag. Trodde jag ända tills det kom en vit man i kanske fyrtio-årsåldern nedför den trappa som jag nyss kommit ned för. Vi tittade lite nyfiket på varandra och nickade till hälsning. Arun hälsade alla välkomna ombord och gick igenom regler för resan, och visade oss sen runt i båten, och visade vilka utrymmen som vi kunde vistas i och som var gemensamma och vilka som var för personalen, var det lilla köket fanns och var toaletterna fanns. Det fanns härliga ställen där man kunde sitta, både på bänkar och i mer bekväma soffor lite här och där på båten, som var gigantisk, som ett flytande hus verkligen. Och nu var det dags för avfärd. Jag visste inte alls vad jag kunde förvänta mig och jag hade inte heller hunnit googla sönder Backwaters, så jag tänkte att jag skulle ge mig ut med öppet sinne och bara njuta av nya upplevelser. Jag satte mig i en av sofforna i fören av båten, medan personalen ombord började jobba med att få iväg åbäket från kajen. Efter en stund började vi sakta, sakta röra på oss.

Kanalen här var trång och var kantad av båtar i olika färger och storlekar, med tillhörande människor. Det var ganska skräpigt både i vatten och på land, och virrvarret av elektriska ledningar, som löpte längs floden, hängde ibland oroväckande nära vattnet. Men det var ju en del av hela charmen med Indien, virrvarret. Sakta, sakta gled vi ut ur staden och båtarna byttes ut mot små skjul som sålde småsaker, restauranger som annonserade om färsk fisk, små hållplatser, där det gick båtar som fungerade som bussar, hotell som skröt om vackra utsikter och hus av olika slag. Överallt bodde människor. Längs kanalerna var det bebott överallt och varje litet hus hade en liten trappa ned i vattnet, och där stod människor och tvättade sig, tvättade kläder och diskade. Det var liv och rörelse överallt. Barn simmade och dök och skrynkliga äldre män satt i skuggan på kanten till kanalen, och dinglade med benen och pratade om livet. Kvinnor tvättade tillsammans och ropade till varandra och skrattade. Det var som en helt egen liten värld långt borta från livet på land. Här levde man som en del av vattenvärlden.

Efter ett par timmars långsamt navigerande i kanalerna kom vi ut i det "riktiga" Backwaters, som sträckte sig så långt ögat kunde nå. Vattnet var helt stilla, det vimlade av fåglar både i luften och i vattnet och vattenytan var täckt av olika växter och blommor. Här och där stack en pinne upp, och på pinnen satt ofta en fågel och höll utkik efter en fisk. Jag tog bilder oavbrutet med min mobil, men det här var ett sådant ställe där det inte gick att fånga magin på bilderna. Inte med mobilen i alla fall, och det var den jag hade tillgång till nu. Jag hade suttit i båtens för hela resan hittills, men nu ställde jag mig upp, sträckte på mig och började gå omkring på båten lite sakta, för att se mig omkring och för att göra mig hemmastadd. Jag tog ett par varv och bestämde mig sedan för att gå till min hytt. När jag kommit upp för trappan såg jag den vite mannen stå vid relingen utanför rummen på övre våningen.

Mannen tittade nyfiket på mig, log och sa "Hi!".
"Hi" svarade jag och skrattade. " I'm Emma from Sweden. And you?"

Mannen presenterade sig som Robert från Amsterdam. Han berättade att han luffade runt i södra Indien ett par månader och att han nu kommit till Backwaters på sin resa. Vi småpratade lite om var vi varit på våra resor och vart vi var på väg, men jag ursäktade mig efter en stund och gick in på mitt rum, jag ville vara ifred en stund. Hittills var Backwaters helt magiskt, men jag kände att jag hellre hade varit ensam på båten, jag hade ingen lust att mingla med en massa människor och tänkte att jag skulle undersöka möjligheten att äta måltiderna på rummet om det krisade. Självklart kunde jag hänga en del med Robert under de två dagarna, men jag ville hellre vara själv och uppleva.

Jag provlåg sängen, den var helt ok, bred och lagom mjuk och bäddad med rena bomullslakan. Jag hade en liten toalett på rummet och inne på toaletten fanns en liten duschslang, så man skulle väl på något vis lyckas tvätta sig där inne. Jag var glad att det inte bara var ett hål i golvet, så jag var helt nöjd. Det stod en skål med frukt inne på rummet, och en stor flaska vatten, och jag skalade en apelsin och åt den. Lunchen skulle serveras klockan ett, om ungefär en timme, och jag kände att jag var hungrig, jag hade gått upp tidigt idag. Mobilen surrade till. Det var Calle som undrade om vi kunde höras. Ja, visst, varför inte. Jag ringde upp honom på Teams.

Han svarade och tittade nyfiket in i skärmen. "Men var är du NU?"
Jag skrattade "Jag är ute på en husbåt i Backwaters, in the middle of nowhere."

Calle skrattade. "Alltså du är helt overklig! Här hemma ojar vi oss för att pendeltåget inte funkar som vanligt på vintern och där sitter du..."

"Ja, här sitter jag" skrattade jag. "Hur är läget?"

"Alltså allt är helt upp och ner här!" Han pausade som om han inte visste var han skulle börja. "Mia berättade att hon pratat med dig och att ni bestämt att vi skulle gå ut på en hård linje med allt vi hittat."

Jag hummade.

"Nu är det ett jäkla liv på alla, som tycker olika om precis ALLT! Karin, du vet?"

"Ja?"

"Hon blev totalt superupprörd när hon fick veta att vi ska gå mot en hävning av företaget och polisanmäla allt vi hittat."

"Men va?!?!?!"

"Ja, jag veeeeet!! Hon är helt för mycket! Solbränd och fin från Dubai!"

"Nej, men alltså, vad gör vi? Det här är ju helt SJUKT!"

"Ja!" Calle pausade och sänkte tonen. "Alltså... Jag tror verkligen att hon är totalköpt av Parisa och Yasin".

"Ja, det verkar fan inte bättre! Men vad GÖR vi?"

Calle blev tyst en stund. "Kan vi lita på alla i arbetsgruppen?"

Jag funderade. "Hmmm... Jag tror det." Jag drog på orden. Man visste egentligen ingenting om människor. "Kanske ska du och jag lägga upp en strategi tillsammans och ha ett separat möte med Mia, utan Maria och Lisa först?" föreslog jag.

"Alltså, jag tror att det är bra idé, Emma."

"Toppen! Då gör vi så! Jag har sammanställt allt material och har i princip allt underlag klart för att gå vidare. Är ute med båten i två dygn nu, så jag är tillbaka på söndag igen, kan vi boka in ett möte redan på måndag med Mia?".

"Vänta, jag ska kolla hennes kalender." Calle klickade loss på datorn. "Jepp, hon har en lucka på förmiddagen mellan tio och tolv, det passar väl bra med dina tider?"

Jag räknade efter i huvudet. Klockan tio var halv fyra på eftermiddagen här, det blev ju perfekt! "Ja, det blir perfa! Boka klockan tio om det går. Hur behöver vi förbereda oss?"

"Du har ju allt material klart, men du och jag kan ta ett förmöte och lägga upp strukturen på hur vi presenterar allt?"

"Yes, det blir bra! Man blir lite snurrig när man sitter med allt själv. Jag delar allt med dig i Teams, så hinner du kolla igenom det, ska vi ses en timme innan då ungefär?"

"Ja, det blir bra, jag bokar in dig på båda mötena då."

"Kul! Det här blir spännande! Tack för att du ringde och berättade."

"Självklart! Fortsätt med ditt båtliv nu." Calle skrattade som om det var helt crazy att jag satt på en båt i Backwaters i Kerala, och det var det kanske också.

"Yes, jag ska spana in lite fler örn-sorter." Jag skrattade, av ren glädje, över hur bra jag faktiskt hade det. "Jag skickar över dokumenten på en gång, så hörs vi på måndag."

"Toppen!"

Vi avslutade samtalet med att önska varandra trevlig helg och jag la på och kände hur det snurrade i huvudet. Var Karin helt köpt? Skrämmande! Hon som jobbat så länge inom kommunen också. Jag skickade över alla dokument till Calle i Teams, jag kom ju åt allt via mobilen, allt låg i molnet. Man kan inte annat än älska den moderna tekniken!

TJUGOTVÅ

Dagarna på båten var som att sakta ha transporterats, via kanaler, in i en hemlig värld, en värld som klarade sig utan inblandning från omvärlden, där livet gick sin gilla gång, och som ingen utanför visste om. Folk levde sina liv på smala landtungor som stack ut i vattnet, helt omgivna av vatten. Jag undrade vad som hände när det var storm och oväder, men som tur var slapp vi det under vår resa. Allting var speciellt här, luften, ljuset, vattnet, fåglarna. Vid solnedgången samlades hundratals, kanske tusentals, fåglar på små öar, alla kom flygandes samtidigt till samma öar, som om de bestämt sig för att ses just där den här kvällen. Det var en helt magisk resa, och jag höll mig för mig själv, jag ville verkligen uppleva allt på den här båtresan, inte prata bort tiden med någon annan. De indiska familjerna och paren som var med på båten tjoade och tjimmade, Robert sökte lite kontakt, men sökte sig sen till indierna när han märkte att jag hellre höll mig för mig själv. Det blev en underbar utflykt för mig. Jag tog hundratals

bilder med min mobil, och jag tänkte inte speciellt mycket på
något annat. Jag var närvarande i nuet, och bara njöt av maten,
omgivningen och min lilla hytt. Jag kunde varit ute längre, men
dag 2 på eftermiddagen åkte vi sakta tillbaka genom de trånga
kanalerna, in i Alleppey igen. Det kändes som om vi varit borta
mycket längre än två dagar. Väl framme stod Suresh och väntade
på mig med sin tuktuk. Full service, tänkte jag för mig själv och
skrattade lite. Suresh pratade inte så mycket, han bara förvissade
sig om att jag haft det bra. Resan till hotellet gick snabbt, solen
gassade och var på väg neråt. Det skulle bli lagom att gå och käka
något och sen ta en liten promenad på stranden. Ravi hälsade mig
välkommen och ville höra allt om resan när jag kom fram. Jag sa
att vi kunde prata mer imorgon, jag ville vara kvar i den magiska
stämning jag hamnat i. Jag lämnade mina saker på rummet och
gick bort till den restaurang som blivit min "vanliga", och
beställde in fish curry och porotta, det nybakta brödet, som var
helt underbart gott. Jag lyckades få det bästa bordet med perfekt
utsikt över solnedgången. Jag hade glömt smörja in mig med
myggmedel och myggorna började direkt attackera mig. Jag åt upp
medan jag försvarade mig mot de blodtörstiga myggorna. Jag
betalade och gick ner mot vattnet, det brukade vara färre myggor
där. Det var magiskt med solnedgången även här i Alleppey. Solen
var stor och röd och sjönk sakta och majestätiskt ner i vattnet.
Det var helt andra färger än det varit i Boracay, men samma magi.
Stranden var full av de indier som samlades här när solen gick
ned. Jag promenerade en stund och tittade nyfiket på allt som
hände på stranden, fortfarande kvar i Backwaters-bubblan på
något vis. Jag gick tillbaka till rummet, jag hade inte sovit så
mycket på båten, så nu skulle det bli skönt att sova i min säng. Jag
duschade och duttade salva på alla myggbett och tog en
allergitablett, så dom inte skulle klia så mycket. Jag hade handlat
på ett litet apotek, ett hål i väggen där allt fanns, och man visste
aldrig riktigt vad det var man köpte förrän man kunnat googla det.

Söndagen tillbringade jag på stranden och på hotellet och Ravi fick höra allt om min resa. Jag såg fram emot måndagen, då vi kanske äntligen skulle komma framåt i utredningen, det kändes lite segt när vi hade så mycket material, men inget hade riktigt hänt ännu. Hoppas Mia skulle fortsätta att gå på Calles och min lite strängare linje.

På måndag förmiddag satte jag mig och förberedde allt efter frukosten, alla dokument, alla argument och all information jag hade. Jag åt en lunch på rummet som Ravi fixade fram och sen var det dags för mötet med Calle. Jag kopplade upp mig på Teams tio minuter innan mötet skulle börja, och väntade in att Calle skulle dyka in i mötet. Det var ju tidigt för honom. Han dök upp efter bara några minuter, blek och lite yrvaken med en kopp kaffe som han värmde bägge händerna på.

"Gomorron!"
"Hej! Kul att se dig igen!"
"Detsamma! Är du på fast mark nu igen?"
"Jepp!"
"Ok. Hur ska vi lägga upp det här nu då?"

Vi diskuterade vilket som skulle vara det bästa sättet att presentera våra fynd för Mia, för att hon skulle se allvaret i det hela. Vi diskuterade också vad hon kunde ha för relation till Karin, eftersom det var en känslig punkt i utredningen just nu.

"Karin har ju jobbat i kommunen jättelänge" sa Calle. "Mia är ju nyare, jag vet inte riktigt om de har funnit varandra".
"Ok. Vi får köra med öppna kort i alla fall och berätta om våra misstankar, det skulle kännas väldigt konstigt att inte berätta…"
"Ja, jag håller med! Då har vi i alla fall gjort allt vi har kunnat, än

160

så länge."

Vi la upp en ordning att presentera materialet i, och sa hej då, så Calle fick en liten paus före mötet med Mia. Jag gick och fyllde på mitt vatten och bad den lilla damen i köket om en kopp kaffe, som hon kom med till rummet efter en stund.

Jag kopplade upp mig för tidigt till nästa möte också, det kändes lite som om jag alltid fick sitta och vänta på dem i Sverige, jag var så mycket före dem i tid och på något sätt kändes det alltid. Calle kom in efter några minuter igen.

"Hej igen" log han.
"Hej! Hoppas Mia kommer nu då…"

Jag kände mig lite otålig, men visste att jag egentligen inte hade någon anledning, men det kändes verkligen att det här mötet var viktigt för hur vi skulle gå vidare. Mia kom in i mötet efter bara någon minut, och lämnade ordet till mig. Jag presenterade det material som jag och gruppen hade samlat på oss, berättade om den helt osannolika observationen av Parisa i Dubai och efter att ha känt av Mias reaktioner la jag också till informationen om Karins semester i Dubai, precis samtidigt som Parisa var där, och hennes sätt att hela tiden vara på gränsen till att motarbeta vår lilla arbetsgrupp.

När jag lagt fram allt som vi hade sammanställt och Calle hade flikat in med lite kommentarer, tystnande vi båda och tittade in i våra skärmar och väntade på Mias reaktion.

"Ja, hörni…" började hon, men tystnade direkt, som för att noggrant välja sina ord med omsorg. "Vet alla i arbetsgruppen om det här?"

"Ja, i princip" svarade jag, "inte på detaljnivå, men vi har självklart diskuterat det i gruppen".

"Ok". Man riktigt kunde se hur Mias hjärna arbetade för fullt nu.

"Vi måste hålla det här strikt inom gruppen tills vi vet hur vi ska gå vidare."

"Ja, självklart" utbrast Calle och jag i munnen på varandra. Jag hade ju för övrigt inte direkt någon att skvallra till där jag satt på andra sidan jorden.

"Ni har verkligen gett mig en delikat uppgift att hantera! Jag måste få lite tid att tänka igenom hur vi ska kunna reda ut den här soppan på ett vettigt sätt".

"Ja, det har vi full förståelse för" sa jag. "Kan vi hjälpa till på något sätt?"

"Ja, genom att vara tillgängliga när jag behöver information. Allt det som gäller företaget ska vi dra för vår jurist, det ser jag inga bekymmer med, det ska vi driva vidare. Det är biten med Karins eventuella inblandning som jag måste fundera på hur jag ska hantera".

"Ja, vi fattar" sa Calle.

"Ok. Men jag lägger upp sammanställningen i vår gemensamma mapp, så har du den" sa jag.

"Ja, det blir perfekt! Jag bokar in ett nytt möte med er två tillsammans med juristen, när jag fått tag i honom".

Vi avslutade mötet, och Calle ringde upp mig direkt efteråt.

"Det gick väl bra? Men vilken chock hon fick, stackarn!".

"Ja, jag skulle inte vilja vara i hennes skor nu" svarade jag. Mia var chef för hela avdelningen, alltså både för Calle och för Karin.

Calle och jag diskuterade lite hur man skulle kunna bekräfta Karins inblandning, det var ju svårt att ifrågasätta någons resmål för semestern, och hennes ovilja att hjälpa oss framåt i vårt arbete kunde ju enkelt skyllas på annat. Innan vår arbetsgrupp skapades var det ju Karin som hade jobbat med uppföljning av företagen inom hemtjänsten. Nu hade kommunen bestämt sig för att satsa på att hitta och att förebygga välfärdsbrott, och hade skapat en arbetsgrupp för att visa framfötterna. Kanske hade man inte riktigt varit beredd på hur effektivt det skulle vara.

"Calle, ska jag fortsätta fokusera på Omsorg & Omtanke och titta på de tidigare utredningar som Karin gjort?"
"Alltså, det låter ju hur vettigt som helst, men vi får nästan lyfta det med de andra, och också med Mia, vi måste ju veta hur hon vill att vi går vidare".
"Ja, det har du helt rätt i" svarade jag, samtidigt som min utredarpersona längtade efter att hugga in i allt jag kunde hitta om detta.
"Jag kan tänka mig att Mia tar in någon extern om Karin ska granskas" sa Calle.
"Men jag är ju extern!" utbrast jag.
"Haha, ja, men du tillhör ju gruppen!"
"Hm. Ja, så är det väl."

Vi avslutade samtalet och sammanfattade dagens äventyr med att vi var rätt nöjda med det vi presenterat och med Mias reaktion, det kändes som om hon skulle ta tag i detta nu. Jag kände mig helt nöjd med min måndag och tänkte att jag skulle forska lite om Karin på egen hand, sådant som man kunde hitta på nätet bara, så jag satte mig i sängen med datorn, trots att jag nu hade ett skrivbord, så hamnade jag oftast där ändå. Jag googlade på Karin och kollade upp henne på alla ställen jag kunde tänka mig, det fanns ju en obegränsad mängd information om de flesta som man kom åt genom offentliga register, bara man visste var man skulle kolla. Det enda som stack ut var väl egentligen att hon hade ett väldigt dyrt hus för att vara en kommunalanställd, men det kunde ju ha en helt normal förklaring. Eller inte. Jag fick avsluta mina efterforskningar när magen började kurra för mycket, och jag stack ut huvudet genom dörren för att kolla läget. Mycket riktigt så hade jag känt att det luktade mat, och där stod Ravi och grillade något.

"Hello ma'am! How are you?" Som vanligt tittade det stora vita leendet fram i skägget.
"I'm fine! Hungry" svarade jag och sneglade på maten.
"Oh, but you can eat with us! I wanted to invite you, but I didn't want to disturb".
"Are you sure?"
"Yes, of course!"

Ja, det tackade man ju inte nej till. Det låg fisk och grönsaker på grillen, perfekt. Ravis kompanjon, Anu, som jag tidigare bara skymtat, skramlade runt i köket och kom nu fram och presenterade sig ordentligt.

"Hi! I'm Anu!"
"Hi! I'm Emma, nice to meet you."

Anu försvann ut i köket igen, mumlandes något om riset. Han verkade inte lika pratglad och framåt som Ravi. Bordet bredvid grillen var belamrat med skålar och fat.

"Is someone else joining us?" undrade jag, det såg ut att vara så mycket av allting.
"No, not that I know of" skrattade Ravi. "But we are hungry too."
Jag skrattade.
"Do you want something to drink?"
"Maybe a coke, if you have?" Jag höll fast vid min dagliga cola, som jag inbillade var det som hade räddat mig från magsjuka under hela resan. Ravi trollade fram en cola från ingenstans och

gav den till mig.

"Thanks".

Vi småpratade lite och Ravi berättade lite om sin familj, och lite om hur allting funkade i Kerala med politiken och missnöjet, om fattigdomen och hur man måste kämpa för allting. Han förklarade att han hade en tydlig strategi för att göra en "klassresa", han ville bli medelklass, och det var tydligen inte hans bakgrund. Han frågade en hel del om Sverige också, men det var svårt att förklara den milsvida skillnad som var mellan Sverige och Kerala, på alla sätt. Kylan, ordningen, rikedomen, allt var annorlunda hemma i Sverige. Och visst gick det att förklara, men det var nog svårt att förstå. Jag hade träffat en indier på båten som blev så glad att träffa en svensk, han hade jobbat för Ericson, men här i Indien. Olika världar.

Efter maten tackade jag för mig, och tänkte att jag fick göra upp betalning för allt när jag checkade ut om några dagar. Tänk att det snart var dags att ge sig av redan. Två veckor var lite för kort tid på ett ställe, egentligen ville jag hinna bo in mig lite mer, och lära känna landet och stället som jag var på. Jag la det på minnet inför planeringen av nästa resa.

TJUGOTRE

De sista dagarna i Kerala blev intensivt jobbande. Det visade sig att Mia tog tag i det vi hittat direkt, hon bokade in mig på ett möte med juristen i kommunen och bokade också in mig på ett eget möte med henne, där hon gav mig i uppdrag att börja forska lite kring Karin, vid sidan av gruppens arbete, hon ville inte att Karins kollegor skulle få ta del av den utredningen, men jag som extern konsult kunde jobba på lite med att gräva fram det som gick, tyckte hon. Mötet med juristen hade gått bra, det är alltid lite svårt att få personer som inte har kunskap om hur hemtjänsten fungerar att förstå vidden av det fusk som vi kan få syn på när vi börjar leta efter det. Men den här juristen, Bosse, var uppmärksam på allt vi sade och lyssnade intensivt och skulle, efter att ha tagit del av den skriftliga sammanställningen, återkomma med hur han tyckte att vi skulle gå vidare. Vi hade ju en hel del på listan som vi ville anmäla till Skatteverket, Arbetsmiljöverket, Migrationsverket och polisen, och Mia hade varit bestämd med att vi skulle gå vidare med det, och att det var vår skyldighet som kommun att anmäla dessa saker. Det var en lättnad att höra, för jag hade tidigare jobbat för kommuner som helst sopade allt det vi hittade under mattan, av någon outgrundlig anledning. Kanske var de rädda för konsekvenser i form av merarbete eller dyra rättegångskostnader. När jag väl kom i gång med att tänka på sådant här så gick jag verkligen igång. Jag brann verkligen för att de skattepengar som vi skyfflade in i apparaten Sverige skulle gå till det som de var ämnade till. Mina år med utredning av välfärdsbrott hade visat mig att så inte var fallet. Pengarna gled iväg åt alla möjliga håll via hemtjänstföretag, vårdcentraler, skolor och allt du kunde tänka dig. En följd av att ha specialiserat mig på just välfärdsbrott var att jag var helt övertygad om att i princip alla fuskade. Det kändes extra tydligt när man som egenföretagare fick så klart för sig hur mycket pengar vi verkligen betalade in varje månad i skatt i form av arbetsgivaravgifter, moms och skatter i flera olika lager. Och det var ju fine, så länge man visste att pengarna inte finansierade någons coola lägenhet i Dubai, eller något annat i den stilen.

Jag tillbringade förmiddagarna på stranden och eftermiddagarna med näsan i datorn, antingen på vår lilla uteplats eller på mitt hotellrum. Ravi kom och satte sig och pratade ibland, så jag fick en välbehövlig paus, och han var så nyfiken på vad jag jobbade med och tyckte det var så roligt att jag var någon slags "detective". Anu var inte lika sällskaplig, men fanns alltid i närheten, han också. Jag trivdes så bra på hotellet, även om det inte var samma klass som det på Gili eller Boracay, men här kände jag mig hemma och jag hade kommit att se Ravi som en vän. Maten i Kerala var fantastisk, det var soligt och varmt och inte speciellt blåsigt och det kom åska och regn på kvällarna ibland, vilket gjorde att allting exploderade av grönska. Örnarna cirkulerade ständigt över stranden, som någon slags skyddsänglar. Jag spanade dagligen ut över havet i hopp om att få se fler delfiner, men lyckades inte få syn på någon, det hade varit en riktig lyckträff den där första dagen.

När det blev dags att lämna Alleppey och Kerala kände jag mig så nöjd med både vad jag hunnit se och göra, de människor jag träffat och allt jobb jag hade gjort. Jag hade en hel del information om Karin, jag hade fått klartecken från juristen att gå vidare på det sätt som Mia tänkte, med anmälningar till alla myndigheter och med uppsägning av företaget, nu skulle vi bara sammanställa dokumenten, och Mia skulle informera nämnden. Det kändes spännande och viktigt och som om allt vårt arbete äntligen skulle visa resultat i den riktiga världen. Mia och jag skulle ha ett möte om vår egen lilla sidoutredning om Karin när jag kom fram till nästa resmål som var en pytteliten ö som tillhörde Maldiverna; Gulhi.

Jag såg med spänning fram emot att åka till Maldiverna, ett resmål som jag drömt om hela livet, men som jag aldrig hade trott att jag skulle få möjlighet att besöka. Men efter en massa googling och diskussioner i Facebook-grupper så hade jag lärt mig att det finns två olika sätt att åka till Maldiverna, ja, säkert fler, men två olika sorters öar man kunde besöka. Antingen de öar som hade svindyra resorter där det huvudsakligen var amerikanska turister, sen kunde man åka till en "local island", där maldivierna levde och där det var strängt muslimskt, ingen alkohol fick serveras någonstans, det var stränga straff på att ta med sig alkohol till öarna och man fick inte bada var som helst, enbart på speciellt utvalda bikini beaches. Det lät lite strängt och spännande, och jag såg fram emot att få uppleva det i egen person.

Ravi stimmade runt mig den sista dagen och oroade sig för min fortsatta resa, att jag skulle glömma något och ville verkligen förvissa sig om att jag kom fram dit jag skulle när jag lämnade deras lilla ställe på jorden. Han skrattade mycket och såg till att jag hade allt jag behövde. Han hade bokat en taxi som skulle ta mig till Kochis flygplats, och vi kramade varandra hej då. Även Anu kom och gav mig en hård och lång kram, det hade jag inte väntat mig. Jag tror inte att de var vana vid att folk stannande så länge på hotellet, det hade mer verkat som om det kom indiska familjer över ett par dagar, och att de sen reste vidare. Jag lovade att höra av mig på WhatsApp när jag var framme på Gulhi.

TJUGOFYRA

Jag har nog aldrig varit på någon så välordnad flygplats till Cochin. Att lämna den gassande solen och det indiska kaoset och gå in på flygplatsen var som att komma in i en annan värld. Jag checkade in och köpte några samosas och en cola. Jag var som alltid ute i god tid och det var ett par timmar till mitt flyg gick. Jag tog fram datorn ur ryggsäcken och satte mig i en av bänkraderna som hade en kontakt i närheten, kollade lite mail, åt lite på mina samosas och drack min cola. Livet kunna knappt bli bättre, på väg från en underbar plats till nästa. Nu skulle jag leta boende på allvar, bara drygt två veckor kvar tills jag skulle hem till verkligheten i Sverige, det kändes helt overkligt, men så var det nu. Jag loggade inpå bostadsförmedlingen sidor och sökte efter lägenheter som skulle kunna passa mig. Jag hade ju ännu inte bestämt mig för var och hur jag ville bo, om jag bara gjorde det så skulle jag ju hitta något på en gång, det var jag helt säker på. Min resa hade fått mig att inse att jag ville bo närmre naturen än vad jag gjorde på

Södermalm i Stockholm. Det fick bli någon av förorterna kanske, men det var ju inte helt enkelt att välja så här på distans. Jag kollade vad som fanns. Botkyrka, Fisksätra, Valsta. Inget som direkt lockade.

Marko och jag hade ju hyresrätten på Kristinehovsgatan tillsammans och kunde ju egentligen försöka byta den mot två mindre lägenheter. Men det kändes som om det skulle bli en så lång process, att hitta någon som ville byta och få godkännande av alla skulle ta alldeles för mycket tid. Det skulle kännas väldigt konstigt att komma hem till Marko nu, när jag visste att han hade någon annan. Och jag var ju redan på väg, jag kunde ju bara fortsätta min resa till nästa destination liksom. Jag tittade på planritningar, flashiga bilder av nybyggda, svindyra lägenheter och suckade. Jag visste bara att jag ville ha en ganska liten lägenhet som inte kostade skjortan, så jag kunde planera nästa vinterresa direkt. Jag ville bo nära naturen och jag ville att det skulle vara lugnt och tryggt. Jag slog ihop datorn, jag fick kolla vidare när jag var framme. Direktflyget till Velana international Airport på Malé skulle bara ta knappt två timmar, så jag skulle vara framme redan ikväll på mitt hotell på Gulhi. Om jag hittade en båt som kunde ta mig dit, men jag räknade med att det skulle lösa sig. Maldiverna. Drömmen. Det, om något, kändes totalt overkligt. Jag letade upp min gate och satte mig och bara väntade och lät själen komma i kapp litegrann.

Flyget kom i tid och allting gick smidigt. Väl framme på Maldiverna letade jag upp en informationsdisk som kunde hjälpa mig att hitta en speedboat till lilla Gulhi. Jag tog en taxi, i en lång rad som stod och väntade, och vi lämnade ön Hulhulé, där flygplatsen låg, och åkte över till Malé, där båtarna gick ut till alla små öar. Taxichauffören cirklade runt tills han hittade min båt. För att komma på den fick jag ta stora kliv från båt till båt, eftersom min båt låg en bit ut, och det fanns inget annat alternativ.

Vänliga händer hjälpte mig på vägen. Jag slog mig ned på en bänk längst bak i båten, solen hängde lågt, den skulle snart gå ned, men vi skulle hinna fram till Gulhi innan dess, båtresan skulle bara ta ungefär tjugo minuter.

Maldiverna. Färgerna. Vattnet. Magin. Det kändes verkligen helt magiskt. En lätthet i luften, en lekfullhet i de små öarna som låg utslängde som av en slump lite här och där, Vi susade förbi resort efter resort, öar med höghus och öar som egentligen bara var en liten sandbank. Framme på Gulhi fick jag vägledning av en tjej från hotellet och vi gick tvärs över ön, som bara var 200 meter bred, man kunde se tvärs över ön mellan husen från den ena sidan till den andra. Vilket ställe, vilka färger, vilka blommor, havet. Jag var helt upptagen av att ara suga in alla intryck, tjejen från hotellet, som presenterat sig som Mariyam, pratade på och jag lyssnade med ett halvt öra.

Jag hade bokat ett rum på övre våningen med havsutsikt och jag hade aldrig sett något liknande. Utsikten jag hade från mitt rum var magisk. Havet i en färg som inte gick att beskriva, en så intensiv turkos färg så det nästan stack i ögonen, gröna träd som kontrast på den vita stranden och himlen över allt det. Jag längtade till att få se solen gå upp där imorgon bitti. Jag bodde på soluppgångssidan av ön, bara några steg från bikini beachen. Det här skulle bli underbart. Jag skulle jobba en vecka och sen vara ledig sista veckan innan jag åkte hem.

Det mörknade snabbt ute, jag gick ned i receptionen för att få reda på var jag kunde få tag i lite mat, det var ju alltid en utmaning de första dagarna någonstans. Det visade sig att det lilla hotellet hade roomservice, så jag beställde Sea food noodles och satte mig uppe på andra våningen med utsikt över havet och väntade på min mat. Så fort solen gick ned dök myggorna upp. Jag hade lyckats pricka in ramadan när jag reste till den här lilla muslimska ön och så fort solen gick ned spred sig matoset, nu skulle man äntligen få äta. De muslimska männen satt på stora gungor under trädkronorna vid stranden och väntade väl antagligen på att maten skulle bli färdig, barn sprang omkring och lekte i sanden och stämningen kändes allmänt mysig. Jag bara njöt av kvällen, värmen, havet som glittrade, ja, till och med njöt jag av min kurrande mage eftersom jag visste att jag snart skulle få mat.

Jag gick till mitt rum och packade upp de få saker jag hade med mig i ryggsäcken, och snart knackade det på dörren och en liten kille kom med en tallrik täckt av folie, jag tackade och tog emot den. Jag tog fram datorn igen och satte på La reina del sur på Netflix, och åt nudlarna. Den här resan var ju betydligt enklare och smidigare än den från Boracay till Kerala. Men det var alltid ett äventyr att byta och en massa saker man måste ta reda på och upptäcka, vilket gjorde att man blev lite utmattad. Jag tog en dusch i halvljummet vatten, det var nog uppvärmt av solen och började nog ta slut för idag, alla duschade väl efter dagens sol på kvällen. Jag la mig sen i den breda sängen med utsikt över havet. Jag tänkte inte dra för gardinerna, för jag ville inte missa soluppgången imorgon. Jag hade kollat att den gick upp strax efter sex, och då kunde jag absolut gå upp. Det var bara en halvtimmes tidsskillnad från Indien, så jag var ju rätt på klockan nu, inte någon konstig halvtimmes skillnad som man blev helt förvirrad av.

Vilken dag! Från Kerala till Maldiverna. Jag var fortfarande helt tagen av att ens kunna vara här. Jag somnade gott i min säng som var nybäddad med rena lakan, med ett leende på läpparna.

TJUGOFEM

Jag vaknade av solens första strålar och låg i sängen och upplevde ett helt magiskt skådespel när solen gick upp över havet. Jag knäppte några bilder med mobilen, men insåg nästan direkt att det var meningslöst, det här var omöjligt att fånga på bild. Jag låg som i en magisk bubbla och bara förundrades över allt. Allt jag vågat, allt jag varit med om och att jag slutligen kommit precis hit, precis nu, i det här lilla rummet med den här fantastiska utsikten. Att alla små modiga steg och äventyr jag ägnat mig åt de sista åren hade lett mig hit. En ensam, lärorik, utvecklande, underbar resa där jag lärt mig så mycket. Om världen, om människor, om mig själv. Där jag låg i min säng tänkte jag att jag skulle ägna sista veckan åt att bara reflektera över allt jag varit med om, upplevt och lärt mig. Nu var det först en vecka där jag skulle upptäcka lilla Gulhi, bada och jobba. Jag sträckte på mig och gäspade och gick upp och gjorde några provisoriska yoga-ställningar. Det var ett tag sen, och kroppen stretade emot litegrann. Jag slängde på mig en klänning, borstade tänderna och drog en borste genom håret. Jag hade inte använt smink på fler månader, det var underbart enkelt att leva på varma ställen. Det gick inte att sminka sig, för allt rann ändå av efter en stund och man slängde bara på sig närmsta klänning och flip-flopsen och gick ut genom dörren. Nu skulle jag leta upp den lilla restaurangen där frukosten serverades. Den hörde till hotellet, men låg en liten bit in på ön, kanske 100 meter, ungefär mitt på ön. När jag hittat rätt med hjälp av Google maps så valde jag pannkakor till frukost. Jag blev serverad frukt, juice, kaffe, ägg och pannkakor med honung. Idag skulle jag inte behöva någon lunch. Jag tackade och gick ut och gick mot andra sidan än, den västra sidan, där båten lagt till i den lilla hamnen. Det var redan varmt och svetten rann. Det var jag van vid vid det här laget. Jag tog till höger när jag kom fram till vattnet och tänkte att jag kunde gå till hotellet längs stranden runt den norra änden av ön. Jag irrade in mig i ett litet skräpigt område, men hittade till slut till vattnet. Det visade sig vara en liten, ännu mindre, ö där de såg ut att samla alla sopor, rök slingrade sig upp här och där från sopberget, jag gissade att man eldade upp allt, var skulle man annars göra av det? Som kontrast kom jag fram till det magiska havet som var i en färg som var helt obeskrivbar. Jag förstod varför Maldiverna var ett så eftertraktat resmål. Jag gick sakta längs stranden och studerade växter, stenar, snäckor och koraller. Jag kom fram till en gammal brygga, gissade jag i alla fall, det var en lång rad med stolpar som gick ut i vattnet. Strax efter den gamla bryggan kom jag fram till bikini beachen. Här stod solstolar uppställda till turisterna, men det var nästan inga människor här ännu. Det fanns en dunge med stora träd som gav skugga och en liten restaurang som såg ut att vara stängd. Jag gick vidare och passerade ett skjul där det fanns stora skyltar med information om dyklektioner och hyra av utrustning av olika slag. Vattnet var underbart klart och jag skulle bara gå hem till hotellet och hämta mina saker och sen gå tillbaka bestämde jag mig för. Det var bara ett par minuters promenad genom en liten dunge av träd, sen var jag vid mitt hotell. Jag bytte om till bikini, slängde på mig samma klänning igen och packade tygpåsen med strandsakerna. Raskt tillbaka till bikinibeachen, där jag möttes av en smal, brunbränd man med långt hår i 35-årsåldern.

"Hello ma'am! Which hotel are you from?"

Jag gav honom namnet på mitt hotell och han visade mig till en grön solstol och förklarade att de gröna solstolarna var de som hörde till mitt hotell. Jag tackade och la mig till rätta under det slitna, trasiga parasollet. Wow alltså. Här skulle jag kunna ligga länge och bara njuta av att finnas till.

Efter att ha legat och bara landat i var jag var en dryg halvtimme så kände jag att det var dags att bada. Jag tog min vattentäta mobilväska med nyckel, kort och mobil och gick ned i vattnet. Det var fantastiskt klart, man såg vartenda sandkorn på botten. Och långgrunt. Jag gick sakta utåt, förbi gungan som stod en bit ut i vattnet och mot det ställe där vattnet började bli mörkare. Men när jag kom fram dit märkte jag att det inte blev djupare, det var bara koraller och sten, och säkert perfekt att snorkla i. Jag hade inte med mig min snorkel till stranden idag, men la mig och flöt omkring i vattnet och såg mig omkring. Längre ut fanns en sandbank åt ena hållet och en liten ö med ett öde hus på, åt andra hållet. Man kunde se nästan hela Gulhi härifrån. Jag var så lycklig. Ni vet när man så gärna vill förklara för någon om något fantastiskt och man inte hittar orden? Så lycklig. Jag kunde bara vara i känslan, jag kunde omöjligt beskriva den ens för mig själv. Sådan total närvaro i nuet och bara ren glädje. Snacka om höga vibrationer och frekvenser.

Förmiddagen på stranden var en ren njutning och jag bestämde mig för att unna mig att verkligen njuta av den magiska omgivningen som var här. Innan jag gick tillbaka till hotellet gick jag in på den lilla restaurangen och beställde en tonfisksandwich med pommes och en cola. Trots den rejäla frukost jag ätit var jag hungrig igen. Det var gott med det salta efter värmen på stranden.

Jag gick sakta i skuggan till hotellet och tog en dusch innan jag plockade fram datorn och gick ut på min veranda och satte mig i solen för att ta itu med arbetet. Blicken drogs ständigt ut mot det fascinerande havet, och efter en stund gick jag in igen, det var alldeles för distraherande, jag behövde fokusera. Även här hade jag ett bord att sitta vid och jobba, det kändes väldigt lyxigt. Jag hade en liten sittgrupp också med vattenkokare, och jag gjorde i ordning en kopp starkt kaffe med socker. Nu var jag redo att koppla på hjärncellerna och börja jobba!

TJUGOSEX

Den första veckan på Gulhi tog jag som vana att gå runt den lilla ön direkt efter frukosten varje morgon, innan det blivit alldeles för varmt. Det var intressant att få uppleva det magiska med Maldiverna och samtidigt få en liten inblick i hur folk faktiskt levde på en av öarna. Från södra änden av ön såg man en av resort-öarna, en ö med en lyxig resort med hus byggda på pålar i vattnet. Självklart skulle jag inte tacka nej till att bo där, men det var en helt annan resa, en vistelse avskärmad från verkligheten runt omkring. Båda varianterna av resa hade säkert sin tjusning, men jag fördrog att resa och lära känna landet och folket litegrann, så mycket det nu gick.

Efter morgonpromenaden gick jag till stranden och låg där till det var dags för lunch, jag åt min lunch och gick efter det tillbaka till hotellet och jobbade. Jobbmässigt blev det en spännande vecka. Jag hade skrivit en hävning av Omsorg & Omtanke som Mia nu skulle dra för nämndens ordförande, och sen skulle myndighetssidan förbereda för att ringa runt till företagets kunder för att de skulle få information och för att de skulle bli tvungna att välja en ny utförare. Mia och jag hade haft ett separat möte med juristen, och även om det är juristers uppdrag att vara försiktiga och se till att man har tillräckligt mycket underlag för att gå vidare i processen, så var den här juristen ändå med på det vi skulle göra. Med min erfarenhet av kommunal verksamhet visste jag nu att det skulle ta mer tid än man trodde med allting, så nu måste jag tankemässigt släppa Omtanke & Omsorg ett tag, för att inte bli galen under väntan, men bollen var satt i rullning och förhoppningsvis så skulle allting rulla på nu. Resten av mina tankar ägnade jag åt att snoka reda på information om Karin. Det var lite skrämmande hur mycket man kunde ta reda på om folk enbart från offentliga register. Jag visste nu att Karin bodde ensam i tre rum och kök, hon hade två vuxna barn i snart 40-årsåldern, hon själv var 62 år, hade inga tidigare domar och älskade att pyssla med blommor. Hon var en ganska intetsägande person online, hon hade visserligen en Facebook-profil och ett Instagram-konto, men hon la sällan upp några egna inlägg, men gillade andras. Hon hade också en LinkedIn-profil som visade att hon hade pluggat vid Stockholms universitet, men att hon egentligen inte hade någon komplett högskoleutbildning. Den interna informationen i kommunen hade jag ju såklart inte tillgång till. Jag kunde dock se att hon hade en ganska bra lön, förra året hade hon en inkomst på lite drygt 550 000 kronor. Hon hade en Volvo XC60 av årsmodell 2022, en ganska flashig bil för att vara hon, kändes det som. Men jag kunde inte direkt hitta något som var jättekonstigt. Och om Karin sparade pengar och åkte på semester i Dubai så skulle hon med all säkerhet ha råd med det. Det var bara det att Dubai var ett så oväntat resmål för en sådan som Karin, både om man såg det helt utifrån, men också om man hade träffat Karin. Det fanns ingenting i hennes person som fick en att ens ana en längtan till

ställen som Dubai. Jag antecknade allt jag hittade och hade
bestämt mig för att jobba vidare med Karin när jag kom tillbaka
till Sverige, det kändes som om den här veckan hade gett mig tid
att verkligen utforska allt som fanns att få tag på om henne på
nätet. Nu behövde jag ringa runt lite, om jag skulle kunna få reda
på mer, och det kunde vänta lite. Jag ville ju gärna prata med
henne och höra hur hon haft det i Dubai, men kunde ju inte
kontakta henne bara för det, det skulle ju kännas väldigt misstänkt.

När fredagen kom kände jag mig helt nöjd med vad jag
åstadkommit under veckan, arbetsgruppen hade ett
avstämningsmöte på fredag förmiddag svensk tid, och vi
diskuterade processen med Omtanke & Omsorg och bestämde att
jag, efter min lediga vecka, skulle börja jobba med nästa företag,
Harmoni hemtjänst. Det fanns misstänkta personkopplingar
mellan Harmoni hemtjänst och Omtanke & Omsorg, så det skulle
bli spännande att ta itu med dem. Väl hemma i Sverige skulle jag
ju också kunna göra observationer och träffa arbetsgruppen IRL,
så nu skulle jag kunna jobba på ett helt annat sätt. Vi avslutade
vårt möte och bokade in ett möte på plats när jag väl var hemma.
Det kändes helt overkligt att tänka mig att jag skulle vara hemma i
det där gråa snart, men nu hade jag en helt ledig underbar vecka
att njuta av Gulhi, solen, vattnet och magin som fanns här.
Dessutom skulle det vara fullmåne om ett par dagar och det
kändes ännu mer magiskt.

Jag kunde inte så mycket om islam egentligen, men nu var det
ramadan, och alla var ganska trötta på dagarna, och levde upp på
kvällarna, och jag visste att det var något speciellt med fredagarna.
Den här fredagen var speciell även för mig och det kändes riktigt
festligt att jag nu skulle ha en semestervecka för första gången på
min flera månader långa resa. Jag bestämde mig för att gå och äta
på en ny restaurang på kvällen dagen till ära och gav mig ut vid

solnedgången för att ta mig till andra sidan ön, till hamnen och letade upp det ställe som jag bestämt mig för. Jag lyckades alltid äta på andra tider än andra och så även nu, restaurangen var helt tom, jag gick in och frågade om det var öppet och den unga servitrisen svarade glatt att, ja, det var det. Jag valde ett av borden ute i sanden med utsikt över solnedgången. Runt alla bord löpte ett staket med palmer i hörnen, som var smyckade med blå led-slingor, som gav hela stället lite mer av den magiska känslan. Jag slog på stort och beställde in Mas Riha, Maldivernas speciella curry med tonfisk och ett glas limejuice, eftersom ingen alkohol serverades på ön. Jag hade nog firat med ett glas bubbel annars, men det här gick lika bra. Myggorna dök upp så fort solen var på väg ned, men idag hade jag kommit ihåg att ta med mig myggsprejen, som jag fått skickad till mig från Sverige, så jag sprayade mig överallt jag kom åt. Medan jag väntade på maten droppade det in ett par sällskap till och satte sig vid olika bord på uteserveringen. Vi nickade och log mot varandra, men jag höll mig för mig själv. Det här var min vecka och jag ville ha den helt för mig själv. Jag såg så mycket fram emot att få ha min hjärna ifred, få bearbeta allt jag varit med om under resan, men mest mot att hitta ett nytt boende, att hinna tänka på hur det faktiskt skulle kännas att komma hem till Marko, men att lämna honom direkt. Jag hade pratat med mina barn och bestämt att jag skulle kunna bo hos Daniel, som hade en stor lägenhet med ett extra gästrum, tills jag hittade något eget. Mina saker kunde jag i värsta fall magasinera så länge, men kanske hann jag hitta något under veckan som kom.

Maten kom in och avbröt mina funderingar och jag mumsade i mig curryn och varvade med limejuicen. Solen hade försvunnit ned i havet, det var lite molnigt nu på kvällen, så solnedgången hade inte varit av det mer spektakulära slaget, men det var ändå alltid något speciellt med att den gick ned för att komma upp imorgon igen.

Jag betalade för maten och gick den södra vägen hem mot
hotellet. Det var nu kolsvart ute, och under palmerna satt männen
i sina gungor igen, den här gången mätta och belåtna efter den
måltid som bryter fastan efter solnedgången. Barn sprang omkring
här och där, och någon kvinna klädd i hijab och abaya som dök
upp utanför något av husen, nästan alltid bärandes på något. Jag
tänkte att de antagligen höll på att städa upp efter dagens måltid
nu.

Jag kände mig så trygg här, det var ingen som uppmärksammade
mig där jag gick, eller tyckte att det var något speciellt med att jag
gick där. Månen hade dykt upp och glittrade i vattnet, nästan full.
Jag påmindes om tiden på Gili Meno med månen glittrandes i
vattnet, när jag fått Markos brev som var början på slutet för vår
relation, om man ville vara dramatisk.

När jag kom fram till mitt hotell ville jag inte riktigt gå in än,
gungorna framför hotellet var inte upptagna, så jag satte mig på en
av dem och tittade ut över havet, som nu var helt svart. Men med
månglitter. Livet ändå. Det snurrade i huvudet av allt som hänt de
senaste månaderna, men på ett behagligt sätt. Jag kände mig så
hemma i mig själv, och förstod just nu verkligen "wherever I lay
my hat, that´s my home", det kändes som om jag alltid hade mitt
hem med mig. Jag var mitt hem. Att resa runt med så minimalt
med packning hade ändrat något i mig, jag som alltid hade älskat
mina saker och lagt mycket betydelse och värde i dem ville nu
egentligen inte äga någonting alls. Eller snarare hade jag inte
behov av att äga något, men det skulle jag ju självklart komma att
göra, man vill ju ha vissa saker för sin egen bekvämlighet när man
har möjlighet, men jag var inte rädd att förlora något. Det kanske
var mer rätt att säga så, jag hade fått en trygghet i att veta att jag

klarade mig utan alla mina saker, och det hade nog också hjälpt mig när jag tänkte på att jag nu skulle flytta ifrån Marko och en stor del av de saker vi haft tillsammans. Jag visste redan att jag klarade mig alldeles utmärkt utan allt som vi ha de samlat på oss under våra år tillsammans.

Hur Markos och min relation skulle komma att bli kunde jag inte förutsäga, men det var också något jag lärt mig under resan: tillit. Jag visste att allt skulle gå bra, och att jag skulle skapa det allra bästa av situationen, vad som än hände. Under resan hade jag ju sällan kunnat planera något, eftersom man aldrig riktigt visste vad som skulle hända, och det var en del av tjusningen med hela resan. Jag visste att jag alltid landade med fötterna ner och att världen var god och att människor ville gott. Jag log för mig själv på gungan i mörkret och bestämde mig för att gå in. Jag skulle lägga mig och kolla på en film och äta upp den choklad jag lyckats hitta i en liten butik tidigare i veckan.

TJUGOSJU

På lördagen sov jag länge, jag hade dragit för gardinerna ordentligt för att inte bli väckt av solen. Jag hade till och med sovit förbi frukosten, men det var inte hela världen. Jag sträckte på mig och låg kvar länge i sängen och drog mig, för att riktigt få in känslan av ledighet i kroppen. Jag tog en dusch, men så här på morgonen var vattnet oftast inte så varmt, så det fick bli en snabb dusch och sen skulle jag gå ned till stranden och ägna mig åt snorkling. Jag tog med mig hörlurar och min anteckningsbok också, jag skulle stanna på bikini beachen så länge jag hade lust idag och ville ha saker att göra vad jag än blev sugen på.

Killarna på stranden hälsade glatt, de kände ju igen mig vid det här laget, en av dem kom fram och småpratade lite och kollade så allt var bra, och bad mig säga till om jag ville ha något. Jag lovade det, och tänkte att jag skulle festa till det med en kokosnöt lite senare. Det var redan lite folk på stranden eftersom jag var sen, och gungan ute i vattnet var överhopad med ungdomar som fotograferade varandra i olika poser. Jag tog på mig mina solbrillor och la mig ned och kände efter hur det kändes att vara på Maldiverna, vara helt ledig och ha en helt tom vecka framför sig. Ön var så liten att jag inte kunde hitta på en massa aktiviteter som jag brukade, utan nu skulle jag enbart umgås med mig själv och ägna mig åt lite soulsearching. Det kändes oerhört spännande och jag såg verkligen fram emot vad som skulle kunna hända med mig under den här veckan. Jag tog fram min anteckningsbok och mina färgglada tuschpennor och lät allt som fanns i huvudet som jag ville hinna med under veckan strömma ut på papperet i anteckningsboken. Det var digitala kurser som jag påbörjat som jag ville gå klart, nya meditationer jag ville testa, saker jag ville hinna googla och lära mig mer om, jag ville hinna skriva och reflektera och… Det visade sig att min vecka skulle bli alldeles för innehållsrik, och jag gick lade undan boken och gick ned i det varma vattnet, la mig och flöt och tittade upp på de små molntussarna och lät mig själv bara vara. Jag ville inte att veckan skulle bli stressig och fylld av saker, och fattade efter en stund ett beslut om att INTE planera in alla kurser, meditationer och allt annat jag hade på min lista, utan jag skulle verkligen ge den här veckan till mig själv, jag skulle vakna varje dag och måla en ny tavla, skapa den bästa dagen som skulle vara precis så som jag kände för just den dagen. Jag skulle sova, yoga och följa mina vanliga rutiner med tacksamheter, visualisering på morgnarna och jag skulle känna efter, jag ville komma ännu närmre min intuition. Och så skulle jag såklart leta boende, nu hade jag bara en vecka på mig, och jag insåg att jag skulle få bo "hemma" hos Marko några nätter och sedan flytta vidare tillfälligt till Daniel tills jag fick tag i något. Det skulle gå bra, Daniel hade en stor trea i Barkarbystaden, han hade utrymme, och det skulle vara helt ok och bo där, även om det var vansinnigt mycket folk där. Jag simmade lite, det var inte helt enkelt i det grunda vattnet, man fick leta upp ställen där man inte slog i bottnen när man simmade. Senare skulle jag ta snorkeln och snorkla iväg lite, men nu skulle jag gå upp och börja på en tom sida i anteckningsboken, jag skulle bara sätta pennan till papperet och se vad som kom, det var alltid spännande och ett av de bästa sätten att komma åt sin intuition.

Idag var det oerhört hett, det blåste nästan ingenting och jag vinkade till mig en av killarna på stranden, som strax senare kom med en grön kokosnöt med sugrör i. Jag tog på mig mina solbrillor, fällde upp ryggstödet på solstolen, höll kokosnöten med bägge händerna och sörplade sakta i mig dess innanmäte genom sugröret. En svag doft av weed kom smygandes från skjulet längst bort på stranden där killarna hängde när de inte hjälpte gästerna på stranden. Havet bländade med sina vackra färger och allt glitter, man kunde inte se sig mätt på det. Jag tillät mig själv att bara njuta, att inte planera och inte tänka på allt jag måste göra sen, utan bara vara här och nu med värmen, glittret, den svala kokosnöten och musiken som man kunde ana i bakgrunden. Dofter av något friterat dök också upp, restaurangen hade öppnat och det var säkert pommes frites på gång.

Hur hade jag egentligen hamnat här? Ett beslut för över ett år sen, januaritrött på kyla och mörker hade jag köpt en enkel flygbiljett till Sri Lanka, där min resa hade börjat. Sen hade resten av året fram till resan i oktober bestått av sparande, planerande, inköp av nödvändiga saker som ryggsäck och packpåsar, vaccinationer, koll av visum och letande efter ett uppdrag som tillät mig att jobba på distans. Och nu hade jag varit ute drygt fem månader. Det skulle ju fortfarande vara kallt och mörkt när jag kom hem, men jag hade förhoppningsvis missat det värsta, och jag hade ju kortat ned vintern betydligt. Resan med ryggsäcken hade lärt mig massor och skulle nog fortsätta att påverka mig framöver också. Jag slets mellan min stora passion att alltid vara på väg och min längtan att ha en fast punkt i tillvaron. De två motsatserna, som jag älskade. Så länge jag kunde minnas hade jag alltid älskat att vara på väg, och kunde minnas känslan av att ingen visste riktigt var jag var, när jag satt på en buss på väg någonstans i tonåren, det var nog någon slags känsla av frihet, nyfikenhet och äventyr. En känsla av att allting är möjligt och att jag kunde vara på väg egentligen vart som helst. Det var fortfarande en av de bästa känslorna jag visste och den kunde ibland uppfylla mig totalt, som precis innan jag somnade i fåtöljen på flygplatsen i Kuala Lumpur i väntan på nästa flyg, eller när jag gick hem genom en kolsvart natt i monsunregnet under ett strömavbrott någonstans i Asien.

Jag satte ifrån mig kokosnöten, bestämde mig för att snorkla och tog det jag behövde och gick ned i vattnet och gav mig in i magin som fanns under ytan, varje snorkling upptäckte man någon ny underbar liten varelse, som man aldrig sett förut. Jag tog mig ut en bra bit och snorklade omkring i säkert två timmar bland mantor, clownfiskar, de stimmande kardinalfiskarna och alla dem som jag inte visste namnet på. Det var ljuvligt och en helt fantastisk form av fokus och meditation. Säkert tillbringade jag ett par timmar i vattnet, gick upp och torkade av mig hjälpligt innan jag gick till restaurangen för att käka lunch, nu var jag ordentligt hungrig.

Servitören nickade välkomnande till mig, jag var ju stammis nu. Restaurangen var nästan full och jag valde ett bord ute i sanden under taket som fanns där. Servitören kom och jag beställde och fick in min obligatoriska cola nästan direkt. Jag skulle gå tillbaka till hotellet för en liten siesta sen, och eventuellt skulle jag ringa Marko idag, vi måste ju på något sätt hitta varandra lite inför hemresan. Jag hade ingen aning om hur han tänkte om att jag skulle komma hem och helt plötsligt vara någon han måste ta hänsyn till igen. I alla fall för en kort period. Maten kom in och jag åt, betalade och gick därifrån, det var alldeles för mycket folk för att vara njutbart, så jag gick sakta hem genom den lilla dungen av träd, där marken var full av hål. Där bodde krabborna, men de visade sig bara i samband med regn eller när solen gick ned, då kröp de fram, men hade stenkoll på om någon kom i närheten och försvann illa kvickt ned i sina hålor igen, om man gick för nära.

Jag tog en dusch och la mig i sängen för en liten halvslummer, men kunde inte riktigt släppa tankarna, och började bläddra på mobilen efter nytt boende. Då dök den plötsligt upp på Stockholms bostadsförmedlings hemsida. En liten tvåa på Heleneborgsgatan. Jag som tyckte jag hade haft koll på alla lägenheter som dök upp, men här var den plötsligt, den såg ut att vara perfekt för mig och inte så farlig hyra, kanske lite gammal och sliten, men det brydde jag mig inte om. Jag anmälde intresse direkt och eftersom jag stått i bostadskön forever så hamnade jag bland de tre första som anmält intresse, i alla fall än så länge. Vad spännande! Jag blev alldeles uppspelt, jag kollade inflyttningsdatum, det var redan om en månad. Det hade ju verkligen varit helt perfekt. Nu kunde jag ringa Marko och känna att jag i alla fall hade gjort någonting. Jag kollade klockan, den var två här, det betydde att den var tio på förmiddagen en lördag i Stockholm. Då var han väl vaken? Jag testade att ringa på WhatsApp. Han svarade direkt.

"Hej, Emma! Hur har du det?"
Jag hörde den uppriktiga omtanken i hans röst och hjärtat ramlade ned en bit i magen. Hur roligt det än kändes med en eventuellt ny lägenhet och flytt och nya äventyr, så var det här ju min allra bästa vän.
"Hej vännen. Allt är bara fint här, Maldiverna är magiskt och jag är ledig för en gångs skull. Jag riktigt bara njuter av livet och att finnas till. Hur har du det?"
"Ja du, Emma! Jag vet knappt. Det är svinmycket på jobbet nu och snart kommer du hem, det känns ovant, konstigt, längtigt,

roligt och läskigt".

Ja, exakt så, det var verkligen exakt så jag också kände inför vår återförening. Han hade klätt mina känslor i ord.

"Ja, jag fattar precis. Det känns konstigt att vi ska träffas, men ändå inte vara vi längre liksom."
"Ja." Han tvekade. "Men vi gör väl rätt?"
"Jag tror det, Marko. Vi vill lite olika och vi är på olika ställen just nu. Vad tänker du?"
"Ja. Det är väl så. Det känns skumt bara."
"Mmmmmm". Jag tog sats. "Men hur går det med Lina då?"
"Ääääääh…. Nä. Det går väl inte alls längre egentligen." Marko skrattade till. "Jag tror hon tröttnade på mig rätt fort, jag är ju inte superfestlig direkt."

Vi skrattade tillsammans.

"Nä, vem fan är det" skrattade jag. Jag kände, för första gången på resan, hur roligt det hade varit om han var hos mig på Maldiverna nu. Och på något sätt var det en ofantlig lättnad att Lina för tillfället var ute ur bilden, det gjorde det lättare att komma hem.
"Jag har anmält intresse på en lägenhet" fortsatte jag.
"Jaså? Var?"
"På Heleneborgsgatan. Den verkade perfekt, och rätt billig också, för att vara Söder nu för tiden".
"Men det vore ju perfekt, då försvinner du inte helt i alla fall".
"Nä. Jag vet egentligen inte var jag vill bo eller nånting, men jag måste ju börja nånstans."
"Ja. Hoppas du får den, det skulle kännas toppen! Annars får vi väl prova att byta den här på något vis".
"Ja, det löser sig alltid. Det känns helt overkligt att vi ses om en vecka typ".
"Verkligen! När är det du kommer hem?"

"Vänta, ska kolla". Jag satte Marko på högtalare och bläddrade för att hitta mina biljetter i mobilen. Det var alltid ett äventyr med alla olika appar och mail och bekräftelser man fått. Till slut hittade jag rätt biljett. "Jag landar på Arlanda på måndag klockan 10 ungefär."
"Men jag tar ledigt på måndag då och hämtar dig!"
"Vill du det? Det vore toppen att slippa krångla med taxi och grejer."
"Ja, självklart! Och så får du berätta allt om din fantastiska resa och visa dina tusentals bilder som jag vet att du tagit".

Vi skrattade igen, Marko visste hur mycket jag tyckte om att fotografera allting.

"Nä, du ska slippa gå igenom alla."

Vi småpratade lite, och Marko berättade lite om jobbet och saker han var frustrerad över och på något sätt kändes allt så oerhört välbekant och "hemma", men samtidigt så främmande och långt bort. Jag sneglade ut genom fönstret medan vi pratade. Där lyste solen mot den klarblå himlen, havet glittrade sitt eftermiddagsglitter och luften skälvde av värmen. Samtidigt som Markos välbekanta röst fyllde hotellrummet, och bar med sig dofter och känslan av ett Stockholm i februari.

"Tänk att vi är i så helt olika världar", jag avbröt Marko mitt i en mening om hans oförstående chef. Han skrattade till.
"Ja, det är faktiskt jäkligt svårt att förstå när man sitter här hemma i vardagen",
"Ja, jag fattar verkligen det. Det känns som om jag har levt i ett parallellt universum de här månaderna, och det har jag väl egentligen också".
"Mmmmm. Vad ska du göra den här sista veckan då?"
"Soulsearching. Vila. Landa i allt jag varit med om. Förbereda mig för hemförd. Snorkla, sola och bada".
"Asså, hur bra får man ha det egentligen?"

"Ja… Men jag har jobbat hela resan, vet du?"

"Ja, jag vet, du är väl värd en ledighet!"

"Ok." Det kändes tråkigt att avsluta samtalet, men vi kändes ganska färdigpratade. "Vad ska du göra idag då?"

"Ingenting, bara softa och kolla på tv ikväll, är rätt slut efter veckan".

"Ok. Men hör av dig om det är något, annars hör jag av mig när jag flyger härifrån?"

"Ja, gör det! Det ska bli så kul att få hem dig igen!"

"Haha, ja. Det ska bli kul att ses! Kram!"

"Puss!"

Vi la på. Samtalet hade rört upp massor och tankarna snurrade. Min bästa vän, skulle vi verkligen inte hänga ihop längre. Men jag kände inget pirr, det var mer en känsla av hemma, och kanske ville man ha mer än det? Eller kunde man vilja ha mer än det? Egentligen hade jag trivts så bra i mitt eget sällskap under resan, så jag var inte säker på att jag ville ha något över huvud taget, men att Marko var min bästa vän var ju inget att diskutera. Det var han. Det plingade till i mobilen, och jag tänkte automatiskt att det var Marko som hade glömt något. Det var ett meddelande från Wayan:

Emma! Thinking of you, I hope that you are living your best life and that everything is well with you. Greetings from Wayan @ Gili-islands.

Jag log för mig själv. Wayan. Det kändes så länge sen, men samtidigt alldeles nyss. Plötsligt kändes beslutet att separera från Marko helt rätt. Jag ville inte sitta fast i krav, skyldigheter och förväntningar, jag ville ha friheten att vara en fjäril som flög från blomma till blomma, om det var det jag kände för. Jag svarade Wayan.

Everything is great here in the Maldives. How is life on Gili islands? I hope

Vi fortsatte att messa fram och tillbaka en stund, livet på Gili verkade vara som när jag lämnade det, sol, hav, försäljning av tyger och smycken, värme, palmer och allt som hörde till. Wayan hade messat i precis rätt ögonblick och hans meddelanden fick mig att få lite ny energi och jag kände mig plötsligt bubblig av glädje. Jag skulle skapa ett nytt liv och möjligheterna var oändliga. Tänk att få börja om vid femtiosex års ålder. Och att känna att man kan skapa exakt det liv man vill ha. Det var en helt fantastisk känsla. Jag visste ju nu att allt var möjligt, det hade den här resan som digital nomad på något sätt bekräftat för mig. Jag önskade en stund att Wayan varit här så vi kunde tagit en av våra middagar i solnedgången, men jag fick nöja mig med att ha honom en stund i mobilen.

TJUGOÅTTA

Min lediga vecka blev en ocean av tid för mig själv. Det kändes helt underbart att få vara precis här och spendera all denna tid på mig själv, utan att tänka på jobbet knappt en sekund, även om jag var nyfiken på hur det gick där hemma. Det skulle jag bli varse tids nog.

Jag hittade lugnet. Det bara fanns överallt helt plötsligt, i mina måltider, i mina promenader, i min solning och snorkling. Det omfamnade mig och fick mig att känna mig helt trygg, utan oro, fylld av en stilla glädje, förundran och en förväntan inför framtiden.

Sista dagen för intresseanmälan för "min" lägenhet passerade och jag fick en kallelse till visning, som var nästa vecka, och då skulle jag ju vara hemma, så det var inga problem.

Annars ägnade jag mig åt introspektion och ingenting åt planering, som var det som jag annars ägnade stor del av min tid åt. Jag kalibrerade om mitt fokus och tog mig tid att känna efter vad det var jag allra innerst verkligen ville. Hur ville jag leva mitt liv? Jag kände en oerhörd tacksamhet att ha tiden att fundera och att ha möjligheten att uppfinna mitt liv på egen hand. Det fanns en hel del jag skulle ändra så småningom. Jag funderade över vad jag ville jobba med, vilka människor jag ville ha i mitt liv, vad jag tyckte var viktigt att bidra med och vad jag behövde välja bort. Att ha varit iväg i fem månader hade gett mig ett unikt perspektiv, och det fanns det som jag nu insåg tagit mycket av min energi, som jag skulle vilja välja bort. Sånt som jag faktiskt trott gav mig energi, men som var de kanske största energitjuvarna i mitt liv. Människor som jag skulle behöva sluta umgås med, ställen jag inte ville vara på, saker jag inte ville göra. När jag konstaterat detta ägnade jag mig i stället åt att skapa en bild av den framtid jag var på väg mot, och det jag ville skulle finnas i den.

Mycket tid gick åt till stranden, snorklingen, yoga och meditation. Jag kände mig så grundad, så i harmoni med allt omkring mig. Människor log vänligt åt mig, de kände ju igen mig vid det här laget, hela Gulhi kändes som en enda stor famn, fylld med glittrande magi både dag och natt. Jag kunde inte få nog av havet, solen och månen. Jag fyllde varenda liten cells minne med allt det underbara, för att ta med mig det i hela kroppen, när jag åkte hem.

När söndagen kom och det var dags för hemfärd packade jag min lilla ryggsäck, här behövde jag inte lämna något, för jag hade inte shoppat någonting alls här. När jag skulle betala för rummet, något jag nästan hade missat, så funkade mitt kort helt plötsligt inte alls. Damen i receptionen försökte och försökte, och undrade om jag hade något annat kort. Det hade jag inte, inget med pengar på i alla fall. Till slut fick hon det att fungera när hon kom på att hon skulle göra alla stegen i processen i en annan ordning. Vi skrattade och pustade ut båda två. En ung man kom och bar min ryggsäck de tvåhundra metrarna till hamnen på andra sidan ön och vi tog farväl. Jag satte mig på en bänk i solen och väntade på båten. Den kom efter bara några minuter och vi susade iväg över det magiskt turkosa vattnet mot Hulhulé och flygplatsen. Mitt flyg gick på eftermiddagen, och jag hade gott om tid. Jag skulle återigen mellanlanda i Dubai, och sen åka direkt till Arlanda. Båten slog mot vågorna och solen sken, vattnet skiftade mellan illande turkost och mörkblått och vi åkte förbi resorter, sandbankar och små local islands. Båtresan gick fort och vi närmade oss öarna med flygplatsen, här var det höghus och storstadsliv som gällde. Jag klev av när båten la till vid flygplatsen, och tackade för mig. Jag tittade ut över havet en sista gång och gick sen in på flygplatsen. Säkerhetskontroller och köer var jag van vid vid det här laget, och jag hade ingen brådska så jag tog det lugnt. Jag kände mig så oerhört tillfreds med tillvaron och visste att allting skulle ordna sig till det bästa. Jag skickade ett meddelande till Marko.

På flygplatsen nu, on my way…

Han svarade inte, kanske sov han fortfarande, jag skulle ringa honom om en stund. Jag tog en selfie och skickade till barnen och såg på bilden hur solbränd och glad jag såg ut. Lycklig.

Det var mycket folk på flygplatsen, jag köpte vatten, en kaffe och en bulle och satte mig i ett hörn där det var någorlunda lugnt och väntade. Jag laddade mobilen, laddade ned en playlist på Spotify och en ljudbok på Storytel. Resan till Dubai skulle ta ungefär fyra timmar, sen var det ganska lång väntan i Dubai och sen flyg till Arlanda, som skulle ta sju timmar. Jag skulle sova så mycket som möjligt, då gick det fort. Jag reste i flip-flops, linne och kjol, jag hade inga varma kläder kvar, de hade jag skickat hem redan första veckan på resan, men Marko skulle ju hämta mig på Arlanda, så jag behövde bara frysa en liten stund. Jag skickade ett meddelande till.

Ta med dig en varm tröja till mig när du kommer till Arlanda.

Jag ringde inte, jag tänkte att vi fick höras sen.

Väl på planet till Dubai satte jag på mig airpodsen och satte på musiken jag laddat ned på Spotify. Jag tog fram min anteckningsbok och pennan, och tänkte att jag skulle göra lite anteckningar om sådant jag ville komma ihåg att tänka på från resan. Jag hade varit med om så mycket, sett så mycket, haft så många upplevelser och träffat så många människor. Mest hade nog tiden på Bali och på Gili-öarna fastnat i mig. På Bali hade jag varit hos en schaman och blivit healad, jag hade varit i fler tempel än jag kom ihåg och genomgått olika ceremonier, där vattentemplet och ceremonin man genomgick där kanske var den mest minnesvärda. Överallt på Bali fanns tecken på de gudar som hela tiden fanns omkring en, och små offergåvor, helgdagar, speciella kalendrar, årstider. Min guide Gede hade lärt mig massor och jag försökte komma ihåg allt han hade berättat för mig. Jag försökte minnas skillnaden mellan "holy" och "sacred" som han hade förklarat den, men den hade gömt sig någonstans just nu. Jag skrev och skrev, tills maten serverades. Jag åt upp den rätt trista flygplansmaten och somnade sen, och vaknade efter en stund av att vi landade i Dubai. Jag skrattade lite för mig själv när jag tänkte på förra mellanlandningen här, när jag såg Parisa, det kändes fortfarande så absurt. Flygplatsen är stor och jag kollade in avgångarna för att se varifrån jag skulle flyga mot Arlanda. När jag hade koll på min gate satte jag mig ned på en av alla bänkrader, och funderade på om det var något jag skulle köpa på taxfreen, det här var ju sista flyget, så jag skulle slippa bära omkring på det mer. Men jag behövde inget. Jag hade vant mig vid att leva med så lite. Och jag hade meddelat alla berörda att det inte skulle bli några presenter från den här resan, det var alldeles för svårt att välja och att släpa runt på en massa onödiga prylar var inget jag hade längtat efter. Väntan i Dubai blev lång och tråkig och det kändes inte längre som om jag var ute på ett spännande äventyr. Känslan av att vara på väg tillbaka till vardag, kyla, mörker och "vanlighet" var påtaglig.

Det kändes i hela kroppen hur jag lämnade det solglittrande vattnet, värmen, den fantastiska undervattensvärlden med färgglada fiskar och varelser, palmerna som sakta vajade i vinden, den fantastiska maten och all vänlighet jag mött bakom mig. Jag längtade redan tillbaka eller till nästa resa.

Flyget till Stockholm skulle avgå i tid, och jag tog mig till gaten. Nattflyg betydde att jag kunde sova hela vägen, och jag knölade in ryggsäcken på hyllan ovanför sätena. Jag behöll bara mobilen, nackkudden och den sarong som jag använde som filt på resorna, köpt på Bali, alldeles för dyrt utanför något av templen. Det kändes helt ofattbart att jag skulle vakna upp i Sverige, som jag inte hade sett på mer än fem månader. Livet på luffen hade varit så enkelt, så roligt och spännande, varje dag. Nu skulle jag behöva jobba för att behålla känslan av lätthet och glädje. Jag somnade nästan direkt, att sova på plan var något jag blivit riktigt bra på, jag vaknade till då och då, men lyckades sova i princip hela vägen till Sverige. Vi landade i tid och jag stängde av flygplansläget och aktiverade mitt svenska e-sim för första gången på månader. Det rasade in meddelanden och missade samtal. Jag messade Marko.

Har landat nu, strax på väg från planet.

Han svarade nästa direkt. *Ok, jag är här* och en smiley.

Jag log för mig själv. Snart skulle jag träffa min bästa vän, min soon to be ex. Det skulle bli roligt att få vara med honom lite. Återigen kände jag tacksamhet för att jag reste med enbart handbagage när jag skyndade av planet. Det var grått och fuktigt ute, regnet hängde i luften. En typisk marsdag i Stockholm. Jag hängde sarongen över axlarna innan jag krängde på mig ryggan, jag frös för första gången på länge. Jag gick sakta genom Arlanda, hela kroppen kände att själen inte riktigt hängde med nu, och jag försökte få ordning på alla tankar och känslor som rusade runt i mig, det här var verkligen superförvirrande. Jag kände mig så främmande, som någon slags ufo som gömde sig bland alla som skyndade hit och dit. Jag gick sakta och försökte hinna i kapp mig själv. När jag kom ut från ankomsthallen såg jag mig omkring, var fanns Marko. Jag gick sakta mot Pressbyrån, och där stod han. Min Marko. Jag log och smög fram till honom. Han hade inte sett mig än.

"Hey stranger!"

Marko vände sig hastigt om. "Emma!" En stor kram. Vi höll om varandra länge. Oj, det här var mer feelings än jag hade räknat med. Så skönt att landa i en trygg famn, efter att ha varit solo i flera månader. Jag krånglade mig ur kramen, för att titta på Marko. Han var vinterblek, men fin, och såg glad ut. "Emma! Så underbart att se dig! Brun som en pepparkaka." Han log. "Du måste ha massor och berätta och känna dig helt förvirrad".
"Ja, minst sagt. Det känns som om jag åkt ifrån min själ".
"Oj. Ja, men den hinner nog hit snart." Han log igen. "Verkligen så härligt att se dig, jag har saknat dig."
"Jag har saknat dig också", men inte så mycket, tänkte jag för mig själv.

"Vill du ha något?"
"En kaffe kanske?"
"Ok, jag kan fixa det, en latte?"
"Yes!" Han visste exakt vad jag ville ha.

Marko köpte kaffet på Pressbyrån och vi gick sakta bort mot P41, där han hade parkerat. Marko tog min ryggsäck och gav mig tröjan han haft med sig. Jag frös ändå och längtade till värmen i bilen. Vi kom till parkeringen och Marko ledde mig fram till en vit Tesla.

"Va? Ny bil???"
Han skrattade lyckligt. "Ja! Jag har verkligen behärskat mig för att inte berätta."
"Wow alltså!"
"Ja, jag är helt förälskad i bilen, löjligt, men sant!".

Jag förstod mig inte ens på hur man öppnade bildörren och Marko fick hjälpa mig.

"På med värmen!"

Jag såg mig omkring i bilen. En Tesla! Det hade jag inte väntat mig, men kände att både Teslan och Lina kunde vara tecken på någon slags midlife crisis kanske? Det spelade ju ingen roll, bilen gled fram och jag njöt av värmen i sätet och såg mig nyfiket omkring, för att studera mig själv och vilka känslor som dök upp. Det kändes mycket märkligt att helt plötsligt sitta i en ny Tesla, bredvid Marko, en grå marsdag, på väg till Södermalm. Jag sneglade på Marko. Han såg glad och nöjd ut, lite blek och glåmig, men tillfreds med tillvaron. Han tittade på mig.

"Det är härligt att ha dig hemma igen".
Jag skrattade lågt. "Tack. Jag vet inte hur jag känner riktigt."

Alla känslor virvlade i mig. Sorg över att ha lämnat, känslan av hemma, det välbekanta med Marko, ovissheten om vår relation, framtiden, allt på en gång. Jag lutade huvudet mot nackstödet och stängde ögonen. Jag skulle behöva tid att acklimatisera mig, det förstod jag. Imorgon skulle jobbet dra i gång igen, jag skulle titta på lägenheten på onsdag och Marko och jag måste prata, på riktigt. Och kanske också dela upp alla möbler och pinaler vi samlat på oss. Vi susad förbi Väsby, Sollentuna och Kista och var snart hemma. Marko släppte av mig utanför porten och åkte för att parkera bilen. Hade jag en nyckel kvar? Jag rotade i min Fjällräven. Ja, den satt där på den lilla nyckelhållaren, och hade väntat på min hemkomst. Jag kände mig kall, trött och hungrig när jag tryckte in portkoden, som jag var tvungen att kolla upp i mobilen, innan jag kom ihåg den. Upp två trappor, och där var dörren till vår lägenhet. Markos lägenhet. Jag låste upp och gick in. Allt välbekant slog emot mig, jag ställde flip-flopsen i hallen och gick direkt in i sovrummet och drog ut en låda i byrån och tog fram varma sockor, som jag satte på mig. Sakta gick jag runt i lägenheten och bara tog in allt. Så välbekant och samtidigt så främmande. Så välordnat och vanligt på något vis. Jag hörde dörren i hallen öppnas och gick dit. Marko kom in och hängde av sig jackan. Han tittade forskande på mig.

"Te?"

"Ja, gärna! Och mackor!" Jag hade längtat efter ost och riktigt bröd.

Marko skrattade. "Ok. Hur känns det?"

"Konstigt!"

"Har allt gått bra på vägen hem? Du måste berätta mer om resan, men ta allt i din takt."

"Ja, resan har gått bra, lite tråkig resa, men helt ok."

"Ja, du är ju värsta globetrottern nu."

Jag skrattade. "Kanske det."

Vi satte oss i köket. Jag såg mig omkring. Allt såg ut som vanligt ungefär, men på något vis var det mer Markos feeling över allting nu. Jag kunde inte sätta fingret på vad det var, men det kändes som om det var Marko som bodde här nu och jag hälsade bara på.

"Har du haft det bra?" frågade jag.

Han tvekade. "Jaaaa. Men jag saknade dig så mycket precis när du åkte".

"Ja, jag fattar. Du? Vi kan väl vänta nån dag med att prata om min flytt? Jag måste få landa lite först."

"Ja, självklart!" Han reste sig för att hämta tevattnet, och gav mig en kram på vägen till spisen. "Det är hur som helst härligt att se dig, du ser vansinnigt fräsch ut, jämfört med alla bleka människor här hemma".

"Haha, tack! Det är skönt att vara här hos dig nu." När jag sa det så kände jag hur skönt det skulle bli att bara få slappna av i allt det välbekanta. Inte fundera på nästa flyg och all logistik som fyllt mitt huvud i ett halvår.

Marko serverade mig te och ställde fram lingongrova, ost och Bregott. "Vill du ha något mer?"

"Nej, det här är helt perfekt!" Precis vad jag längtat efter.

"Jag har väntat med att handla middag, ifall du skulle vara sugen på något speciellt".

"Potatismos" sa jag snabbt. "Hemgjort potatismos."

"Haha, ok. Jag fixar det sen."

Vi drack te, åt mackor och småpratade om resan, om Markos jobb, om den nya bilen, men lämnade de stora ämnena tills vidare. När vi ätit klart gick Marko och handlade och jag packade upp hela min ryggsäck, la kläderna i tvätten efter att jag luktat ordentligt på dem, packade upp de få saker jag hade med mig och satte datorn på laddning. Jag slog mig sedan ned i den stora fåtöljen i vardagsrummet och såg mig omkring. Tog upp mobilen och scrollade håglöst bland alla bilder jag tagit under resan. Jag visste inte riktigt var jag skulle börja och hur man gjorde när man bara var hemma. Jag bestämde mig för att ta en varm dusch och klä på mig ordentligt. Att åka från 25 graders värme till nollgradig fukt var ingen höjdare och jag kände mig genomkall. Plockade fram rena kläder och ställde mig i duschen. Tänk att det fanns varmvatten och man kunde duscha hur länge man ville! Vilken lyx! När jag duschat och klätt på mig och gick ut i lägenheten igen, så hade Marko kommit hem med matkassarna. Vi försökte nog båda vänja oss vid att den andra var i samma lägenhet helt plötsligt. Min allra bästa vän kändes som en främling, en inte helt igenom behaglig känsla, men jag tänkte att vi måste vänja oss. Vi pratade och vi var tysta ihop. Jag la mig i soffan med datorn och började kolla igenom min jobbmail för första gången på en vecka. Det hade ramlat in en hel del och det verkade ha börjat röra på sig i processen mot Omtanke & Omsorg, och även med utredningen av Karin. Jag fick ta tag i allt imorgon, och jag flaggade de mail som jag skulle behöva åtgärda imorgon. Marko lagade mat och vi åt. Det perfekta potatismoset. Konstiga saker man kan längta efter. Jag gick och la mig direkt efter maten, Marko hade bäddat med rena lakan, och det var ändå underbart att lägga sig i min egen säng. Jag kollade på något meningslöst på Netflix, och efter ett par timmar kom Marko också och la sig.

TJUGONIO

Jag la ifrån mig mobilen och vände mig mot Marko. Han log och tittade forskande på mig. Jag kände mig nästan som någon slags utomjording som plötsligt materialiserats i en så välkänd miljö i en ny identitet. Marko, så välbekant och så nära, men samtidigt helt främmande. Jag sträckte ut handen och strök honom över kinden.

"Vi behöver prata, men jag orkar inte riktigt idag, jag vet knappt vem jag är känns det som."
"Nej, Emma, jag fattar! Du måste landa." Han drog mig till sig, så att jag låg på hans axel. Det luktade hemma. Jag kände hur tårarna kom.
"Men du, är du ledsen?""
"Näääää" snyftade jag, fast jag inte hade en aning om vad som hände. Omställningen, tröttheten, att resan nu var slut, separationen, allt bara kom över mig på en gång. Jag behövde verkligen landa och själen hade jag definitivt tappat bort på vägen.

"Jag känner mig förvirrad bara."

"Mmmmm." Marko bara höll om mig och smekte mig över håret.

"Sov nu" viskade han.

Och jag somnade. Nästan direkt.

Jag vaknade upp mitt i natten och gick upp i den nu mörka lägenheten. Jag ställde mig vid fönstret och blickade ned på gatan. Hemma. Det var helt plötsligt en drös med saker som jag skulle ta itu med, inte bara hålla reda på nästa flyg och destination och visum, nu skulle jag skaffa flyttkartonger, dela upp saker, ändra folkbokföring och allt vad som nu behövdes när man flyttade. Jag suckade och satte mig vid köksbordet med mobilen. Jag uppdaterade Instagram med en bild från Arlanda och texten "Back in Sweden!". Rastlösheten i kroppen, tankarna som liksom inte landade, utan snurrade runt utan syfte och mening. Det kändes som om jag inte riktigt visste vad jag skulle tänka på och jag ställde mig upp och smög in i sovrummet och smög ner i sängen igen. Jag kröp nära Marko, så ovant att sova bredvid någon, jag hade ju vant mig vid att bre ut mig över hela sängen. Marko drog mig till sig, i sömnen och jag låg där i värmen från hans kropp och lät allting bara vara som det var. Min klocka var fyra timmar före, så för mig var det morgon och dags att gå upp. Jag var glad åt timmarna i mörkret, i Markos närhet, utan krav eller tankar och möjligheten att bara känna in allt. Känslan av att vara hemma var så obekant, och blev så märklig av att jag visste att jag skulle lämna både mannen jag låg bredvid och lägenheten.

Så småningom måste jag ändå ha slumrat till igen, för jag vaknade av att Markos mobillarm gick igång. Marko satte sig upp och trevade efter mobilen på golvet bredvid sängen, där han slängt sina byxor. Han tittade nästan lite förvånat på mig.

"Gomorron Emma".

"Hej" sa jag, nästan blygt, situationen var så underlig.

"Har du sovit gott?"

"Sådär" sa jag ärligt. "Min klocka är ju lite fel."

"Ja, just det! Du...... Jag måste dra iväg till ett möte, men kommer hem vid lunch typ. Vi kan prata om du orkar, eller så gör du precis vad du vill, men jag kommer att vara hemma resten av dagen i alla fall".

"Ok. Det blir bra."

Marko gick iväg och startade upp sin dag. Jag låg kvar och drog täcket till näsan och stannade i sängens trygghet en stund till. När han väl lämnat lägenheten gick jag upp, slängde lite av mina kläder i tvättmaskinen och satte på kaffe. Små vardagssaker som jag hade varit utan så länge. Gjorde en härlig ostmacka, tog datorn och satte mig i soffan med frukost och dator och tänkte att jag skulle jobba lite, det kändes i alla fall välbekant.

Jag började med mailen, och det hade kommit några fler efter att jag kollat dem igår. Nu var bollen satt i rullning. Jag hade ju varit ledig en vecka och missat en del. Omtanke & Omsorgs avtal hade hävts av kommunen, med omedelbar verkan, och under förra veckan hade alla handläggare fått ringa runt till företagets kunder, för att de skulle få välja en ny utförare av sin hemtjänst. Man inväntade nu en reaktion från företaget, Parisa hade meddelat Mia att man hade anlitat en jurist för att driva ärendet vidare, de kändes sig felbehandlade och kränkta. Juristens namn, Roger Svensson, var välbekant, han hade dykt upp flera gånger i våra utredningar, och vi misstänkte att han skötte "the dirty work" åt flera företag i branschen, kanske penningtvätt, kanske annat som vi ännu inte hade en aning om. Jag messade Calle på Teams och undrade om han hade tid att prata. Han svarade direkt och ringde upp mig i ett videosamtal. Jag hade ingen aning om hur jag såg ut, men det spelade inte så stor roll.

"Emma! Är du i kalla Sverige nu eller?" Han skrattade. "Vilken omställning va?".

"Minst sagt, jag är helsnurrig, kände att jobbet är det som får hålla mig på banan. Men berätta! Vad har hänt när jag varit ledig?".

"Alltså, det har varit totalt kaos här förra veckan! Hävningen gick ut i tisdags, för exakt en vecka sen och Parisa och Yasin krävde ett möte, så Mia har suttit i möte med dem. Egentligen skulle ju Karin varit med, men eftersom det är som det är, så tog Mia mötet själv med juristen."

"Men asså gud! Hur gick det då? Var dom arga?"

"Ja, Parisa hade varit jätteupprörd och påstod att hon inte fattade alls varför de blev hävda och hävdade bestämt att de inte hade gjort något fel och hotade med att stämma kommunen."

"Jäklar alltså!"

"Ja, minst sagt! De undrade också var vi har fått all information ifrån, så du kanske bör prata med Sami om att han ska vara lite försiktig framöver."

"Ja, absolut, det får ju inte hände honom något!" Jag skrev en anteckning till mig själv på postit-lapparna på datorn att jag skulle ringa upp honom sen. "Vad har hänt mer då?".

"Karin utreds ju nu, och hon jobbar inte, utan fick förlänga sin semester, jag tror att Mia bad henne göra det. Det är så sjukt att tänka sig att hon tagit pengar från Parisa och Yasin. Och kanske någon mer, vem fan vet?".

"Helt ofattbart! Men du? Behöver jag göra något gällande Omtanke & Omsorg nu, eller ska jag fortsätta med nästa företag?".

"Asså, fortsätt med nästa, så får vi stämma av på veckomötet imorgon. Kommer du in till kontoret eller?"

Jag funderade snabbt. "Ja, det kan jag göra!"

"Kul! Det var ett tag sen". Han log.

"Minst sagt! Nio imorron då!"
"See ya!"

Jag gick igenom mailen och svarade på det som behövdes svara på och som gick att svara på direkt. Sen gick jag och hängde upp tvätten på torkstället i det stora badrummet. Det kändes oerhört lyxigt och fint att kunna tvätta sina kläder själv. Jag hade ju lämnat in dem till tvätt i princip hela resan, utom när jag nödtvättat något för hand. Sen tittade jag in i min garderob, jag tänkte att jag skulle gå ut en sväng, och helt plötsligt måste man tänka på vad man skulle ha på sig. När man flänger runt med ett par flip-flops, tre klänningar och inte så mycket mer så är det inte speciellt svårt att bestämma sig, man tar det som är renast. Nu hade jag ett överflöd av kläder att välja på, och dessutom måste man skydda sig mot kylan som lurade utanför porten. Jag valde ut något på måfå och slängde på mig kläderna i en hast. Drog en borste genom håret och letade fram min dunjacka. Skor. Man måste ju ha skor också. Och strumpor! Jag gick och hämtade strumpor.

När jag väl fått på mig allt man behövde för det något komplicerade livet i norr, så tog jag min trogna Fjällräven, den tänkte jag inte skiljas ifrån och mobilen och gick ut. Jag gick ned till Hornsgatan och tog riktningen bort mot Mariatorget. Det var snart lunchtid och det var en vanlig tisdag, så människorna rusade omkring hit och dit, eller vandrade lite planlöst, som jag. Allting kändes överväldigande. Att komma hem igen efter resan var en större omställning än att flytta sig mellan till exempel Sri Lanka och Bali, eller Maldiverna. Det här var ett annat liv, helt annat. Det väckte så mycket känslor och tankar att jag inte riktigt kunde ta tag i det. Jag accepterade att jag antagligen måste befinna mig i kaos ett tag, både känslomässigt och tankemässigt. Min värld hade förändrats, men världen här hemma hade det inte.

När jag kom fram till Mariatorget smet jag in på hotell Rival och frågade i baren om jag kunde beställa en kaffe. Det gick så bra så, och jag slog mig ned i en av de stora fåtöljerna. Här var det stillsammare än ute på gatan, även om några lunchgäster började dyka upp. Kaffet kom in, tillsammans med en liten chokladbit, och jag tog en sipp av kaffet direkt. I min hjärna hade en plan sakta tagit form den korta promenaden till Mariatorget. Imorgon skulle jag titta på lägenheten på Heleneborgsgatan, Marko och jag skulle behöva prata igenom allt och inuti mig var det kaos. Mitt fokus skulle behöva ligga på jobbet en tid framåt, det var en fast punkt, som varit med under hela resan, och dessutom var vi ju inne i ett både kritiskt och spännande skede. Jag bestämde mig för jag satt att satsa 110% på jobbet och att göra det allra bästa av de timmar som jag jobbade.

Genast kändes allting lättare, ljusare och skönare. Den där känslan när man har fattat ett beslut, tyngden bara ramlar av axlarna på en gång. Ja, min personliga situation var omvälvande, förvirrande och något mer som jag inte riktigt formulerat än, men jobbet var strukturerat, viktigt och där kunde jag få någon slags ordning. Det skulle bli min räddningsplanka just nu. Jag tog god tid på mig att dricka upp mitt kaffe, studerade människorna runt omkring mig, bleka, stressade, på väg från ett måste till ett annat. Och här satt jag, solbränd och lugn, på något vis lycklig och nyfiken på vilka beslut som snart skulle fattas av mig inför nästa spännande äventyr, vad nu det skulle bli. Jag tänkte på Wayan som gled omkring med sina smycken och saronger på Gili-öarna med sol och havsglitter, vilka kontraster. Att vardagsliv kunde se så olika ut, det var helt fascinerande.

Jag bestämde mig för att ringa Sami, och sökte upp hans telefonnummer, som jag knappt använt. Han svarade direkt.

"Ja?"
"Hej, det är Emma!"
"Ah, hey."
"Jag ville bara kolla så du är ok?"
"Ja, du vet, det börjar bli lite struligt, du vet?"
"Ja, jag hörde det! Är du orolig?"
"Naaa, sådär. Dom hotar mig och ringer och skrattar åt mig och säger att jag inte kan leva här längre".
Men va? "Men du! Det låter ju inte alls bra, har du polisanmält dem?"
"Näääa, jag ska."
"Du måste göra det direkt. Anmäl alla hot du har fått!"
"Jadå, Emma. Är du hemma nu?"
"Mmmm. Men jag blir lite orolig för dig. Lova att du polisanmäler."
"Aaaa, hoppas ni jobbar vidare med ärendet?"
"Ja, såklart, vi gör vad vi kan, men viktigast just nu är att du är rädd om dig."
"Lovar, Emma."

Vi bestämde att höras igen om någon vecka, och sen la vi på. Min inre detektiv hade vaknat till liv, och jag betalade och gick sen med snabba steg hemåt igen. Nu skulle jag styra upp allting lite inför morgondagens fysiska besök hos kommunen och se till att jag hade allt underlag för att driva allting vidare under en eventuell rättsprocess. Allt var i rätt bra ordning redan, men det behövdes kanske också en del observationer på plats, det kunde jag ju göra nu när jag var hemma. Undrar om jag kunde låna Markos nya bil, jag gissade att han inte ville att jag skulle sitta på span med den i hooden, ett av de mest utsatta områdena i Stockholms-förorterna. Jag skulle kolla upp imorgon om jag kunde låna en av kommunbilarna, och om Calle kunde hänga med. Det var alltid bra att vara två med tanke på att vi eventuellt skulle behöva vittna om vad vi såg och då kunde intyga sanningshalten båda två.

TRETTIO

Väl hemma satte jag mig i soffan med en varm filt, en kopp te och MacBooken i knät. Inte den bästa ergonomin, men jag var trött och frös, så så fick det bli. Efter en veckas ledigt och sen den omtumlande upplevelsen att åka hem från paradisresan, så hade jag lite tappat tråden med allt och fick jobba en stund med att komma ihåg ordningen på allt och sätta mig in i de senaste händelserna. Jag gjorde en plan för morgondagen, när jag skulle vara på plats i kommunhuset. Jag bokade in ett separat möte med Mia, för att få information om vad som hänt sen vi hördes sist.

När jag börjat komma in i allting igen så ringde det plötsligt på dörren och jag hoppade högt. Hade hunnit glömma var jag var och var helt inne i jobbet. Vem skulle komma hit nu? Och var var Marko, skulle inte han komma hem vid lunch? Jag svepte filten runt axlarna och gick för att öppna, samtidigt som jag påminde mig om att leta upp några varma sockor.

När jag öppnade dörren så förstod jag knappt vad jag såg först. Där stod Hampus och Daniel, mina fina, fina barn. De slängde sig om halsen på mig.

"Mamma" utbrast de båda två. Jag kunde bara skratta. Åh, vad underbart att få se mina barn!

"Men! Hur kommer det sig att ni dyker upp såhär?" log jag.
"Marko ringde oss och sa att du var hemma och skulle vara hemma idag" sa Daniel.
"Kom! Kom in!"

Jag fortsatte att känna mig omtumlad. När jag precis kommit in i jobbet igen, så dök mina ögonstenar upp. Det fick väl vara lite såhär några dagar. Snurrigt. Härligt. Jobbigt. Ovant.

"Hur mår ni? Kom! Vill ni ha lite kaffe eller nåt?"
Hampus lämnade över en papperspåse. "Här. Vi köpte lite bullar."
"Alltså, det är underbart att se er!" sa jag och kände hur mycket jag hade saknat dem.
"Vad brun du är!" sa Daniel.
"Haha, ja, jag har ju haft sol i mer än fem månader".
"Alltså, du måste berätta ALLT" sa Hampus.
"Ja då, ni ska få höra allt och titta på bilder tills ögonen blöder" skrattade jag.

De skrattade, de var väl medvetna om min kärlek till mobilfotografering.

"Hur är det att komma hem då?" undrade Daniel.

"Jag vet knappt ännu, det är snurrigt och ovant. Och kallt!"

"Ja, jävla skitväder!"

Det var underbart att se dem, och plötsligt dök Marko skrattande upp i köksdörren.

"Marko! Tack! Så härligt att få hit ungarna!"

"Ja, jag tänkte nästan det" log Marko, och tog fram en till kaffemugg och greppade en bulle.

Vi tog våra koppar och satte oss i soffan, där jag rafsade undan mitt jobb, och barnen berättade vad som hände i deras liv och jag berättade lite om resan, men jag kände att jag inte riktig kunde formulera mig ännu, jag hade inte landat och hade inte hunnit bearbeta vad jag varit med om. Det var så stort, så mycket, så fantastiskt, och när man satt här i en soffa i en lägenhet på söder: så overkligt. Jag berättade några små anekdoter, men tänkte att jag fick berätta mer sen. Barnen hade tagit ledigt på eftermiddagen från sina jobb för att kunna komma och säga hej till mig. Vilka ungar! Hjärtat svämmade över. Vi pratade ett par timmar, sen skulle de hem till respektive flickvän, och kvar satt Marko och jag. Marko började plocka undan efter fikat och jag hjälpte honom. Jag smög in i hans famn, som av gammal vana.

"Tack" viskade jag och lutade huvudet mot hans axel. Han höll försiktigt om mig. Allting var lite oklart mellan oss och vi var väldigt försiktiga med varandra.

"Emma, orkar du prata idag?"

"Vi kan testa, jag är helt snurrig fortfarande och vet varken upp eller ner. Men imorron ska jag till kontoret, och sen kolla på lägenheten, jag lär ju inte vara mindre snurrig då".

"Ok. Kom, vi sätter oss i sängen."

Bra idé, jag var frusen och det kändes tryggt och mjukt i sängen.

Jag hade ingen aning om vad Marko tänkte nu, jag visste knappt vad jag själv tänkte. Att komma hem till Marko var ju att komma hem. Att flytta kändes just nu bara som en fortsättning på mitt äventyr, men jag misstänkte att mina känslor och tankar inte riktigt hade hunnit ikapp, och att jag inte riktigt kunde ta ställning till någonting just nu.

"Ja du, Marko. Var ska vi börja ens? Jag är rätt oklar i tankarna."
Han log lite. "Ja, jag fattar, Emma." Han dröjde lite. "Men eftersom du ska kolla på lägenhet imorgon är det väl bäst om vi bara slänger oss in i pratet om separation och flytt?"
Hjälp. Det kändes i magen när han sa det högt. "Ja", sa jag bara.
"Jag var så säker på att jag ville att vi skulle separera, men nu vet jag inte. Det är så underbart att du kommit hem, och vi har det ju så bra."
"Va?! Vad betyder det? Vill du inte separera längre?"
"Jag vet inte. Vi har ju på något vi glidit ifrån varandra lite, men samtidigt har vis det ju så himla bra när det är du och jag."
"Men…" Jag tvekade. "Grejen med Lina då?" vågade jag till sist slänga ur mig.
Marko tittade bort. "Mmmm. Jag ångrar det. Men det var väl någon slags test eller nåt."
"Vaddå för test?"
"Ja, hur det skulle kännas att vara med någon annan än dig."
"Aha. Och?"
"Det var ju lite spännande, men mest bara konstigt."
Jag såg Wayans ansikte framför mig. Skulle jag säga något om det? Jag väntade lite. "Men Marko. Vad är det du säger nu då? Att du inte vill att vi ska separera eller flytta isär?" undrade jag lite försiktigt.
"Jag vet inte! Jag kan inte säga om det är gammal vana och trygghet som talar eller om det är något annat, men det är så

underbart att ha dig hemma igen, här i lägenheten, här, hos mig."

Vi pratade lite fram och tillbaka och bestämde att jag skulle kolla
på lägenheten ändå imorgon, att vi skulle fortsätta prata, och att
jag ju inte behövde bestämma något imorgon, även om det var så
att man ofta behövde vara snabb med att fatta beslut om
lägenheter. Jag tänkte att jag skulle berätta om Wayan vid nästa
prat, men det blev för mycket nu liksom, för mycket som snurrade
i huvudet med allt som var på gång. Jag var helt slut. Jag hade styrt
mig själv och gjort precis vad som föll mig in i nästan ett halvår,
plötsligt fanns det människor omkring mig som hängde ihop med
mig. Jag var inte van och det var helt utmattande.

"Foodora?" frågade jag Marko.
"Yes! Bra idé, vad vill du ha?"

Nu hade vi en uppgift och satte oss med Markos mobil och
bläddrade bland maten, bestämde oss för indiskt och beställde. Så
hemma. Så vant och så ovant. Jag var så trött i huvudet och
orkade verkligen inte tänka på allt som snurrade.

"Ska vi kolla nån film eller nåt?" Indisk mat framför en dålig film
kunde jag klara av innan jag måste lägga mig.
"Ja, jag har förslag! Fick tips på jobbet."
Jag log lite. Självklart hade han förslag. "Ok" sa jag bara.

Maten kom, vi led oss igenom en dålig film och sen ursäktade jag
mig och gick och la mig. Marko skulle svara på några jobb-mail.
Skönt, jag fick ha sängen för mig själv. Det kändes jobbigt att
Marko börjat tveka om separationen, den hade varit så självklar
och enkel för mig, även om allting blev mer komplicerat när man

väl var på plats, men det hade känts så rätt. Nu blev jag också lite tveksam, men innerst inne visste jag att jag ville vara fri som en fågel, som Rasmus på luffen sjunger. Jag bestämde mig för att alltid lyssna inåt, att ta mig tid att känna vad jag verkligen ville innan jag fattade beslut om någonting alls. Imorgon var det kontoret och lägenhetsvisning. Jag bläddrade håglöst på bostadsförmedlingen på mobilen, men ögonen föll ihop och jag somnade direkt, efter att jag ställt väckarklockan på ringning, för första gången på länge. Jag var van att vakna av mig själv, nyfiken på den nya dagen. Här hemma ville man inte riktigt gå upp i mörkret.

TRETTIOETT

Jag vaknade med ett ryck och visste knappt var jag var. Marko sov fortfarande. Jag smög upp, tog en dusch och satte på kaffe. Åt frukost och skrev min dagliga visualisering och tänkte på frukostarna på Maldiverna, och alla andra ställen jag besökt, med färska juicer, frukter och nylagade omeletter och pannkakor. Nu drack jag kaffe och åt lingongrova småfrusen i ett mörkt kök på söder. När jag var färdig med allt skrev jag en lapp till Marko: "Är på jobbet". Jag hade nog missat att säga att jag skulle iväg på morgonen. Ut i verkligheten, stressande människor, kyla, tunnelbana, pendeltåg. Hur mycket folk som helst, alla allvarliga och frånvarande. Allting var som vanligt, men det var så annorlunda från allt jag upplevt på resan, det gick inte riktigt att ta in ännu. Jag fick en sittplats på pendeltåget och resan gick ganska fort. En kort promenad senare var jag på kommunhuset och kom på att jag inte hade med mig mitt passerkort. Jag ringde Calle.

"Kan du släppa in mig?"

Han skrattade. "Kommer direkt".

Och han dök upp bara någon minut senare, vi gav varandra en snabb kram och tog trapporna upp till tredje våningens öppna kontorslandskap. Det var inte speciellt många där, men jag såg Mia, som hade ett kontor i ena änden av lokalerna, bredvid mötesrummen. Jag vinkade och hon kom ut och kramade om mig.

"Hej Emma, vad roligt att se dig i verkligheten! Hur är det att komma hem?"

"Omtumlande" svarade jag sanningsenligt.

Hon log. "Ja, det kan jag förstå. Jag har ett möte nu på Teams, men vi ses ju lite senare".

Calle och jag gick och hämtade en kopp av det obligatoriska kommunala kaffet. Vi satte oss i ett av mötesrummen och jag packade upp datorn och såg till att jag kom åt wi-fi-t.

"Berätta vad som hänt senaste veckan" uppmanade jag Calle.

Och han berättade. Mia hade haft flera samtal med Parisa och Yasin om allt vi hade upptäckt om företaget, juristen hade blivit helt insatt i ärendet och nu var det på gång en polisanmälan för bland annat grovt bedrägeri, olovligt användande av personnummer och lite annat. Dessutom skulle anmälan göras till Migrationsverket om misstanke om försäljning av arbetstillstånd och till Skatteverket för misstänkta folkbokföringsbrott. Calle fortsatte med att berätta om att både Parisa och Yasin var väldigt upprörda och att de hade börjat upplevas nästan direkt hotfulla, säkerhetsfirman var inkopplade och jag skulle behöva träffa dem också idag. Jag smuttade på mitt ljumma kaffe medan jag lyssnade.

"Men Calle, har du behövt vara med på mötena?"

"Nä, inte ännu och jag hoppas jag slipper, man hamnar ju in the line of fire då liksom".

"Ja, verkligen, det vill man ju undvika, även om man skulle vilja vara en fluga på väggen."

"Ja, det är synd att vi inte kan spela in mötena, men det skulle dom nog aldrig gå med på?"

"Nä, antagligen inte. Ok. Så vad behöver jag göra nu då?"

"Ta kontakt med juristen direkt och se om hon är på plats."

"Bosse va?"

"Yes, jag har hans nummer och mail."

"Ok, jag ska ha möte med Mia idag också".

"Aha, vad bra. Ja, vi har ju vårt veckomöte vid tio, då kan vi ju diskutera framtiden, men det är ju bra om du börjar med nästa företag sen. Det är Harmoni hemtjänst som står på tur."

"Yes! Har börjat småkika på dem, men då vet jag att jag ska lägga min tid på dem nu."

"Ja, och så kul att se dig, Emma."

"Detsamma Calle"

Vi gick ut i kontorslandskapet och jag letade upp en arbetsplats i närheten av Calle. Mailade juristen och frågade om han hade tid att prata nu på direkten, och väntade på svar. Han svarade nästan direkt att han kunde komma till mig på plan 3. Jag bekräftade och gick och mötte honom vid dörren och vi gick in i ett av de små samtalsrummen som fanns längs ena väggen. Vi presenterade oss och gick sen rakt på sak.

"Det är ett väldigt omfattande och grundligt material ni tagit fram om Omsorg & Omtanke" inledde Bosse. "Det jag behöver veta är att allt detta går att ta fram ur systemen igen om det skulle behövas, att vi verkligen har på fötterna när vi ska driva det här vidare".

"Ja, allting finns". Jag förklarade för honom hur vi haft kontakt med systemleverantören och förlängt tidsramen för hur länge data skulle sparas i systemet, och hur vi, bara för att vara säkra, sparat de viktigaste rapporterna i Excel-filer, så att vi hade dem som backup, om det skulle behövas.

"Bra! Sen undrar jag om du är beredd att vittna om det skulle gå så långt".

Usch, det ville jag verkligen inte, men… "Ja, det får jag väl vara, men bara om det är absolut nödvändigt".

"Ja, självklart".

Eftersom Bosse var en typisk jurist-personlighet, så avslutade vi mötet när vi rett ut de nödvändiga frågorna. Det kändes skönt att det fanns någon som snabbt kunde sätta sig in i det vi höll på med, om det skulle behövas.

Jag gick ut till min tillfälliga plats i kontorslandskapet, och Calle titta frågande på mig. Jag gjorde tummen upp som svar. Idag blev det nog inte mycket vettigt gjort med de möten vi hade, och att sitta bland de kollegor som var på plats distraherade en hel del, jag var van att jobba i ensamhet. När det var dags att ha veckomöte visade det sig att alla var på plats: Calle, Maria, Lisa och jag. Det var roligt att träffa dom efter alla möten på Teams, och vi gick igenom vad alla höll på med just nu, och planerna framåt. Efter mötet drog Maria mig åt sidan och sa att jag skulle gå ner till plan 2 och prata med Roger från säkerhetsfirman.

"Han vill bara intervjua dig för att se om det behövs någon insats."

Insats? Jag tag trappan ned, något oroad, plötsligt var allt så verkligt, så nära, så mycket. Från en strand på Boracay hade allt mest känts som en spännande deckare, nu var det på riktigt. Efter att ha blivit insläppt på plan 2 letade jag mig fram till Roger.

Han mötte mig med. "Ah! Konsulten!"

Jag visste inte om det låg någon värdering i det, men jag orkade inte fundera över det.

Jag fick svara på frågor om hur jag bodde, vem jag bodde med, om jag hade bil, hur jag tog mig fram när jag skulle någonstans, om jag sett något i min närhet som oroade mig och en massa annat. Roger antecknade och hummade när jag svarade på hans frågor.

"Alltså vi ser ingen omedelbar fara, men vi vill att du håller kontakt med oss och informerar oss så fort du upplever att något kan verka misstänkt eller obehagligt i din omgivning".
"Ok, som vaddå?"
"Det är svårt att säga, men om du känner att någon har koll på dig, följer efter dig, eller om du får direkta hot."
"Ok."

Han överlämnade ett visitkort och sen var mötet avslutat. Jag tackade och gick upp till trean igen. Snart var det dags för mötet med Mia, jag var redan helt slut av alla möten, men efter det skulle jag åka iväg och kolla på lägenheten, så då blev det lite omväxling. Jag gled förbi Calle och frågade om han också blivit intervjuad av Roger, och det hade han. Det kändes lite väl mycket att kommunen tog in en säkerhetsfirma, men det var ju bra att det var måna om vår säkerhet. Mia vinkade in mig på sitt kontor.

"Härligt att ha dig på plats, Emma, men jag måste säga att det har fungerat utomordentligt även när du varit på resande fot, bra jobbat!"

Jag sög i mig berömmet, det var uppskattat. Ibland kunde det kännas som om "folk" trodde att man kanske inte gjorde nytta bara för att man inte satt på kontoret, men oftast jobbade man ju mer effektivt när man fick sitta ifred, oavsett var i världen man befann sig.

Mia berättade om mötena med Parisa och Yasin och att de hade blivit mer och mer frustrerade för varje möte. Det var Parisa som pratade mest och Yasin satt i bakgrunden och blev mörkare och mörkare i sina svarta ögon.

"Det har blivit riktigt obehagligt att ha möten med dem. Förra veckan hävde vi deras avtal och det var ett himla liv här med alla vårdtagare som skulle kontaktas, handläggarna hade fullt upp. Nu har vi informerat polisen och också gjort en formell anmälan, jag skulle vilja att du gjorde anmälningarna till Migrationsverket och Skatteverket, du är bäst insatt i alla detaljer. Kanske Arbetsmiljöverket också?"
"Ja, ok, det gör jag gärna, jag hinner inte idag dock, det får bli imorgon."
"Ja, så bråttom är det inte, så det blir toppen!"
"Jag ska kolla på det där med Arbetsmiljöverket, det finns säkert anledning att engagera dem också."
"Vi måste räkna ut hur mycket pengar vi tror att dom lurat oss på också, om vi kan göra en uppskattning? Vi ska begära återbetalning och också kanske skadestånd, vi får se vad Bosse säger. Var mötet med honom bra förresten?"
"Ja, det gick bra, det känns skönt att han finns".
"Härligt att ha dig på plats, Emma" sa Mia återigen.
Jag skrattade. "Tack. Det är kul att träffa alla, men jag kan inte

säga att jag inte saknar havet, solen och stränderna".

Mia skrattade också. "Nej, det kan jag förstå! Men snart blir det vår!"

Jag tittade tveksamt på henne. "Hm, vi får se." Jag tvekade lite, jag visste inte riktigt hur känslig historien med Karin var, men som utomstående kände jag ändå att jag kunde fråga. "Hur går det med utredningen om Karin?"

Mia fick genast en bekymrad rynka mellan ögonen. "Ja du. Det är en historia som jag helst skulle ha sluppit. Det verkar som om Karin varit möjliggörare för hela den här soppan, och inte bara för Omtanke och Omsorg."

"Men oj! Är det något jag behöver veta när jag börjar med Harmoni hemtjänst nu?"

"Nej, inte direkt, men du ska vara uppmärksam på de uppföljningar som Karin tidigare varit ansvarig för, det går inte att lita på innehållet i dem."

"Bra att veta! Vad kommer att hända med Karin?"

"Det är inte helt klart än, och det här får stanna mellan dig och mig just nu, men antagligen blir hon uppsagd och polisanmäld."

"Bra att ni tar tag i det i alla fall!"

"Ja, det måste vi ju" suckade Mia.

"Ok. Men jag jobbar vidare! Du får säga till om jag behöver komma in, jag kommer att fortsätta att jobba mestadels hemifrån om det är ok?"

"Ja, självklart, det funkar ju hur bra som helst!"

Nu var jag helt slut och skulle smita iväg och ta en kaffe och en macka någonstans innan lägenhetsvisningen. Jag kramade om Calle och vi bestämde att höras senare i veckan, och jag lämnade kontoret, trött och nöjd.

TRETTIOTVÅ

Lägenheten var underbar, perfekt för en person, mysigt, högt i tak med gammal söder-känsla. Köket hade fortfarande kvar sina luckor i femtiotals-stil, och badrummet kanske hade sett sina bästa dagar, men allting var rent och välskött. Det var tre personer till på visningen, och jag undrade för mig själv om de stod före eller efter mig i kön. Här skulle jag kunna bo. Jag tänkte hur jag kunde möblera och hur jag kunde sitta vid köksfönstret och kika ut på den lilla innergården, där det såg ut att växa ett äppelträd. Jag tackade för mig och gick hemåt, med massor av planer på möbler, tyger och annan inredning som jag skulle ha. På något vis kände jag direkt att jag ville ha den här lägenheten. Visserligen hade Marko börjat tveka, men jag tänkte att vi ju skulle fortsätta prata, även om vi bodde några hundra meter ifrån varandra, och på något vis hade ensamresan fått mig att förstå att jag verkligen har ett stort behov av mitt eget space. Även om vi fortsatte vårt förhållande måste vi ju inte bo ihop. Jag skulle sova på saken och bestämma mig till imorgon, men jag kände spontant att det var ja. Jag hade till på fredag på mig att svara på bostadsförmedlingens erbjudande, sen var det ju bara att vänta och se om jag fick den i så fall.

Hemma var det mörkt och tyst, Marko hade väl åkt till jobbet. Det låg en lapp i köket. "Vi pratar sen" och ett hjärta. Jag satte på tevatten och tänkte att jag skulle laga mat idag. Det var länge sen verkligen. Jag kollade vad som fanns i skåpen och bestämde mej för en kikärtsgryta, det verkade finnas allt som behövdes. Lite matlagning skulle vara lite avkoppling från allt annat, men först te. Jag tänkte igenom min intervju med säkerhets-Roger, och undrade om jag på riktigt behövde vara orolig. Vi hade ju förstått att Parisa och Yasin hade kopplingar till olika nätverk, mer eller mindre kriminella, men inte förstått riktigt hur och i vilken utsträckning. Kanske var det värre än vi trodde? På något vis så var det ofattbart att skattepengar som betalades ut till hemtjänstföretag för att hjälpa de äldre och behövande gick in i kriminella nätverk och användes till vapen och droger och annat som man inte ville tänka på, förutom dyra villor, bilar och hus i Dubai och på andra ställen i världen. Jag ställde mig upp och gick fram till fönstret och kikade ut på gatan. Fanns det personer som hade koll på mig där? Som visste att jag nu var hemma och att jag hade gjort allt för att hitta all skit om dem som jag någonsin kunde finna? Jag såg ingen som såg misstänkt ut, men jag hade fått mig en ordentlig tankeställare.

Plötsligt skramlade en nyckel till i dörren och jag hoppade till, Marko kom in och lyste upp när han såg mig med min tekopp.

"Emma! Hej! Att komma hem till dig alltså…"
"Hej!" Jag log. Jag blev också glad av att se min bäste vän.

"Hur har du haft det idag? Snurrigt att vara i Sverige?"

"Ja, lite omtumlande." Jag berättade om säkerhets-Roger, jobbet och lägenhetsvisningen.

"Alltså, jag blev helt kär i lägenheten, jag kommer nog att tacka ja till den."

Jag såg hur Markos leende ansikte stelnade till. "Jaha..."

"Ja, alltså, jag tror inte en sån chans kommer på länge, och vi fortsätter ju att prata om hur vi vill ha det ändå, tänker jag?"

"Aha." Han sken upp igen. "Så du menar inte att vi måste göra slut?"

"Jag menar att vi ska prata vidare och komma fram till vad vi vill, men inte att vi gör slut bara för att jag flyttar."

"Ok." Han verkade lättad. "Ja, det är ju nära i alla fall."

Marko hade en förmåga att alltid lyckas se något positivt i allt, det var en fantastisk egenskap att ha, och underlättade för oss båda. Jag inbillade mig att jag hade varit delaktig i att hjälpa honom att stärka denna förmåga.

"Jag tänkte fixa en kikärtsgryta, vill du ha det?"

"Ja, gärna! Jag har saknat din mat."

Marko var grym på att laga mat, men vi lagade lite olika typer av mat, så jag förstod vad han menade. Jag gick ut i köket och plockade fram allt jag behövde och började hacka lök och vitlök och lät tankarna vila och njöt av att få skapa något gott. Marko gled upp bakom mig och la armarna runt min midja. Han borrade in sitt ansikte i mitt hår och viskade i mitt öra.

"Emma, du är så fin".

Jag kände hur hans kropp pressades mot min och vände mig om i hans famn. Våra läppar möttes. Så välbekant och plötsligt så oerhört upphetsande. Marko tog ett fast grepp om mitt hår och vi kysstes som om vi var helt utsvultna. Jag kände hur mycket han ville ha mig och drog in honom i sovrummet. Hans kropp, min andra halva sen så länge. Min kropp i hans händer, så mjuk och så ivrig. Jag blev yr av upphetsningen och ville bara att han skulle komma in i mig. Jag hade nästan glömt vilket bra sex vi hade och det tog helt andan ur mig. Jag såg hur Marko njöt och det gjorde mig ännu mer upphetsad. Vi kunde varann och nådde en himlastormande orgasm precis samtidigt. Det här hade vi inte glömt bort i alla fall. Vi sjönk ihop, inslingrade i varann och bara andades. Marko tittade mig djupt i ögonen.

"Emma."
"Marko."

Hemma. Jag var hemma. Jag älskade Marko. Han var fin, snäll, smart, omtänksam, ärlig, underbar. Jag bestämde mig för att bara vara och inte tänka så mycket idag. Marko verkade ha bestämt sig för samma sak. Han tog ett fast tag om min rumpa och drog mig intill sig och kysste mig mjukt.

"Det var underbart, Emma" viskade han och jag kände hur det pirrade i hela kroppen.
"Mmmm, jag håller med" viskade jag tillbaka. Kroppen kändes matt och nöjd och lite sömnig, men jag satte mig upp, drog på mig en t-shirt som låg på stolen i sovrummet och log mot Marko.
"Jag ska fortsätta med maten, jag blev lite avbruten".
Han skrattade. "Vill du ha hjälp?"
"Nja, du kan duka om du vill?".
"Jepp, ska ta en snabb dusch bara".

Jag gick ut och tvättade händerna i köket och fortsatte med mitt lökhackande medan Marko gick in i duschen.

När grytan stod och puttrade på spisen gick jag och tog på mig myskläder. Jag hade bestämt mig, jag skulle tacka ja till lägenheten, jag ville inte missa chansen. Marko och jag fick reda ut vårt förhållande även om jag bodde i en annan lägenhet. Men jag tänkte vänta med att berätta för Marko, idag kunde vi bara vara. Han kom ut från badrummet, nyduschad i joggingbrallor och t-shirt. Han log stort mot mig. Jag sa ingenting, och vi gick ut i köket tillsammans, plockade fram det vi behövde och satte oss för att äta. Marko tände ljusen som alltid stod på bordet och nu var det verkligen vardag igen. På något sätt kröp det i hela kroppen av allt det välbekanta, även om det samtidig kändes härligt på något konstigt sätt.

"Du! Jag hämtade posten förut och det var något till dig, ett brev, jag glömde ge dig det" sa Marko, när han slevat upp av grytan på sin tallrik.
"Jaha, vaddå för brev?"
"Jag vet inte, det var handskriven adress, det kändes lite ovanligt".
"Ok. Jag kollar på det efter maten."
"Har du bestämt dig om lägenheten?"
Nu kunde jag ju inte ljuga. "Jag tror det, jag tackar nog ja".
Marko stelnade till. "Jaha…"
"Men vi kan prata om det imorgon eller nåt".
"Mmm".

Stämningen hade förändrats och Marko med det strålande leendet försvann och ersattes av en lite mer tystlåten version. Jag frågade honom lite om jobbet och vi småpratade lite om saker som kändes neutrala och ofarliga. Efter maten plockade vi av tillsammans, och Marko ställde in allt i diskmaskinen.

"Tack för maten, det var supergott. Jag älskar din mat!"
Jag log. "Varsågod".
"Jag ska hämta brevet."

Han kom tillbaka med ett litet vitt kuvert i handen, med en handskriven adress på. Ingen avsändare. Kuvertet var knöligt och hanterat och det kändes att de var nånting i mer än ett brev.

"Men vad är det här?" undrade jag och öppnade försiktigt med en kökskniv som jag tog fram från översta lådan.

Jag kikade ner i kuvertet, där låg ett papper och ett USB-minne. Jag tog fram papperet. Ett anonymt *Good luck!* var det enda som stod på lappen. Jag vände på den. Inget mer. Jag tog fundersamt upp USB-stickan och tittade på den. Vad var det här?

Jag gick till soffan där jag hade min Mac Book, tog fram min USB-adapter, stack in stickan i datorn och öppnade den. Det fanns fem dokument på stickan och jag öppnade alla på en gång. Jag förstod inte vad det var jag såg, men det var skrivna dokument och Excel-filer med personnummer och massor av information. Det här skulle jag behöva sätta mig in i. Vad var det för nånting?

Jag började med ett av de skrivna dokumenten och läste igenom det, och insåg ganska snabbt att det här var dokument som handlade om Omsorg & Omtankes verksamhet och Parisas och Yasins förehavanden. Det dokument som jag hade börjat med först var någon slags mailkonversation mellan Parisa och juristen Roger Svensson. Vem kunde ha kommit över det här och vem hade vetat tillräckligt om mig för att skicka över dem till mig?

"Vad är det för något?" undrade Marko.
"Alltså det verkar vara en massa dokument om företaget som jag utrett" svarade jag upphetsat. Det här kunde vara en riktig guldgruva!
"Va? Men från vem?"

"Alltså jag har ingen aning, det kommer att ta ett tag att förstå vad det ens är för dokument."

"Vilken grej!"

"Är det ok om jag sätter mig lite med det här?"

"Ja, såklart! Jag ska dra och träna lite."

"Ok." Jag tittade upp. Fina Marko. Han log igen och kom fram och pussade mig på håret.

"Vi ses lite senare då" sa han och försvann in i sovrummet, för att sen gå ut i hallen, ta på sig ytterkläderna och försvinna ut genom ytterdörren.

Jag satte mig och lusläste mailkonversationen mellan Parisa och Roger Svensson och försökte förstå vad den handlade om. Det var mötesanteckningar blandade med någon slags avtalsdokument och instruktioner från Parisa. Jag var tvungen att läsa och att läsa igen och igen, och ändå var det svårt att förstå vad det handlade om, men det var något med olika företag, avtal och Parisas förklaring av hur olika dokument skulle skrivas. Jag skulle nog bli tvungen att få hjälp att förstå det här. Jag gav mig på resten av dokumenten, när Marko kom inrusandes genom dörren igen.

"Bilen!"

"Va?" sa jag och fattade ingenting.

"Min bil! Nån har repat min bil!"

Jag blev alldeles kall i magen. "Men vad säger du?"

"FAN!" Marko blev sällan upprörd, men nu var han arg, på gränsen till ledsen. "Vem fan gör nåt sånt?"

"Ska vi gå ner och kolla?" Jag ville gärna se med egna ögon. "Var hade du ställt den?"

"I garaget, på vår plats".

Jag slängde på mig en kofta och vi gick ned på gatan och in i garaget. Markos fina Tesla stod ordentligt uppställd på vår plats.

Han gick över till förarsidan.

"Kolla!"

Jag gick till honom och såg hur någon dragit något vasst hela vägen längs bilens vänstra sida, och hur det skapat en djup repa i den vita lacken.

"Näää! Fan Marko, vad jävligt!" En oro hade väckts i mig och tankar som jag inte ville tänka började vakna till liv. Hängde allt det här ihop? Säkerhetsgenomgången på jobbet, USB-stickan med massa information om Parisa och Yasin och nu, Markos repade Tesla. Sammanträffanden? Jag kände att jag behövde få ett grepp om situationen.

"Ska du träna ändå? Du får ju anmäla till försäkringsbolaget på nätet".

"Ja, jag sticker iväg ändå, kanske blir av med lite ilska". Han försökte le, men det gick sådär.

Jag gick ut på gatan igen för att gå upp till lägenheten. Jag såg mig forskande omkring. Fanns det människor där ute som hade koll på mig och oss? Jag drog koftan tätare runt kroppen, och skyndade på stegen mot porten i mörkret. Just nu var det svårt att tänka sig att jag låg på en strand på Maldiverna för en vecka sen.

När jag kom in i lägenhet låste jag dörren bakom mig och lutade mig mot den. Vem hade repat Markos bil? Och vem var USB-stickan ifrån? Jag bestämde mig för att ringa upp Calle, trots att det var kväll. Jag gick ut till vardagsrummet där min mobil låg, och ringde upp honom. Det tog några signaler innan han förvånat svarade.

"Hej?"

"Hej! Sorry att jag ringer och stör dig på kvällen!"
"Nej, det är ingen fara! Har det hänt något?"

Jag berättade om USB-stickan med interna dokument från Parisas och Yasins business, som dykt upp i posten, samma dag som Markos nya Tesla oväntat får en lång ful repa i lacken på förarsidan.

"Det kändes riktigt obehagligt alltså! Det kan ju vara ett sammanträffande såklart, men samma dag som jag träffade safety-Roger? Det är lite omskakande, och han sa ju att vi skulle vara uppmärksamma. Vad tycker du jag ska göra?"
"Visst fick vi ett nummer som vi kunde ringa till när som helst på dygnet? Ring det och hör vad de tycker!"
"Det känns lite fjompigt…"
"Ja, visst, kanske det, men ring och kolla i alla fall, det är ju därför de finns."
"Ok… Jag ska ringa dem."
"Och du, Emma?"
"Mmm."
"Var försiktigt! Och hälsa Marko."

Vi la på och jag letade upp numret som jag fått av säkerhets-Roger. Jag ringde och genast svarade en ung tjej. Jag förklarade att jag fått numret av Roger, som sagt att jag skulle ringa om det hände något. Tjejen lät inte helt engagerad, men efter att ha frågat mig om vem jag var och var jag jobbade så kopplade hon mig vidare. En man med djup stämma fanns plötsligt i mitt öra.

"Ja? Emma Ramberg?"
"Ja" sa jag tvekande.
"Vad har hänt?"

Jag tvekade lite, plötsligt kändes det som hänt så fjuttigt, det kanske inte ens var något.

"Hallå?"

"Oj, hej." Jag tog sats och förklarade vad jag jobbade med, att jag träffat Roger tidigare idag, att jag fått en USB-sticka anonymt med en massa känsligt material på och att min sambos bil plötsligt fått en lång, djup och uppenbart avsiktlig repa på ena sidan.

"Vet ni när detta hände?" frågade mannen.

"Nja, det måste ha varit mellan att Marko kom hem och att han skulle ta bilen till gymmet, så typ mellan 16 och 19 nån gång."

"Ok. Det behöver inte vara något, men du är i en utsatt situation och helt klart vet folk att du finns, med tanke på USB:t du fått."

Jag nickade tyst.

Mannen fortsatte. "Både du och Marko bör vara extra uppmärksamma de närmsta dagarna, ta inga onödiga risker, det vill säga, gå inte ut i mörkret ensam, försök att inte gå på ställen där det inte finns andra människor, och ha koll på varandra."

Efter en stund la han till. "Det är nog speciellt du som ska vara försiktig."

"Ok" sa jag bara, jag visste inte riktigt vad jag skulle säga.

"Är du ok? Vill du att någon kommer dit?"

"Hem till mig?"

"Ja?"

"Nej, det behövs inte". För det gjorde det väl inte? Plötsligt ville jag att Marko skulle komma hem. Mörkret kändes ännu värre än vanligt och jag kände mig plötsligt ensam och otrygg, något jag inte gjort på hela min dryga fem månaders resa i Asien.

"Ok. Jag kommer att ringa dig imorgon förmiddag för att kolla läget".

"Ok. Tack!"

"Och ring så fort det är något! Du får mitt direktnummer, jag kommer att vara din kontakt från och med nu."

Jag fick mannens nummer och försökte minnas vad han hette, men var tvungen att fråga.

Jag hörde hur han log, för första gången på hela samtalet. "Ja, det är inte lätt att komma ihåg. Jag heter Lasse, Lasse Blomkvist."

"Ok, tack Lasse för att du har lyssnat på mig."

"Självklart! Vi hörs imorgon, men ring om det är något".

Vi la på. Jag satte mig i soffan med datorn, utan att tända några lampor, det kändes som om jag ville gömma mig. Var det verkligen människor där ute som hade koll på oss, eller på mig? Men uppenbarligen hade någon snokat reda på min adress och skickat USB-stickan till mig. Det kunde ju lika vara gärna någon mer som inte ville väl som också hade snokat reda på mig. Och vem kunde den anonyma personen som skickat USB-t vara? Jag ögnade igenom de komplexa dokumenten på datorn, för en ledtråd om vem som kunde ha haft dokumenten före mig. Jag försökte klicka fram någon info om själva USB-t, men var nog inte tillräckligt skicklig för det, om det nu fanns någon info.

Jag stängde igen datorn med en bestämd smäll. Jag tänkte inte sitta här och undra längre, nu skulle jag tända några ljus, krypa ned i soffan och kolla på La reina del sur på mexikanska Netflix, jag hade fortfarande inte hunnit se klart på alla dryga sjuttio avsnitten i sista säsongen. Jag hoppades att Marko skulle komma snart, men till dess skulle jag inte vara rädd, utan bara försöka mysa. Jag hann se ett halvt avsnitt, sen rasslade Markos nycklar i dörren. Jag gick direkt ut i hallen och mötte honom. Han såg bekymrad ut och var svettig och varm.

"Är du ok?" undrade jag.

"Ja! Men är du ok? Jag kom på att jag kanske skulle stannat hemma?"

"Nej, det är lugnt, lite läskigt, men ingen fara. Jag har pratat med säkerhetsbolaget".

"Jahaaa… Vad sa dom?"

"Att vi ska vara uppmärksamma och inte gå ensamma i mörkret typ."

"Ok. Trodde dom att det var något planerat?"

"Det kunde dom inte säga, men det var ju ett konstigt sammanträffande efter allt som hänt idag".

"Ja, verkligen! Så jädra surt med bilen."

"Ja, jag fattar!"

"Men tur att det bara var en bil ändå, och inte nån av oss."

"Mmm… Det är lite obehagligt att tänka sig att någon kanske har koll på oss."

"Ja, verkligen. Vi får försöka tänka på annat nu."

"Mmm. Jag kollar Netflix" sa jag och log.

"Ok. Let me guess! Mexikanska druglords?"

Jag skrattade. "Jepp!"

Nu när Marko var hemma kändes det som att det inte var någon fara alls. Det kändes löjligt att jag blivit så orolig och lite löjligt att jag ringt till Lasse.

Mobilen plingade till. Det var ett sms från Calle. *Allt ok?* Jag svarade att allt var ok och att jag skulle ringa honom imorron igen.

TRETTIOTRE

Morgonen efter vaknade jag med en känsla av overklighet. Hade allt som händer igår verkligen hänt? Jag tittade på Marko som fortfarande sov. Inga svar därifrån. Jag smög upp, satte på mig raggsockor och kofta, jag hade inte vant mig vid kylan och mörkret ännu, och gick ut och satte på kaffe. Gårdagens händelser snurrade i huvudet, besöket på kontoret, lägenheten, oväntat sex med Marko, kvällens uppståndelse med bilen, det nya materialet som antagligen kunde sätta dit Parisa och Yasin riktigt ordentligt. En sak i taget. Jag tog fram mobilen och gick in på bostadsförmedlingen och tackade ja till lägenheten. Jag hade bestämt mig. Om jag fick den skulle jag ta den, nu var det bara att vänta. Marko kom in i köket med sovrufs och gnuggade sig i ögonen.

"Åh, kaffe."
"Gomorron till dig med!" Jag log.

"Gomorron" mumlade han när han gick fram och tog en kopp från skåpet. Han satte sig mitt emot mig vid köksbordet. "Alltså vilken kväll igår!"

"Ja verkligen!" Jag gissade att han menade bilen och oron för vår säkerhet.

"Och Emma…" sa han med mjukare röst, "det var så fint att få vara med dig igår."

"Åh…" Jag visste inte riktigt vad jag skulle säga. Jag tycket också att det hade känts fint, som någon slags avslut, men det kanske inte passade att säga just nu. "Ja, men vi måste ju prata vidare ändå…" Jag visste inte om jag skulle säga något om lägenheten, men jag avvaktade med det.

"Ja, såklart ska vi prata!" Han sörplade på sitt kaffe och kikade på mig över kanten på koppen. "Vad ska du göra idag?"

"Alltså, jag hade tänkt åka ut på span, men tror faktiskt att jag håller mig hemma och går igenom det nya materialet istället."

"Ja, det låter vettigt! Jag har ett möte på förmiddagen, sen kommer jag hem och jobbar hemifrån också."

"Ok, det blir bra! Vad gör du med bilen då?"

Markos ansikte mulnade. "Ja ska anmäla det till försäkringsbolaget nu, så får vi se vad dom säger."

Vi satt där som två barn som lekte vuxna, plötsligt överraskade av att verkligheten omkring oss kunde drabba oss på sätt som vi inte visste något om. Vi drack upp vårt kaffe och jag gick och tog en lång, varm dusch och klädde på mig. Marko åkte iväg till sitt möte och jag slog mig ned vid köksbordet med datorn. Om jag fick lägenheten skulle jag ha ett ordentligt arbetsbord och en riktigt stol där. Det här var inte en optimal arbetsställning. Jag klickade mig in på filerna som jag fått igår och fortsatte att gå igenom dem för att försöka förstå vad det var jag såg.

Ett par timmar senare dök Marko upp igen. Då hade jag lyckats förstå vad det var jag fått tag på, och jag undrade ännu mer vem det var som hade skickat det här materialet till mig. Det var alltså en mailkonversation mellan Parisa och advokaten Roger Svensson, med tydliga instruktioner från Parisa om förfalskning av avtal, det verkade som om det var för att dölja ljusskygga inkomstkällor. Leveranser från Nederländerna och till och med Afghanistan nämndes, vad som levererats var oklart. Det fanns också register över personer som på något vis hade en koppling till företaget, och som jag behövde forska vidare kring. Vid det här laget kände jag till de flertal som fanns anställda i företaget, till namn, och det här var inte de namn som jag kände igen från hemtjänstverksamheten. Det fanns också stora summor i en kolumn bredvid namnet tillsammans med datum och en hel del annan information, som jag inte riktigt förstod. Kunde det här vara ett register över vilka Parisa hade sålt arbetstillstånd till, för att de skulle får möjlighet att komma till Sverige? De sista dokumenten gissade jag handlade om någon form av penningtvätt, men jag var inte tillräckligt ekonomiskt kunnig för att förstå dem. Jag kände ändå att jag nu kunde be kommunens ekonom och jurist om hjälp, för att forska vidare, och tänkte att jag skulle ta en paus tillsammans med Marko och lyssna på vad han hade haft för sig.

"Marko, var är du?" ropade jag.
"I sovrummet!" ropade han tillbaka. Jag gick dit. Han låg på sängen med datorn på magen. "Jag ville inte störa" sa han.
"Äh, du stör inte, jag sitter bara och snokar, som vanligt. Gick mötet bra?"
"Ja då. Lite lösa trådar att ta tag i, men helt ok. Har du jobbat klart eller?"
"Näää, men jag tänkte ta en liten paus." Jag avvaktade. "Du?"
"Mmm", han tittade inte ens upp från datorn nu.
"Jag tackade ja till lägenheten."

Han tittade upp. "Va?"

"Ja, jag tackade ja, ville inte missa den."

"Men… Jag trodde…" Uppenbarligen var han inte beredd på detta. "Jag trodde att vi skulle prata först."

"Ja, men vi ska prata och vi behöver inte bestämma något, även om jag flyttar. Men jag vet ju inte om jag får den ännu."

"Oj. Jag var inte beredd."

Jag tänkte att det var han som hade tagit upp att han ville separera, det var han som träffat Lina och hade planerat en framtid med henne, så så himla chockad kunde han ju inte vara.

"Du hinner vänja dig" log jag. "Och det är ju inte som om jag flyttar till andra sidan jorden." Ännu, tänkte jag.

"När är det inflyttning om du får den?" undrade han och försökte samla ihop sig.

"Ja, det är nästa månadsskifte, alltså 1 april, det är snart. Så jag får nog besked rätt snart."

"Jaha", han lät lite sårad.

"Men Marko! Du visste ju att jag kollade på lägenheten igår."

"Ja, men jag trodde att vi… ja, du vet, det kändes så bra allting igår… I alla fall innan det där med bilen." Han menade sexet.

"Ja, det var fint." Vad kunde jag säga mer än det?

"Ja, alltså… Jag trodde att det nästan var som vanligt igen?"

Jag skrattade lite. Tänk om allt ändå var så lätt. "Jaha, men jag tänker att situationen inte har förändrats egentligen? Vi har ju varit ganska bestämda med att vi ska dela på oss, sen om vi ska vara särbos eller om vi ska separera är väl det som vi behöver prata om?"

"Ja…" Han verkade överrumplad och det kändes som om han tappat fotfästet en stund.

"Jobbar du?" Jag försökte styra om samtalet till något annat, för att skingra det mörka moln som lagt sig över oss.

"Ja... Jag har några dokument som jag måste få klara idag". Han hade fortfarande en bekymrad rynka mellan ögonbrynen.

"Ok. Jag ska också jobba ett tag till. Lunch sen?".

"Ok." Han tittade upp på mig med något som skulle kunna vara början på ett leende.

Jag gick och satte mig i köket igen. Jag hade kommit fram till en del med det material jag fått till mig och nästa steg skulle vara att kontakta kommunens ekonom och juristen Bosse. Jag skulle behöva informera Mia, men först tänkte jag att jag skulle ta ett snack med Calle. Jag messade honom att han skulle ringa mig när han kunde. Han ringde direkt.

"Jag satt bara och gick igenom alla mail, skönt med lite avbrott. Ska in i ett möte om tjugo minuter..."

"Ok." Jag berättade för honom vad jag kommit fram till att USB-stickan innehöll, bevis för hur Parisa förfalskat avtal för att dölja pengar som kom in i företaget genom affärer som antagligen inte var lagliga, hur hon fick leveranser från Afghanistan och Nederländerna och hur hon antagligen sålde arbetstillstånd till personer som registrerades på företaget, men som i själva verket inte jobbade där en enda sekund. Jag pratade snabbt och intensivt för att inte missa något och för att hinna berätta allt. Calle satt helt tyst och bara lyssnade.

När jag var klar brast han ut i ett stillsamt: "Wow!"

"Ja, jag vet."

"Vad gör vi nu?"

"Jag vet inte. Jag måste ju få hjälp av både ekonomen, vad heter hon? Och Bosse. Mia måste få reda på allt, det här är ju helt för mycket, vi måste ju stoppa dom. Typ NU!"

"Verkligen! Jag är på kontoret, jag kan leta upp Mia och be henne kontakta dig så fort som möjligt."

"Ja, det vore toppen! Då kan hon koppla ihop mig med de andra."

"Vet du vem informationen kommer ifrån?"

"Nä. Jag kan för mitt liv inte komma på det. Om det inte är Sami, men han har ju inte tillgång till sånt här, antar jag. Jag kan ju inte direkt fråga heller."

"Nä. Men Emma. Nu är det allvar. Du måste vara försiktig nu. Jag ska också jobba hemifrån imorgon, ska vi ta en lunch och gå igenom allt?"

"Ja, det kan vi göra."

"Ok, vi hörs imorgon då, jag ska gå och leta upp Mia nu direkt innan jag ska in i mitt möte."

Vi la på och jag väntade på samtalet från Mia. Det kom inte direkt, och jag började fixa i ordning en sallad till lunch till både Marko och mig. Precis när jag började hacka upp ett par tomater ringde Mia.

"Calle sa att du hade viktig information om Parisa?"

"Ja!" Jag drog samma info som jag gett Calle och Mia hummade och sköt in korta frågor under min berättelse. När jag berättat klart tystnade jag och väntade på Mias reaktion. Hon var tyst en lång stund.

"Hur sa du att du fått tag i all info?"

Jag berättade om den anonymt skickade USB-stickan, hur den bara dykt upp i ett vitt kuvert i vår brevlåda, adresserad till mig.

"Vi kan ju inte vara hundra procent säkra på att informationen stämmer, även om jag säkert tror det, men det kan bli svårt att använda som formella bevis. Låt mig tänka en sekund."

Hon blev tyst en stund och jag väntade, samtidigt som Marko kom ut i köket och fortsatte att skära upp tomaterna som jag övergett på skärbrädan. "Ok. Jag ska kontakta Bosse och även

Anne, ekonomen, så att de kontaktar dig, ni kan dela dokument via vår krypterade tjänst som vi har. Men jag behöver också få tillgång till USB-t rent fysiskt, så att IT kan titta på det, för att se om det finns någon info på det som kan säga vem det kommer ifrån."

"Ok. Jag ska träffa Calle imorgon, täcker det om jag ger det till honom då?"

Mia var tyst och funderade. "Ja, det får räcka. Jag ska prata med honom. Vi måste ju stoppa företaget också, det kan vi nog göra med det vi redan har, men nu känns det ju mer brådskande. Det här är antagligen sånt vi måste överlämna till polisen också."

"Ja, det skulle jag tänka mig att det är."

"Har du pratat med säkerhetsfirman?"

"Ja, igår." Jag berättade om Markos bil.

"Du måste var försiktig! Vi vet ju inte om det hängde ihop med ditt jobb, men det känns ju som ett sammanträffande, vem vet vad som pågår som vi inte vet om?".

Vi avslutade samtalet och jag satte mig vid köksbordet, där Marko dukat fram vår lunch.

"Sorry, var tvungen att dra allt för Mia."

"Ja, jag fattar!"

Vi åt salladen, och Marko frågade mig om lägenheten, hur stor den var, hur den såg ut, hur den kändes. Jag försökte så gott jag kunde beskriva den från minnet och kände, medan jag berättade, att jag så gärna ville ha den. När vi ätit klart bestämde jag mig för att jag skulle gå ut på stan, för att se mig omkring och för att handla lite. Jag kunde ju ta samtal var som helst, om Bosse eller Anne ringde idag.

TRETTIOFYRA

Det var kallt, fuktigt och gråmurrigt ute på Stockholms gator. Jag gick till Zinkensdamm och tog tunnelbanan in till Centralen. Jag behövde röra på mig. Det var en underlig och lite förlamande känsla att veta att man nu landat och skulle vara kvar här. Jag hade vant mig vid att landa på ett ställe, hitta guldkornen, planera dagarna jag skulle ha där, kolla upp rutten därifrån, och sen göra det mesta möjliga av min vistelse på det underbara ställe jag just befann mig på. Nu skulle jag vara i en vardag, som inte var vare sig färgstark eller magisk, även om den hade visat sig vara ganska spännande. Tanken fick mig att komma ihåg att jag skulle vara försiktig och jag såg mig omkring på Drottninggatan. Fanns det någon som var där för att hålla koll på mig? Jag såg inget som var speciellt mycket konstigare än vanligt och fortsatte mitt planlösa promenerande. Jag hade sagt att jag måste handla, men jag behövde ju inget och mindless shopping hade förlorat sin tjusning på mig. Kanske skulle jag köpa några saker till lägenheten om jag fick den, jag sände en tanke till universum som förklarade att jag verkligen ville ha den. Jag behövde bo själv. Visserligen var Marko fantastisk, men jag visste att han hade varit på väg från mig och dessutom behövde jag space att lista ut vad mitt nästa steg skulle vara. Skulle jag åka runt varje vinter i solen och sen komma hem och plasklanda i gråheten? Det var lite väl mycket chock för min del, men jag fick väl tänka ut en lämplig plan, för jag stod verkligen inte ut med Sverige hela vintrarna. Kallt och mörkt och ofattbart tråkigt. Jag fick syn på den lilla, lilla kinesiska affären som legat på samma ställe så länge jag kunde minnas och smet in där och köpte en liten flaska Patchouli, det var det enda stället som hade precis den patchouli som jag älskade. Doften fick mig att återuppleva mig själv som tjugo-åring, och jag la försiktigt ned den i väskan. Jag kanske skulle ta en kopp kaffe och bara betrakta världen omkring mig. Samtidigt som jag tänkte den tanken så ringde min mobil. Ett nummer jag inte alls kände igen.

"Hej! Är det Emma Ramström?"
"Ja?"
"Ja, hej, det här är Birgitta Karlsson, jag ringer från Bostadsförmedlingen."
"Jaha, hej!" Oj, det här hade jag inte väntat mig.
"Ja, vi brukar ju inte ringa till de som blivit erbjudna bostad, men eftersom det är inflyttning så snart och de två som stod före dig i kön har tackat nej så ringer jag för att vi ska få besked fortare. Så nu undrar jag om du fortfarande är intresserad av lägenheten på Heleneborgsgatan?"
"Åååååh, JA! Jag vill jättegärna ha den!"
Birgitta skrattade åt min entusiasm. "Ok, vad bra! Då skickar jag över ett erbjudande som du måste tacka ja till, sen mailar jag över information. Du kommer att få ett hyresavtal och mer information från hyresvärden."
"Tack! Du gjorde min dag såååå mycket bättre! Och jag får flytta

in 1 april?"

"Ja, det stämmer. Den står ju tom, så du får göra upp med hyresvärden när du kan få tillträde."

"Underbart, tack!"

"Tack själv. Jag skickar över erbjudandet på en gång."

Jag la ner mobilen i min Fjällräven och gick med snabbare steg mot Åhléns och tog rulltrapporna upp till deras restaurang. Jag köpte en latte och en kanelbulle och satte mig i hörnet vid fönstret, där det var lite lugnare. Jag tog upp mobilen och såg att det kommit ett mail från Bostadsförmedlingen. Det var erbjudandet och jag gick direkt in och klickade ja. Wow! Jag skulle flytta om två veckor. Min spontana reaktion var att ringa Marko, men jag behärskade mig. Jag fick skärpa mig och bli bättre på att höra av mig till mina andra vänner. Jag letade upp Klaras nummer och ringde henne.

"Emma! Det var inte direkt igår!" Jag hörde en svag förebråelse i hennes röst och ja, jag visste att jag varit urkass på att höra av mig under resan.

"Hej Klara! Förlåt att jag varit så dålig på att höra av mig! Hur har du det?"

Hon skrattade. "Ja, du har verkligen varit urdålig på det, men jag fattar, resan har slukat hela din uppmärksamhet."

"Ja, resan och jobbet." Och lite annat, tänkte jag. Livet typ.

"Jag mår bra! Är precis på väg hem från jobbet."

"Men åh, kan du inte komma förbi Åhléns city så kan vi ta en fika?"

Jag hörde hur Klara tänkte. "Hm. Ja, ok. Jag kommer, är där om 10 minuter då."

"Men wow! Vad roligt, jag sitter längst inne i hörnet, vid fönstret."

"Ok, vi ses strax då."

Jag tänkte på Klara. Klara som var så mycket försiktigare än vad jag var, som funnits i mitt liv för alltid, kändes det som. Hon visste det mesta om mig, och fanns alltid. Även om vi inte umgicks jättemycket sen vi fick barn, och det var ju ett tag sen vid det här laget, så var det en person som alltid skulle finnas i mitt liv. En bekräftelse från Bostadsförmedlingen dök upp i mailen. Det dansade i hela kroppen, plötsligt kändes vardagen inte lika trist längre. Jag skulle få en egen lägenhet, där jag kunde göra precis vad jag ville.

En kvart senare dök Klara upp. Hon såg fantastisk ut, som alltid, med sitt långa bruna hår och sina mörka ögon. Vi kramade om varandra och hon slog sig ned med sin tekopp och ostfralla.

"Hur har du haft det?" var hennes första fråga.
Jag skrattade. "Ja, den frågan är, som du förstår, omöjlig att svara kort på. Men. Underbart. Fantastiskt. Amazing."
Hon skrattade. "Ja, jag fattar. Här hemma har det varit kallt och mörkt och det har inte hänt så mycket."
"Nej, det är svårt att förstå att så olika världar finns parallellt hela tiden."
"Mmm. Men jag har haft det bra, inga omvälvande livshändelser, men det rullar på."
"Jag ringde dig för att berätta att jag fått en lägenhet!"
"Va??? Men Marko?"
"Vi har pratat ett tag om att dela på oss."
"Wow, det hade jag INTE väntat mig."
"Nä. Han träffade nån ny när jag var borta. Det är slut nu, men det är ju ett tydligt tecken. Jag hade en liten fling också". Jag log när jag tänkte på Wayan.

Vi pratade vidare och jag berättade valda delar om resan, men mest pratade vi om lägenheten och Marko. Jag snuddade vid jobbet också och vad som hänt med Markos bil. Klara berättade att hon skulle börja plugga och att hon och Peter gick i parterapi sen några månader tillbaka. Det var härligt att prata med Klara, vi bara fortsatte där vi hade slutat på något sätt. Även om vi inte hördes på ett tag så kunde vi för det mesta ändå bara fortsätta på vårt samtal och vår relation där vi hade slutat sist vi sågs. Det var också skönt att få berätta för någon annan än Marko om lägenheten, med Marko fanns det ju komplikationer, Klara tog det ju bara för vad det var, en ny lägenhet, en förändring, en start på något nytt. Marko såg det nog mer som ett avslut på något gammalt. Vi pratade länge, men till sist var det dags att åka hemåt, Klara skulle träffa Peter och jag skulle väl ta itu med samtalet med Marko. Det kändes lite i magen, det var inget jag såg fram emot. Vi tog tunnelbanan tillsammans, jag gick av vid Zinkensdamm och Klara fortsatte till Liljeholmen, där hon bodde nu för tiden.

Jag gick sakta mot lägenheten. Jag hade inte handlat något alls, förutom min lilla flaska med Patchouli, jag hade bara behövt komma bort. Varken Bosse eller Anne hade ringt heller, så jag fick leva i ovisshet om hur jag skulle gå vidare med all information jag fått. När jag kom upp för trappan och skulle låsa upp vår ytterdörr såg jag ett stort rött kryss på vår dörr, antagligen målat med sprayfärg. Vad var detta? Jag rotade fram nyckeln och skyndade mig in och låste ordentligt efter mig.

"Hallå?"

Inget svar. Var Marko inte hemma än? Jag drog fram mobilen och ringde upp honom.

"Har du varit hemma?"
"Ja!!! Vad är det som händer?"
"Fan, jag vet inte! Var är du?
"Jag stack till polisstationen, det kändes inte bra att vara hemma, jag är på väg hem nu!"

"Skönt, skynda dig!"

Vi la på. Vem hade målat ett kryss på vår dörr? Och varför? Vad var det här? Vad hade jag hamnat i? Tusen frågor snurrade i huvudet, och en överväldigande känsla av att vilja bort från lägenheten kom över mig. Jag hörde fotsteg utanför dörren och stelnade till, men slappnade av när nycklar rasslade i låset, och Marko klev in. Vi stirrade på varandra.

"Vad gör vi nu?" undrade Marko.
"Jag vill inte vara kvar här!"
"Nä, inte jag heller! Vi packar ihop några grejer och drar."

Jag tog fram min älskade rygga, jag var ju van att packa lätt och snabbt, värre var det med Marko som irrade omkring och inte visste vad han skulle ta med sig.

"Ta bara det nödvändigaste, vi får tänka sen på vad vi ska göra och vad vi behöver."
"Vart ska vi ta vägen?"

Det hade jag inte tänkt på, jag ville bara bort. Klara gled förbi i tankarna, men det kändes ju inte bra att utsätta henne för eventuella risker.

"Vi tar in på ett hotell för en natt, så kan jag ringa säkerhetsfirman och höra hur vi ska hantera allt."
"Ok."

Vi låste dörren och skyndade iväg ner för trappan. Inget farligt hade ju hänt, men känslan av obehag ökade hela tiden. Någon ville verkligen visa oss att de hade koll på oss. Vi gick till Markos repade Tesla, och satte oss i den. Jag tog fram mobilen och kollade hotell, det var fullbokat på de flesta, men jag hittade ett rum till oss på Adlon i City, och bokade det på Booking, där jag hade rabatter efter alla mina resor.

Marko körde sakta och försiktigt, som om han måste tänka på varje moment i körningen. Vi satt tysta och stirrade tomt framför oss. Jag undrade verkligen vad det var som hände, kunde det verkligen vara Parisa och Yasin som låg bakom de här, ändå ganska barnsliga, hoten? Att repa en bil och spraya ett rött kryss på en dörr kändes väldigt amatörmässigt. Jag fick prata med Lasse på säkerhetsfirman om det. Jag tittade ut genom bilfönstret på Stockholm, lampor som speglades i vatten, vackra hus, människor som skyndade hit och dit, byggen som sov för natten. Var det här jag hörde hemma? Jag visste inte längre. Det hade ju varit betydligt enklare om jag varit på till exempel Maldiverna nu.

"Vad tänker du på?" undrade Marko plötsligt.
"Jag vet knappt, allt snurrar i huvudet. Är allt det här mitt fel?"
"Tror du att det har att göra med ditt jobb?"
"Jag vet inte vad det annars skulle handla om? Vem skulle vilja måla ett kryss på vår dörr?"
Marko skrattade torrt. "Nä. Ingen, typ."

Jag visste inte om jag skulle säga något om lägenheten, så jag väntade lite. Just nu kändes det som om jag smet från farozonen genom att flytta, och så var det ju egentligen inte alls.

Vi kom fram till hotellet. Jag gick in och checkade in oss, medan Marko väntade i bilen på gatan. Jag frågade om parkeringsplatser som hörde till hotellet och gick sen ut till Marko och vidarebefordrade instruktionerna.

"Jag väntar i lobbyn." Jag tog min ryggsäck och slängde vant upp den på ena axeln och gick in på hotellet igen. Jag såg mig noga omkring på de människor som fanns i närheten. Men hur skulle jag kunna veta om någon av dem följde efter mig? Ingen såg ut att ha speciell koll på mig, men jag gissade att OM det var någon som följde efter mig, så skulle de vara skickligare än så. Marko kom efter bara några minuter.

"Gick det bra?"

"Yes. Det blir toppen, nu är bilen inlåst och safe."

Vi tog hissen upp till fjärde våningen där vårt rum var, jag låste upp dörren med nyckelkortet, och vi gick in i ett rum med en stor dubbelsäng, två fåtöljer och ett litet bord, och inte så mycket mer. Det fanns en TV, ett minimalt skrivbord och lite turistbroschyrer på bordet. Marko slängde sig på sängen.

"Ja, såhär hade jag ju inte tänkt mig kvällen precis."

"Nä." Jag funderade en stund. "Men vad hade du tänkt då?"

Han sneglade på mig. "Jag hade tänkt att vi skulle käka något gott och hinna prata, ordentligt."

"Mmm." Jag tittade ned i golvet. Jag var tvungen att berätta om lägenheten, det skulle bli väldigt konstigt annars. "Jag fick lägenheten. Jag har tackat ja idag." Jag tittade upp mot Marko. Han tittade forskande på mig.

"Jaha" sa han bara. Plötsligt långt ifrån mig. Kanske sårad? Kanske besviken? I alla fall inte nära längre. Allting hade blivit så rörigt och det kändes svårt att styra upp det som situationen var nu.

"Jag ska ringa säkerhets-Lasse" sa jag och rotade fram mobilen. Lasse svarade efter två signaler, satt han alltid redo? Jag berättade om det röda krysset som spraymålats på vår dörr, att vi tagit in på hotell och att vi nu inte hade en aning om hur vi skulle hantera situationen. Lasse undrade om vi var ok, om någon behövde komma. Jag frågade Marko, men ingen av oss kände oss så rädda att vi behövde en barnvakt.

"Ni måste anmäla till polisen också, så det finns dokumenterat vad som hänt" sa Lasse. "Sen gissar jag att er hyresvärd vill bli informerad också, men det kan vänta till imorgon.
"Kan jag anmäla till polisen via nätet?" undrade jag.
"Ja, det funkar, var detaljerad bara" svarade han.

Vi bestämde att höras imorgon igen och la på. Marko var fortfarande lite reserverad, och vi försökte finna oss till rätta i det lilla rummet. Två vilsna själar, i alla fall just nu. Jag ville inte vara i den här utsatta situationen. Jag ville glädja mig åt min lägenhet, prata ut med Marko, anpassa mig till att komma hem. Istället blev allt bara snurrigt och fel.

"Ska vi gå ner och käka något i baren?" frågade jag Marko.
"Mmm, det kan vi göra" sa Marko lite tveksamt. Men vi måste ju ändå äta.

Vi tog hissen ner, hotellbaren var tom så när som på en ensam man inne i hörnet, som såg ut att ha suttit där alldeles för länge, han liksom slokade, med två urdruckna ölglas på bordet framför sig. Marko beställde en burgare och jag en räkmacka och vi slog oss ned vid ett litet bord och tittade på varandra. Var det nu pratet äntligen skulle bli av?

"Ok, Emma. Ska vi lägga alla kort på bordet?"
"Ja, det är väl dags för det."

Marko berättade om den överraskande ensamheten som hade uppstått när jag gav mig iväg. Hur han nästan drabbats av ensamhets-panik och i den vevan träffat Lina, en glad tjej som fick honom att känna att allting var roligt igen. Ett tag. Det hade sen visat sig att hon hade mycket mer framåtfart än Marko, och de hade delat på sig ganska fort igen. Han ville ju mest ha någon för att mota bort ensamheten, och kanske mota bort längtan efter mig med också.

Jag försökte berätta om resan, om min inre resa och tryggheten som jag hittade inom mig, känslan av att alltid ha allting med sig, vart man än reste. Jag tvekade innan jag berättade om min korta story med Wayan, och kom fram till att den fick vänta ännu lite till. Jag skulle berätta, men det var något som jag inte förstod som fick mig att vänta.

Jag försökte formulera den lättnad jag känt när Marko hört av sig och ville att vi skulle dela på oss, men på ett sätt som inte sårade honom. Längtan efter frihet var just nu oändlig hos mig, och det försökte jag uttrycka i ord, som inte fick samma lätthet som jag hade önskat, men orden kom ut i alla fall. Maten kom in, vi åt och vi fortsatte prata. Servitören kom och undrade om vi ville ha något mer, jag tog en kopp te och Marko en öl. Och vi fortsatte prata, rätade ut frågetecken, fastnade på vissa punkter och släppte dem tills vidare. Det var så skönt att få lägga saker och ting på bordet. Nästan allt. Jag fick lite dåligt samvete att jag inte berättade om Wayan, och jag visste inte riktigt vad det var som tog emot, men jag lovade mig själv att jag skulle göra det vid nästa tillfälle.

När ölen var uppdrucken och det bara var en skvätt te kvar i min kopp reste vi oss och åkte upp till vårt rum. Vi var båda utmattade, dels av dagen, dels av rädslan, dels av vårt uttömmande samtal. Vi gjorde oss i ordning för natten och gick och la oss på varsin sida av dubbelsängen och jag somnade nästan direkt.

TRETTIOFEM

Jag vaknade tidigt på morgonen dagen efter. Marko sov
fortfarande, jag tog en lång dusch och tankarna snurrade. Var det
verkligen det här jag velat komma hem till? Att behöva gömma sig
på ett hotell, på grund av ett jobb? Det var ju inte mitt fel att ett
USB landat i min brevlåda och jag kände mig lite trött på allting,
men blev samtidigt arg. De skulle inte ge sig på mig!
När jag kom ut ur duschen hade Marko vaknat och låg och
blippade på sin mobil.

"Gomorron" sa han.
"Hej" sa jag. "Har du sovit gott?"
"Nja, sådär. Mycket att tänka på."
"Mmm. Känns det ok?"
"Jarå! Hur känns det för dig då?"
"Skönt att vi pratade igår, det känns skönt att vi vet var vi har
varandra."

"Ja. Men vi pratade aldrig om hur vi ska ha det framåt."

Nej, det hade han rätt i, dit hade vi aldrig hunnit. Jag skrattade lite.

"Nä. Men vi vet ju att jag flyttar om ett par veckor, och vi får ju fortsätta att prata tills vi pratat klart."

"Men ska vi dela på oss eller fortsätta vara ihop?"

"Vi får väl se? Vi tar en sak i taget."

Jag började klä på mig de kläder jag rafsat med mig hemifrån igår. Marko tog en dusch, och vi gick ned och åt en härlig hotellfrukost. Det var vi verkligen värda. Plötsligt kändes det som förr, vi fnissade åt andra gästers lustiga beteende och skojade om allt vi såg. Vi hade alltid haft väldigt roligt tillsammans. Efter frukosten åkte vi upp till rummet, för att ta itu med dagen. Jag fyllde i en polisanmälan och Marko ringde till hyresvärden, som inte blev jätteglad. Jag ringde säkerhets-Lasse för att höra hur jag skulle bete mig idag.

"Har du möjlighet att åka till kontoret idag?" undrade han.

"Ja, visst, det kan jag göra."

"Bra! Då kan vi ses där och göra upp en plan framåt."

"Marko då?"

"Jag tror inte att det är någon fara för honom i nuläget."

"Men de gav sig på hans bil. Kanske."

Lasse var tyst, jag gissade att han funderade. "Låt mig prata med honom" sa han efter en stund. Jag lämnade över telefonen till Marko och de samtalade i ett par minuter, sen gav Marko tillbaka telefonen.

"Ok, vi kommer att hålla kontakt med Marko också, men du och jag ses på kontoret. När kan du vara där?"

Jag kollade på klockan. "Om nån timme kanske?"

"Ok, jag letar upp dig då."

Ingenting var som vanligt. Vad nu vanligt var, det kändes som om jag höll på att totalt tappa fotfästet. Både på ett bra och på ett dåligt sätt. Jag skulle vara tvungen att se till att det bra sättet vann.

Dagen fortsatte i rasande takt. Ett enkelt rödmålad kryss på en dörr på Kristinehovsgatan skapade stort tumult, både bland kommunala tjänstemän, och hos mina nära. Plötsligt började min telefon plinga oavbrutet med meddelanden som frågade om jag var ok. Jag satte telefonen på "Do not disturb" och försökte få ordning på oredan som krysset hade skapat. Jag lämnade över materialet jag fått anonymt till arbetsgruppen, så det inte bara var jag som hade det. Jag lämnade det också till säkerhets-Roger, för att de skulle forska i om de kunde se var det kom ifrån. Om det nu var från någon i Parisas organisation och om det var dom som var ansvariga för krysset och repan, så undrade jag hur de hade fått reda på att jag hade informationen. Sami gled förbi i mitt huvud och jag tänkte att jag skulle kontakta honom, men ville först kolla av med Roger att det var ok. Bikini-beachen på Maldiverna glimrade förbi i tankarna, och jag tänkte att jag kanske kommit hem för tidigt? Marko och jag hördes då och då under dagen, men han var på sitt jobb, och där var det lugnt. Polisen hade också hör av sig för att bekräfta anmälan, men där skulle det väl inte hända något på ett tag, gissade jag. Mia hade samlat hela arbetsgruppen och instruerat oss att ligga lågt medan allt det här utreddes av säkerhetsfirman. Hon informerade om att hon lämnat över materialet som jag fått till juristen Bosse och ekonomen Anne och att det, tillsammans med det underlag om företaget Omsorg & Omtanke, som vi redan tagit fram var helt tillräckligt att gå vidare med. Vi behövde inte göra något mer med materialet just nu, utan fick invänta hävningen av företaget och eventuell kommande rättsprocess. Men just nu hängde allt på vad säkerhetsfirman hittade, det fick styra hur vi kunde gå vidare.

I slutet av dagen samlade säkerhets-Roger och säkerhets-Lasse arbetsgruppen i ett rum och vi fick beskedet att de hade gjort en snabb säkerhetskontroll av personer med kopplingar till Parisa och Yasin och att det de hade hittat inte var speciellt upplyftande, det fanns tydliga kopplingar till grovt kriminella nätverk på individnivå, sådant som vi inte hade kunnat hitta, men som säkerhetsbolaget hade andra möjligheter och resurser att få fram. De visste inte vem som skickat informationen till mig, men gissade också på Sami, och misstänkte att han kunde vara i riskzonen just nu, så de ville inte att jag skulle kontakta honom över huvud taget, utan invänta att han eventuellt kontaktade mig. De gav mig ett personlarm som var kopplat direkt till deras säkerhetscentral, och erbjöd detta även till övriga i arbetsgruppen, men de avböjde. Jag tänkte på Marko, men Roger bedömde det inte vara någon direkt fara för honom. Jag undrade om vi kunde vara i lägenheten, och det trodde både Lasse och Roger, men de uppmanade till uppmärksamhet och försiktighet.

Mia hade under dagen haft intensiv dialog med Bosse, och nu skulle alla anmälningar till polis och andra myndigheter göras på en gång, nu fick det vara nog, tyckte hon. Att ett företaget kunde bedriva hemtjänst i syfte att värna om behövande äldre kändes inte lämpligt, och anmälningarna kunde inte skjutas upp längre.

Vilken dag! Jag ringde Marko vid fyra-tiden och frågade om vi skulle ses hemma. Han var redo att åka hem, och jag tog tunnelbanan, och vi bestämd att ses i lägenheten. Jag tog tunnelbanan till Zinken och gick mot vår gata. Jag tittade bakom mig och där gick en stor svartmuskig man kanske tio meter bakom mig, kunde han följa efter mig? Jag svängde in till vänster på en gata som jag inte brukade gå, och tog en omväg hem. Mannen följde efter mig. Det kunde ju vara en slump, men mitt hjärta började slå snabbare och jag tog upp mobilen, för att ha den lätt tillgänglig. Jag kände på larmet som jag hade i fickan. Jag kände hur mina steg blev snabbare och snabbare, och jag tog ännu en omväg, som skulle innebära att jag gick i cirklar. Om mannen följde efter mig nu så skulle jag veta att han var ute efter mig. Det gjorde han. Jag ringde snabbt upp Marko och pratade så tyst jag kunde med honom.

"Någon följer efter mig…"
"Var är du?" frågade han oroligt.
"På väg hem från tunnelbanan."
"Ok, jag är hemma, jag kommer och möter dig."

Jag berättade exakt var jag var och efter bara ett par minuter kom Marko skyndande mot mig. Han tittade bakom mig och såg en man dyka in i en port längre bort. Jag vände mig om. Mannen var borta.

"Hjälp alltså! Tack för att du kom!"
"Ja, självklart!"

Vi skyndade hem och jag drog en kort sammanfattning för Marko om dagen på jobbet, visade mitt personlarm och berättade om de kommande anmälningarna och företagets koppling till de kriminella nätverken. Marko var ovanligt tyst.

När vi kom upp för trappan till vår fortfarande kryssmarkerade dörr frågade han: "Men vad ska vi ta oss till?"
"Jag vet inte. Jag hoppas att de glömmer oss nu, när de får annat att tänka på och andra människor att rikta in sig på."
"Kan vi bo i lägenheten?"
"Ja, jag tror det, så länge vi har koll på varann och är försiktiga. Bollen är ju satt i rullning nu."

Vi stannade hemma i lägenheten hela kvällen och slängde blickar ut genom fönstret mot den nu mörka gatan, för att se om vi såg mannen som kanske följt efter mig, men det var svårt att säga på avstånd i mörkret. Vi kände oss trygga i lägenheten i alla fall. Calle ringde och kollade läget, annars var det lugnt, och vi gav oss in i diskussionen om vår separation istället. Jag ville egentligen inte ta med mig något alls från lägenheten, utom de saker som jag ärvt, men jag insåg att jag inte skulle ha råd att möblera upp en hel lägenhet just nu, och att det därför var mest praktiskt om vi delade lite på alla saker vi hade tillsammans, och det var massor! Så många prylar. Prylar som jag under resan insett egentligen inte betydde någonting alls. Men jag ville såklart ha ett hem som kändes som hemma, så vi försökte tillsammans se logiskt på situationen, utan att blanda in "hur ska det gå sen då?". Vi nämnde barnen lite snabbt, vi var ju tvungen att berätta för tjejerna rätt snart, jag skulle ju faktiskt flytta redan om två veckor. Jag hade ju redan pratat med mina killar. Vi bestämde att vi skulle bjuda hem dem alla på middag i helgen som kom. Det kändes inte helt säkert att gå ut och käka just nu, men hemma skulle ju funka finfint för en middag. Marko var lite nedslagen, han hade varit så glad åt att ha mig hemma och nu försvann jag igen. Jag försökte trösta honom med att jag bara skulle komma att vara några minuter bort, men förstod självklart att det inte var samma sak. Men jag ville bara ha mitt eget, känslan var så stark nu. Vi la oss och somnade i varandras armar, situationen var så underlig, så overklig, allting var en enda röra i mitt huvud. Att komma hem, att separera, de presumtiva hoten, att bli förföljd och att behöva gå omkring med ett personlarm.

TRETTIOSEX

När mobilen väckte mig morgonen därpå såg jag att det kommit ett mail från Sami, personen som jobbat på Omsorg & Omtanke. Vad ville han? Jag klickade snabbt upp mailet.

Jag har mer att berätta om Parisa och Yasin. Är du hemma nu? Kan vi ses idag?

Oj. Det var jag inte beredd på. Skulle jag våga ge mig ut för att träffa Sami. Jag kunde ju inte sitta i lägenheten och vara rädd. Jag skickade iväg ett meddelande till Lasse, min kontaktperson, och undrade om det var ok att jag träffade min "insider" under dagen, sen gick jag upp och satte på kaffe. Marko kom uppsnubblandes strax efter mig och gav mig en kram.

"Emma... Jag kommer att sakna dig så, det vet jag ju redan, av erfarenhet."

"Ja. Jag kommer att sakna dig också. Men jag måste göra det här."
"Ja, jag vet." Han suckade och vände ryggen mot mig och plockade fram ost och smör ur kylen. Det plingade till i min mobil. Det var Lasse, som inte tyckte att det var toppen att jag skulle träffa Sami, och tyckte att jag skulle ha någon med mig. Jag svarade att det var ok. Han skickade ett nummer som jag kunde bestämma tid med, så skulle jag få skjuts. Jag skickade iväg ett snabbt mail till Sami att vi kunde ses idag, på platsen har föreslagit.

"Vad händer?" undrade Marko.
"Jag ska träffa Sami idag, han mailade mig, men jag får en säkerhetssnubbe med mig."
"Men är det så himla smart att träffa honom nu?"
"Nja. Men han skrev att det var viktigt och att han hade ny info. Det kanske kan hjälpa oss att få slut på det här fortare?"
"Hm." Marko hummade skeptiskt. "Jag gillar det INTE."
"Jag ska vara försiktig" lovade jag.
"Well, du är ju unstoppable, så jag fattar att det inte är nån idé att tjata." Han sneglade mot mig och log. "Det är lite av din charm."
Jag skrattade. "Ja, jag är hopplös."

När allting var ordnat för min avresa mot träffen med Sami, så kände jag att det var riktigt pirrigt. Jag var både nyfiken, lite rädd och tyckte att allting var ganska spännande. En mörk Volvo kom och hämtade upp mig, med en tystlåten chaufför som presenterade sig som Haris. Han såg ut att vara i trettioårsåldern. Vi körde under tystnad mot Hammarby sjöstad, där Sami velat träffas. Det var mycket trafik, så det tog längre tid än det borde.

"Kommer du att ha koll på mig under hela mötet?" frågade jag Haris.

"Ja, självklart" svarade han formellt.

Snart var vi framme i kaoset runt Hammarby sjöstad, byggen pågick överallt och varenda gång man kom hit hade något förändrats. Det var länge sen jag var här, och jag kände knappt igen mig. Sami hade gett mig en adress, och det visade sig vara längs en väg där det låg bilfirmor och andra suspekta företag. Jag mailade Sami. *Här nu!* Sen såg jag mig omkring. Det verkade vara lugnt inne på de stora gårdarna utanför de företag som fanns där, det låg byggskräp och metallskrot överallt. Plötsligt såg jag någon glida ut från öppningen i stängslet, kunde det vara Sami? Jag hade ju bara sett honom på datorn.

"Jag tror det är han" sa jag till Haris och öppnade bildörren. Haris nickade bara till svar, han var på helspänn nu såg jag, och hade stenkoll på Sami som kom närmare bilen.

Jag ställde mig upp och tittade på figuren som närmande sig, han hade upptäckt mig nu också.

"Emma?"
"Yes."
"Ah, hej." Han såg sig oroligt omkring. "Kan vi gå en bit bort?"
"Ja." Jag kände i fickan så att jag hade larmet med mig, och Haris hade ju koll på mig nu.

Vi gick tysta bredvid varandra ett hundratal meter bort längs vägen och stannade där vi var skymda av buskar på ena sidan vägen. Sami tittade på mig. Hans blick var nervös och han tittade hela tiden runt omkring sig, han såg trött ut.

"Är allt ok?" undrade jag.
"Jarå."

"Hade du ny info?"

"Ja." Han tvekade. "Det handlar mest om Parisa."

"Ok." Det verkade trögt att få ur honom information och hans nervositet verkade bara öka. Han fingrade nervöst med sina nycklar och såg sig hela tiden omkring.

"Jo, alltså…"

"Ja?"

Han började prata alldeles för fort och berätta saker som jag knappt ens hann uppfatta, men förstod att det på något sätt handlade om de kopplingar som fanns mellan Parisa och Yasins Omsorg & Omtanke och ett av de kriminella nätverken. Precis som vi trott.

"Vänta, vänta, sakta ned lite, jag hänger inte med."

"Emma, du vet att de har väldigt mycket makt va?"

"Va? Ja…"

"Kanske bäst om du backar lite i din utredning?"

"Va?"

"Ja, alltså, de har ju tunga snubbar på sin sida."

"Men vad menar du? Ska jag bara lägga ner?"

Sami ser sig återigen nervöst omkring. "Ja" säger han svagt, nästan ohörbart.

"Men va?" Nu gällde det att tänka snabbt. Vad var det här? Jag försökte se situationen objektivt. Jag blir utlurad i buskarna på ett halvskumt ställe, jag får en massa insider information, men samtidigt nästan ett subtilt hot. Vad betydde allt det här? "Varför ville du träffa mig?" frågade jag igen.

"Jag hade ju mer info!"

"…men du vill inte att jag använder den?"

"Alltså…" Han hittade inte orden. "Eh… jag vill bara att du tänker på att de har mycket makt…"

"Men vad menar du?" Jag såg hur Samis blick flackade och hur han oroligt såg sig omkring.

"Jag ville bara träffa dig och säga att de är farliga. På riktigt."

"Och den nya infon?"

"Använd den inte!"

"Men du berättade...?"

"Ja, men alltså..."

"Har dom sagt åt dig att varna mig?"

"Eh..."

Jag tog det som ett ja. Alltså det här var inte alls bra! "Sami."

"Yeah..."

"Är du farlig för mig?" Samtidigt som jag sa det så såg jag Haris smyga omkring en bit bakom Sami, han tittade lite frågande på mig, men jag ignorerade honom. Sami behövde inte få veta att han fanns där. Ännu.

"Näää, Emma. Jag är inte farlig. Men det finns andra som är."

Han flackade återigen med blicken.

"Och det du berättade nu? Om kopplingarna till nätverken?"

"Don't use it. Men nu vet du. Akta dig."

"Ok. Jag fattar. Jag vet inte vad jag ska säga."

"Nä. It is what it is. Jag måste dra tillbaka."

"Ok. Var rädd om dig!"

"Du också, Emma, du också!"

Han smet iväg samtidigt som han noga såg sig omkring, men tydligen verkade det lugnt, för han lufsade iväg åt samma håll som han kom ifrån. Haris gled tyst fram till mig. Han gled verkligen, undrar var man fick lära sig sådant?

"Allt ok?" frågade han och tittade forskande på mig.

"Jag vet faktiskt inte. På något vis varnade han mig, eller hotade mig, men samtidigt berättade han massa saker. Men som ett hot. På något vis." Jag kände att jag pladdrade.

Haris nickade eftertänksamt. Han var inte av den pratsamma

sorten. "Bäst att du snackar med Lasse om det sen."
"Ok" sa jag bara och vi gick mot bilen.
"Hur länge ska du vara min babysitter?" undrade jag när vi satte
oss i bilen.
"Så länge det behövs." Han startade motorn. "Var ska vi nu?"

Jag funderade. Skulle jag åka till kontoret eller hem? Jag tänkte
kontoret, för att lämna ifrån mig allt och känna mig safe. Jag
meddelande Haris mitt beslut och han styrde mot kontoret. Det
snurrade i huvudet. Det var så skönt att få bekräftat att våra
antaganden om kopplingarna till de kriminella nätverken stämde,
och kanske till och med var värre än vad vi trott, men samtidigt
var det ju oerhört obehagligt. Ett hemtjänstföretag med
kopplingar till grov gängkriminalitet. Samtidigt som jag ville ta
avstånd så ville jag gräva vidare om det här. Jag hoppades att alla
var på kontoret, så jag kunde informera dem.

Haris bromsade mjukt in utanför byggnaden. "Jag väntar här
utanför."
"Men jag kanske är här flera timmar."
"Jag väntar."
"Ok."

Jag hoppade ur bilen och gled in i byggnaden och tog hissen upp.
Den första jag såg när jag krånglat mig in med passerkortet var
Calle. Underbart! Jag gick fram till hans skrivbord och han lyste
upp. "Emma! Läget?"
"Kom!" Jag pekade mot ett av de små mötesrummen. "Vi går in
där."

Calle kom snabbt efter, och vi satte oss vid det lilla runda bordet.
Jag berättade om de senaste händelserna och jag såg hur Calle
tappade hakan.

"Men Emma är du galen att åka iväg på såna där grejer ensam? Vad sa Marko?"

"Ja, det kanske var lite dumt" erkände jag. "Men nu vet vi. Vi vet att vi hade rätt."

"Ja, men det känns som om vi måste släppa det här nu, och låta juristerna jobba vidare med det här".

"Verkligen. Men man blir ju lite sugen på att rota vidare också" log jag.

Calle tittade oroligt på mig.

"Nej, jag ska inte". Inte nu i alla fall, tänkte jag för mig själv.

TRETTIOSJU

Det blev en intensiv dag på kontoret. Efter att jag meddelat
Marko att jag var safe och att jag skulle berätta allt när jag kom
hem, pratade jag med Mia, juristen Bosse och med arbetsgruppen.
Alla var överens om samma sak, nu fick hävningen av företaget
och en eventuell fortsatt rättsprocess ha sin gång. Alla
anmälningar som vi hade tänkt göra till polisen och andra
myndigheter, var nu gjorda och nu skulle vi avvakta lite och ligga
lågt. Vi bestämde tillsammans i arbetsgruppen att jag skulle
meddela Sami att vi inte jobbade vidare med företaget, det verkade
ju som om han nu var avslöjad och utsänd av Parisa och Yasin.
Jag ringde till Lasse och frågade hur jag skulle agera nu, och han
gav mig rådet att vara försiktig, att fortsatt hålla kontakt med dem
och att inte göra något överilat. Jag tänkte att jag skulle ta ledigt
några dagar och ägna mig åt att packa och förbereda flytten, Lasse
tyckte att det lät som en ypperlig idé.

Efter några timmar gick jag ned till Haris och frågade om vi skulle käka lunch, men han hade redan ätit en smörgås i bilen. Jag bad honom köra mig hem och messade Marko att jag åkte hem nu. Resan gick fort och var helt ospännande. Jag tackade Haris för idag och han pep iväg när han såg att jag gått in i porten.

När jag kom fram till vår ytterdörr såg jag att någon, antagligen någon från hyresvärden, varit och gnuggat bort krysset, så att det nästa inte syntes längre. Det kändes ju skönt.

Jag tog en macka och bestämde mig för att börja packa, för att skingra tankarna, så jag stack iväg ner i källaren för att hämta upp ett gäng gamla flyttkartonger som vi hade där. Jag kände hur jag hela tiden såg mig över axeln, men bestämde mig för att inte vara rädd.

Jag fällde upp den första flyttkartongen i vardagsrummet och blev sen sittandes i soffan en stund. Var skulle jag ens börja? Eftersom inte Marko var hemma så fick jag ju börja med de saker som var mina personliga, saker som jag fått och alla andra småpryttlar som hörde till mig. Det var många saker. Jag fällde upp en kartong till för att lägga sånt som jag skulle ge bort i, den fylldes fort. Jag ville göra mig fri och känna mig lätt och glad. Det kändes som om sakerna tyngde mig, drog ned mig och höll mig fast. Alla händelser sen jag kom hem hade fått mig att tappa fokus, att fångas i det som hände och jag hade inte riktigt hunnit känna efter vad det var som hände nu. Marko hade varit med mig och jag hade inte varit ensam tillräckligt mycket, som jag nu vant mig vid. Så nu var det underbart att få ha en stund hemma för mig själv med tankar och utan måsten. Jag släppte jobbet och hoten i tankarna, jag fick tänka på det sedan, och satte mig i soffan och såg mig omkring. Jag ville känna efter om det var något jag verkligen, verkligen ville ha av alla möbler och saker här. Jag skulle köpa en del nytt, en säng, ett skrivbord och en bra stol. Vad behövde jag mer? Jag fick vänta tills Marko kom hem för att höra vad han tyckte, men det var skönt att hinna känna efter själv först. Kanske hade han redan tänkt någonting? Den gamla byrån som jag ärvt av någon skulle såklart få följa med.

Jag plockade ut mina böcker ur bokhyllan och packade dem i pappkassar. Jag plockade fram mina kläder och la alltihop i soffan. Det var mycket. Skulle jag rensa nu eller sedan? Jag bestämde mig för sedan, eftersom jag insåg att jag skulle rensa bort för mycket annars. Just nu ville jag inte ha nånting, men jag fattade ju att jag behövde en del. Jag tittade i köksskåp och lådor och tänkte att vi fick dela upp köksutrustningen, jag behövde visserligen inte speciellt mycket, men jag kunde ju inte köpa allt nytt. Och mycket var sånt som jag haft med mig när vi flyttade ihop.

Marko kom hem till ett komplett kaos några timmar senare. Han tittade sig förvånat omkring.

"Här är det full rulle ser jag."
Jag skrattade trött. "Ja, men nu orkar jag snart inte mer idag."
"Är du ok?" Han tittade forskande på mig. "Hur gick mötet i förmiddags?"
Jag berättade kort om Samis underliga beteende och hans varning till mig, som antagligen kom från Parisa och Yasin, gissade jag. "Men jag har bestämt mig för att inte tänka mer på det förrän imorgon" sa jag bestämt.
"Ok." Marko insåg att han inte skulle fråga mer om det. "Och hur går det här då?" undrade han och svepte med armen över alla saker jag dragit fram.
"Ja… Det går väl bra" sa jag försiktigt. "Lite överväldigande."
"Hur tänker du med alla prylar?"
"Vi får väl dela upp allt på något vis? Jag vill bara ha det jag behöver, inte mer."

"Ok. Men möbler, hur tänker du med dom? Fan, Emma! Det här känns helt overkligt. Här sitter vi och delar upp våra liv, som om det var den naturligaste sak i världen. Nä!" Plötsligt var Marko upprörd. Eller ledsen?

"Ja, det har gått fort" sa jag försiktigt.

"Jag vet inte ens om jag vill det här."

"Marko" sa jag mjukt. "Minns du hur du kände och tänkte när jag var borta? När du skrev brev till mig?"

"Mmm" sa Marko nästan lite tjurigt.

"Vi behöver dela på oss. Vi behöver inte avsluta vår relation för det, vi får väl se hur det känns sen när jag flyttat?"

"Jaaa... Kanske." Han lät fortfarande tveksam. "Men nu är det ju som det är" suckade han sen.

"Ska vi inte köra en myskväll? Vi behöver det efter allt som hänt."

"Ja, gärna!" Markos ansikte sprack upp i ett barnsligt leende.

"Film och chips?"

Det var vår klassiker, film och chips.

"Yes, film och chips, du väljer chips och jag väljer film!" Marko skrattade. "Ok, jag sticker ner och handlar, ska jag köpa något att käka också?"

"Vi kan väl fixa en sallad eller nåt bara?"

"Yes, jag köper nåt."

Han pep iväg och låste dörren noga efter sig. Jag tittade ut över klädhavet, kartongerna och alla saker jag ställt fram. Soffan var fylld av kläder och jag flyttade över allt till fåtöljen och byggde en gigantisk klädhög där, något jag skulle behöva ta tag i imorgon. Jag tände några ljus och skapade en liten fredad zon där vi kunde sitta sen. Sen gick jag ut i köket och plockade fram det som fanns som kunde tänkas platsa i en sallad. Marko kom tillbaka efter bara en liten stund, med ytterligare ingredienser och vi hackade och pratade, och försökte hålla oss ifrån ämnena jobb och separation. Det hade varit så snurrigt sen jag kom hem, så vi hade inte riktigt hunnit connecta med varann, men nu kändes det som om vi fick en liten bubbla av tid där vi kunde vara Emma och Marko, bästa vänner. Det kändes underbart. Marko var min bästa vän, jag sköt bort tankarna på hur det skulle bli "sedan", efter flytten. Jag fick äntligen tid att berätta lite om resan och alla fantastiska ställen jag varit på och alla människor jag mött. Marko berättade om det som hänt här hemma, mest med barnen och på jobbet. Han undvek att prata om Lina och jag undvek att berätta om Wayan. Det var för en annan dag.

Vi pratade länge och gick sen över till myset i soffan med filmen jag valt och chipsen Marko valt i en skål. Det kändes så hemma nu och lite vemodigt. Det här skulle ju snart vara borta. Gjorde jag verkligen rätt som flyttade nu? Jag sköt bort tankarna och njöt av kvällen, bubblan vi var i, allt som vi stängt ute var som bortblåst och vi var i vår trygga lilla värld där inget ont fanns. Just nu.

TRETTIOÅTTA

Den kommande veckan blev intensiv med packning, diskussioner om vem som skulle ha vad, dock fredliga såna. Jobbet lugnade ner sig, och det verkade som om Parisa och Yasins hejdukar hade annat att tänka på nu, jag hade avstämningar med säkerhets-Roger och säkerhets-Lasse, och de hade till och med någon utanför vår port ett par dagar, men allting verkade lugnt. Jag fick ett mess från Sami, där det bara stod "Cool". Jag hoppades att det betydde att jag kunde känna mig lugn.

Jag pratade med alla på jobbet och bestämde att ta några dagar ledigt, fram till dess att flytten var överstökad. Jag hade i princip jobbat under hela min resa och behövde ha mitt huvud i fred för mina egna tankar nu ett tag. Marko och jag samlade barnen och berättade att vi skulle flytta isär, tjejerna blev förvånade, men inte speciellt upprörda, de var vuxna och hade sina egna liv, och de hade ju alla redan varit med om en separation. Hampus och

Daniel erbjöd mig hjälp vid själva flytten och det tackade jag naturligtvis ja till. Marko var orolig och rastlös och försökte hjälpa till, varvat med att han höll sig helt borta från kaoset i lägenheten. Det blev middagar ute de flesta dagarna, det var för rörigt i lägenheten. Han fick repan i bilen fixad, och hyresvärden fixade dörren. Hade allt det där obehagliga verkligen hänt? Nu kändes det som en mardröm bara. Dagen för min flytt närmade sig med stormsteg. Jag skulle flytta en fredag, och Marko hade också lovat att hjälpa till. Jag hade hyrt en liten skåpbil några timmar, det var inte så himla mycket som skulle med ändå. Jag hade beställt säng från IKEA som skulle komma samma dag som jag flyttade in och det pirrade i magen när jag tänkte på min egen lilla lägenhet. Jag hade ett möte inbokat klockan 10 på fredagen för att hämta nycklarna.

Plötsligt var det torsdag, kvällen innan flytt, och Marko och jag satte oss med en tidig middag. Runt omkring oss stod flyttkartonger, soppåsar med kläder och pappkassar med böcker. Vi tittade på varann över köksbordet.

"Ja, Emma."
"Ja, Marko. Imorgon är det dags."
"Mmm. Jag känner mig helt snurrig."
Jag log. "Ja, Marko, det gör verkligen jag också."
"Du?"
"Mmm…"
"Det där med Lina…"
Ville jag höra det här? Jag bestämde mig för att låta honom prata.
"Ja?"
"Alltså… Jag tror mest det var saknad efter dig. Och kanske någon slags avundsjuka. Du var iväg och hade det underbart, jag ville väl att något kul skulle hända mig också."
"Mmm… Du behöver inte förklara om du inte vill."
"Men jag vill. Jag skäms lite."

"Nej, det behöver du inte!" Var det nu jag skulle berätta om min lilla fling med Wayan. Det kändes ömtåligt att prata om den.

"Alltså… Jag träffade också någon…" Nu var det sagt!

"Va?!" Marko såg helt överraskad ut.

"Ja, inget allvarligt…" Men när jag tänkte på det så var det någon slags träff mellan själar, så det kändes allvarligt på något vis, men det behövde jag ju inte slänga i ansiktet på Marko nu, det fann ingen anledning.

"När? Var?"

"Det var någon gång efter ditt brev, när jag var på Gili meno."

"Var det mitt fel?"

"Neeeej, det var inte så jag menade. Det liksom bara hände."

"Ok. Varför har du inte sagt något?"

Ja, varför hade jag inte sagt något? "Jag vet faktiskt inte, Marko. Det har varit så himla mycket annat sen jag kom hem."

Han skrattade sorgset. "Ja, det har du helt rätt i." Han var tyst en stund. "Jag vill fråga massor av saker, men vet inte riktig vad. Vill du berätta något?"

"Nja. Vi träffades då och då under ett par veckor bara, sen drog ju jag vidare. Vi har knappt hörts sen dess."

"Ok." Marko tittade forskande på mig. "Men det är väl inte därför du vill flytta?"

"Nej, nej! Ditt brev om att vi skulle dela på oss hade ju redan kommit och jag hade redan tänkt så." Även om det kanske blivit så tydligt när jag träffade Wayan, tänkte jag för mig själv.

"Jag är lite chockad, Emma."

"Ja, jag fattar. Jag har velat berätta, men det har liksom inte varit läge."

"Nä."

Jag gav honom lite tid att smälta det jag berättat. "Är du ok?" frågade jag efter en stund.

"Ja. Såklart. Lite ledsen."

"Ja. Du vet att du är min bästa vän, va?"

"Ja. Och du min." Vi log mot varann.

"Marko, jag tror att det kommer att bli toppen att vi bor isär. Jag känner i alla fall att allt kommer att bli mycket tydligare på något vis då."

"Ja, vi får se hur det blir, helt enkelt."

"Ja… Ska vi ta itu med det sista?"

"Yes!"

Vi plockade undan efter maten, och flyttade runt saker och kartonger så det skulle bli lätt imorgon. Marko skulle hämta bilen när jag hämtade nycklarna, Hampus och Daniel skulle komma i samma veva, och sen skulle det bära iväg. Jag hade fjärilar i magen och tänkte att jag skulle få svårt att somna. När vi till slut gick och la oss låg jag och tänkte på hur jag skulle möblera och undrade hur det skulle vara att sova själv i lägenheten första natten. Men som vanligt så somnade jag ifrån alla funderingar inom ett par minuter efter att jag lagt huvudet på kudden.

TRETTIONIO

Jag vaknade tidigt, huvudet fullt av planer redan när jag vaknade, men jag tvingade mig själv att ligga kvar i sängen med min morgonmeditation i öronen och kände hur lugnet kom till mig. Efter meditationen gick jag lugnt upp ur sängen, Marko hade inte vaknat än. Sista dagen här. Med Marko. I lägenheten. Det var en sån konstig känsla, sorg, vemod blandat med en pirrande glädje och nyfikenhet på allt det nya som jag nu stod inför. Att börja ett nytt liv vid femtiosex års ålder. Jag kände mig stolt och modig och full av kraft, som vågade följa mitt hjärta, min intuition och min glädje. Det var det viktigaste av allt, det hade jag kommit fram till. Nu skulle jag bo själv. Göra vad jag ville, när jag ville, vara fri. Markos och min relation skulle utvecklas oberoende av vårt boende, och det kändes bra. Det skulle bli bra vare sig vi fortsatte tillsammans eller inte. Jag kände mig så förankrad i mig själv, så trygg. Alla orostankar som kommit med jobbet hade blåst bort under den sista veckan, då jag fokuserat på att få ordning på vad som skulle få följa med mig eller inte. Marko kom upp, sömnrufsig, och avbröt mina funderingar där jag stod vid köksfönstret med en kopp kaffe i handen.

"Gomorron." Han gnuggade sig i ögonen.

"Hej" log jag.

"Hur känns det?"

"Pirrigt! Du då?"

"Lite sorgligt."

"Mmm." Marko skulle ju bli kvar här i allt det gamla. "Allt kommer att bli bra, Marko."

"Mmm." Han gick och tog fram en av de koppar som var kvar i skåpet och hällde upp en kopp kaffe. "Är du redo?"

"Jepp." Jag kände att jag inte kunde visa all min iver och min längtan till det nya, det skulle bara göra honom illa. "Det känns bra" sa jag bara.

Han suckade och drog handen genom håret. "Ja, det är som det är" sa han, nästan som för sig själv. Vi plockade fram bröd, smör och ost och gjorde varsin smörgås och åt under tystnad.

"Har du koll på allt med bilen" bröt jag tystnaden med.

"Jarå. Tio ska den hämtas."

"Jag hämtar nyckeln då och kommer hem och hjälper er."

"Nä, gå du direkt till lägenheten så kommer vi med första lasset."

"Första? Tror du ni måste köra flera gånger?"

"Kanske. Men din säng ska väl komma?"

"Ja, det är sant. Jag går direkt till min lägenhet." Jag rös av välbehag när jag sa "min lägenhet". Min alldeles egna lägenhet. Vilken känsla. Det var nästa som att flytta hemifrån när man var ung. Min mobil plingade till, det var ett meddelande från Klara.

Hoppas allt går bra idag.

Jag svarade att hon fick komma och kolla på lägenheten precis när hon ville.

Jag kommer i helgen skrev hon kort. Jag svarade med en stjärna. Vi fick höras mer sen.

Marko och jag plockade undan efter frukosten.

"Sista frukosten" sa Marko, lite dramatiskt.
"Ja. Men Marko, det är inte så farligt."
"Nä" svarade han, men lät inte som om han höll med riktigt.

Jag tog en snabb dusch, och packade ihop mina sista grejer i min kära rygga. Hade jag glömt något fick jag ju hämta det sen.

Vid kvart i tio gick jag iväg för att hämta nyckeln och Marko åkte för att hämta bilen.

Det gick fort att få nyckeln, jag skrev på att jag hade fått de två nycklarna som fanns till lägenheten och en liten plastbricka för att komma in i porten, även den i två uppsättningar. Jag klev ut från hyresvärdens kontor med nycklarna i handen, när en slags svindel kom över mig. Som om jag tappade fotfästet en sekund. Nu var jag helt plötsligt Emma, ensamboende på söder. Inte Emma & Marko på Kristinehovsgatan. Det kändes så befriande att inte vara en av två, utan att vara bara sig själv. Jag gick mot min port. Solen lyste försiktigt, som för att välkomna mig till allt det nya. Det var kallt och fuktigt, men det fanns löfte om våren som var på väg. Jag var snabbt framme vid porten och tog hissen upp till fjärde våningen, min lägenhet. Det stod redan Ramström på dörren. Här bodde jag nu. Jag låste med darrande hand upp dörren och öppnade den försiktigt. Snabbt klev jag in i hallen och stängde bakom mig.

Lägenheten var tom och tyst och solen sken in genom de nyputsade fönstren. Jag behöll skorna på och gick ett litet varv i den lilla lägenheten. Genast satte hjärnan igång att planera var allting skulle stå. Jag lät alla tankarna snurra som de ville, och ställde mig vid fönstret och tittade ut på den lilla innergården. Mitt place. Jag tog upp mobilen och ringde Marko.

"Hur går det?"
"Det går bra, det är en del att bära."
"Ska jag komma och hjälpa till?"
"Nä, vi kommer om typ en halvtimme kanske".
"Ok."

Vi la på. Jag tänkte att jag skulle gå ned och handla lite kaffe och småsaker medan jag väntade och begav mig ut i solen igen.

Alldeles nedanför mig låg Handlar'n, en liten livsmedelsbutik och jag gick in och plockade till mig varor helt utan sammanhang, jag hade ingen plan och ville bara köpa något för att ha något hemma. Lite frukt, kaffe, majskakor och lite annat smått och gott. Jag köpte Cola zero till killarna, det var deras favorit. Jag tog min kasse och gick hem igen. Till mitt hem. Marken gungade till igen under mina fötter. Det var verkligen som om jag för en stund tappade fotfästet, medan jag hoppade från det gamla livet till det nya. Jag gick upp och plockade in allt i kylen och i det som skulle bli mitt skafferi. Det plingade till i mobilen. *Vi drar nu*, från Marko. *Ok*, svarade jag och tog hissen ned till gatan för att låsa upp porten. Jag ställde mig mot husväggen och väntade in allt det som komma skulle. Solen värmde och allting kändes så rätt, så lätt och så härligt.

Det tog inte många minuter innan den lilla bilen dök upp med Marko, Hampus och Daniel. Lastningen hade gått bra, och nu hade vi tur och fick en parkering precis utanför porten. Tack och lov för hissen, tänkte jag när vi började lasta ur och bära upp. Samtidigt plingade det i mobilen, det var IKEA som meddelade att de var på väg. Allt på en gång. Jag log för mig själv. Allt föll på plats.

När allt var uppburet slog vi oss allesammans ned i den av sofforna som jag hade fått när vi delade upp våra ägodelar. Alla var trötta och svettiga, men också nyfikna. Både Hampus och Daniel hämtade sig snabbt och började gå runt och inspektera lägenheten. Det tog inte så lång tid. Markos såg sig värderande omkring.

"Ja, det är ju lite litet, men här får du det bra, Emma" sa han.
"Ja, det känns helt rätt just nu. Är du ok?"
"Ja, det känns lite sorgligt och jag har saker som jag vill prata med dig om sen, men vi tar det sen, när inte barnen är här."
"Ok" sa jag bara. Vad var det nu då? "Vill du stanna kvar och hjälpa till? Sängen kommer snart" sa jag och ångrade mig i samma sekund som jag sa det. Jag ville fixa själv. Tack och lov sa Marko: "Nä, jag måste iväg till jobbet en sväng, sorry. Vi kan höras lite senare. Jag sticker iväg och lämnar tillbaka bilen nu, så ringer jag när jag är klar med allt."
"Ok. Tusen tack för all hjälp, jag hade inte klarat det utan dig."
Han log. "Hej då, fina Emma."
"Hej!"

Han sa hej då till killarna, som slog sig ned i soffan igen.

"Vad fint, mamma" sa Hampus.

"Ja, jag håller med" sa Daniel, "det är nästan så man blir avundsjuk.

Jag skrattade. "Ni har det bra ni också!"

"Jaaadå" sa Hampus. Han gick ut och kollade in kylen. "Kan jag ta en Cola?"

Jag skrattade. "Ja, dom är till er."

Killarna stannade kvar en stund, och sängen från IKEA hann komma, så vi hjälptes åt att packa upp och sätta på ben och placera den där jag hade tänkt. Jag fick ändra om sen om det behövdes.

"Tack för all hjälp, fina barn" sa jag och kramade om dem, när de skulle skynda vidare till sina egna liv. De stängde dörren bakom sig och plötsligt var jag ensam. Helt tyst. Jag och mina kartonger. Jag satte mig på den nya sängen och tittade ut över alla prylar som jag skulle behöva packa upp igen. Men ingen brådska, även om jag såklart ville komma i ordning så fort jag kunde. Min lägenhet. Mitt hem. Här skulle jag ha min lilla vrå i världen, som bara var min. Det bubblade i hela kroppen av glädje och förväntan.

Jag flyttade mig till soffan och la mig och tog fram mobilen, jag skulle bara vila en liten stund, sen skulle jag ta itu med allt.

FYRTIO

Jag hade haft mobilen på ljudlöst och såg nu att både Calle, Maria och Mia hade ringt flera gånger. Vad var det på gång nu då? Jag ringde upp Calle.

"Äntligen" svarade han direkt.
"Man vad har hänt? Jag håller ju på och flyttar."
"Ja, jag vet, men vi vill informera dig om vad som händer."
"Ok?"
"Vi har ju sagt upp Omtanke & Omsorg och begärt att de återbetalar en hel del pengar, för saker vi kan bevisa att de inte har utfört, men som de fakturerat kommunen."
Jag skrattade torrt. "Ja, eftersom jag tagit fram allt underlag så vet jag det där."
Calle lät otålig. "Ja, och nu har vi fått en ÖVERKLAGAN på det beslutet från deras jurist, du vet den där snubben som dök upp

överallt i utredningen?"

"Men va? Det kan dom väl inte överklaga?"

"Vår jurist håller på att kolla på det. Men vi tänkte att det kan vara bra för dig att veta, om det nu skulle hända något mer."

"Mmm, ok, tack." Min hjärna körde igång på högvarv. "Jag tror i och för sig att de är upptagna av annat än mig nu."

"Ja, det tror jag också. Men kan vara bra att veta att processen fortsätter." Calle lät stressad. "Jag har haft kontakt med Tobbe också, du vet, i nätverket."

"Yes". Tobbe var en hängiven utredare, som jobbade mot välfärdsbrottslighet i en grannkommun.

"Omsorg & Omtanke han ansökt som utförare i deras kommun nu."

"Men SKOJAR DU?" Jag blev helt chockad. "Tror dom inte att vi pratar med varann?"

"Tydligen inte."

"Herregud alltså, vilken soppa! Jag som inte har tänkt på jobbet på mer än en vecka!" Jag skrattade. "Nu fick jag något att tänka på."

Vi la på och jag funderade en stund på det Calle berättat. Jag messade Mia och Maria att jag hade pratat med Calle, så de inte skulle behöva jaga mig mer. Det här var information som jag för en dryg vecka sen inte kunnat släppa, men nu när jag varit ledig ett tag kände jag att jag kunde lägga den åt sidan, nästan på en gång. Jag ville tänka på mitt nya liv och min nya lägenhet. Jag funderade lite på om jag skulle fortsätta att jobba med välfärdsbrott, eller om jag skulle ge mig in på något annat nu. Jag började klicka mig fram i mobilen och se var allt klickande skulle leda mig. Det dök, som vanligt, upp en massa reklam om utbildningar och online-kurser och coacher som ville utveckla en. Jag kanske skulle hoppa på något helt nytt? Jag hade ju hållit på mycket med personlig utveckling, jag kanske skulle gå djupare på det spåret?

Allting var möjligt just nu, i det här ögonblicket. Nu skulle jag skapa ett nytt liv, en ny Emma. Uppdraget som jag hade just nu var snart slut och jag skulle behöva hitta ett annat eller göra något helt annat. Ett helt nytt liv på alla sätt. Marko dök upp i tankarna, han fick vara där så länge, jag visste inte hur det skulle gå med oss, men han fanns ju kvar hur som helst.

Jag reste mig från soffan med alla tankar snurrande i huvudet och började plocka bland alla prylar. Jag började i köket för att bli av med alla kartonger med köksprylar, det gick ganska fort, bara man kom igång. Jag åt lite frukt, och fortsatte sen in i det kombinerade sovrummet och vardagsrummet och flyttade runt saker ungefär som jag hade tänkt mig. Det skulle bli så mysigt! Som tur var fanns det en stor garderob och jag hade med mig min byrå, så jag kunde packa upp kläder och prylar. Skrivbord och stol skulle jag försöka köpa i helgen eller nästa vecka.

Marko ringde vid fyratiden och undrade om han kunde komma över. Han lät allvarlig och lite sorgsen. Vi kom överens om att han skulle köpa med sig sushi, och jag fortsatte att plocka undan. Marko messade när han kom, jag hade inte förstått mig på porttelefonen ännu, så jag fick gå ner och öppna porten. Han gav mig en snabb kram. Vi tog hissen upp under tystnad, det var något nervöst över honom, vad var det som var på gång?

Vi ställde in sushin i köket och gick och satte oss i soffan. Marko såg sig nyfiket omkring.

"Du börjar redan komma i ordning ser jag."
Jag skrattade. "Ja, du vet hur jag är, svårt att bara göra ingenting liksom."
"Ja, du, Emma…" suckade Marko och såg på mig med en närvaro som inte riktigt var lik honom.
"Ja…" Jag visste inte vad jag skulle säga. Jag kände hur Marko

liksom tog sats inför det han skulle säga, och sen kom det: "Jag har funderat så mycket. På oss. Och försökt känna efter. Det har varit snurrigt med din resa, din hemkomst, ditt jobb och alltihop. Livet."

"Mmm."

Han fortsatte. "Jag vet ju vad jag skrev när du var borta, att vi skulle separera. Och jag vet vad jag kände när du kom hem, en sån lättnad, vardag, vanligt. Då ville jag ha kvar dig. Och så flyttar du helt plötsligt, utan att vi ens liksom har bestämt hur det ska bli med oss."

"Ja." Jag kände mig skyldig som var så rörig och gav Marko sånt huvudbry.

"Jag vill inte stressa in i något beslut eller så, men jag tror att jag, för min egen skull, måste sätta nån slags punkt nu."

Jag tittade på honom. "Menar du att vi ska göra slut?"

"Ja."

Jag smälte informationen. Det var ju inte oväntat, men ändå var det det. Jag visste inte vad jag skulle säga, och det sa jag också.

"Jag vet inte vad jag ska säga, Marko."

"Men vad känner du?"

"Jag fattar dig! Jag har varit hit och dit och är så mån om min frihet. Och vi har ju egentligen inte pratat klart om nånting…"

"Nä… Det har varit en så konstig situation. Och så Lina…" sa han och såg ut att skämmas lite, men tillade: "…och din snubbe på Gili-öarna."

"Mmm." Jag påminde honom inte om Wayans namn. "Jag tror att du har rätt, Marko. Att vi ska göra slut."

Vi studerade varann. Även om beslutet var gemensamt, så var det ju ett sexårigt förhållande som tog slut. Sorgligt på något vis, även om jag var så glad för min nystart.

"Men du är ändå min bästa vän" la jag till.

Han log. "Och du min."

Vi gick ut i köket och hämtade sushin. Eftersom jag inte hade något köksbord ännu så fick vi sitta i soffan och käka.

"Hur känns det med lägenheten?" undrade Marko medan han tuggade i sig sin California roll.
"Alltså, det känns underbart! Precis vad jag behöver just nu, tror jag."
"Ja, jag tror också det. Du behöver flyga fritt ett tag."
Ja, exakt så kändes det. Jag skrattade. "Du känner mig så väl, Marko."
"Jepp. Vad är det första du ska göra i läggan nu då?"
"Köpa köksbord och skrivbord och stolar. Sen klarar jag mig ett tag, tror jag."
"Tv?"
"Ja, kanske en tv också."

Vi småpratade, och det kändes så mysigt att ha sin första gäst i lägenheten. Men det var ju fredag och Marko skulle ut och träffa några kompisar, så han började samla ihop sig för att gå. Och jag skulle bli ensam kvar. Det var ovant, men jag kände mig så nyfiken på vad som skulle komma, och så fri.

Jag bäddade min nya säng och tog min första dusch, när jag efter mycket letande hade lokaliserat handdukskartongen bland alla kartonger. Sen kröp jag ned i sängen med datorn på magen. Jag skulle kolla lite mail och sen kolla på något på Netflix.

Jag bläddrade igenom mailen, det var en del, eftersom jag varit helt ledig mer än en vecka. Jag hajar till när jag ser ett mail från Sami. Vad kan det vara nu då? Jag klickar snabbt upp det och ser att det är nästan en vecka gammalt.

*Emma. Minns du vad jag sa sist vi sågs? Om makten som de har? Om du
ska jobba vidare med det du jobbar med ska du veta att den makt jag
pratade om inte bara gäller det företag som du granskat. Det finns fler. Båda
i samma bransch och i andra. Be careful! De har ögonen på dig. Och de har
alla verktyg som finns i verktygslådan för att åtgärda problem, if you get my
point? Jag kommer inte att kontakta dig något mer, jag har hamnat i kläm
mitt emellan och kommer att flytta från Stockholm ett tag. Men nu vet du.
Du har varit schysst mot mej, så jag vill vara schysst mot dej. Ciao!*

What? Vad var detta nu? Menade han att Parisa och Yasin skulle
ha ögonen på mig om jag fortsatte att jobba med utredning av
välfärdsbrott? Att de hade sina tentakler ute nu? Jag som hade
trott att allt var helt lugnt nu. Åh, vad tröttsamt! Skulle jag låta
några kriminella påverka vad jag jobbade med och vilka uppdrag
jag skulle ta i framtiden? Jag klev upp ur sängen och gick ut i
köket och kikade ned på den lilla innergården. Kunde de ha koll
på att jag flyttat? Jag trodde inte det och jag kände mig helt safe
här, men man visste aldrig. Det var helt lugnt och fridfullt ute, inte
en själ i sikte. Jag gick snabbt tillbaka till den uppvärmda sängen
igen. Jag vidarebefordrade mailet till Calle och la till en fråga: *Vad
gör jag nu?*

Det fanns andra mail som rörde Parisas och Yasins företag och
den process som nu påbörjats. Jag hade ju inte något att göra med
det längre, utan skulle bara vara beredd att ta fram underlag om
det behövdes, och eventuellt kunde det bli aktuellt att jag skulle
vittna, men det skulle ju inte bli på länge än. Jag fick fundera på
hur jag skull gå vidare, men det behövde jag ju inte göra idag. Jag
undrade om Marko var i någon slags riskzon, men det kunde
vänta tills imorgon. Nu skulle jag kolla på någon dålig serie och
bara vila.

FYRTIOETT

Att vakna upp ensam på ett nytt ställe. Det var något av det bästa jag visste. Jag smög försiktigt upp i halvmörkret och tittade ut genom fönstret, mitt fönster. Jag såg mig omkring i flyttkaoset i lägenheten. Mitt lilla universum. Jag kände mig som en tonåring som flyttat hemifrån, inte som en femtiosexårig kvinna som lämnat sin man. En liten sorg drog förbi. Marko. Fina Marko. Nu var det inte vi längre. Jag hade lämnat min bästa vän Marko. Jag lät sorgen vila i mig och bekantade mig med känslan. Den skrämde mig inte. Jag hade själv valt det här och hade vetat att det skulle bli en sorg att lämna Marko. Men längtan efter frihet och nyfikenheten på vad som väntade var så mycket större än rädsla för sorg. Jag var inte rädd! Jag log för mig själv. Jag var faktiskt inte rädd. Jag såg framåt med nyfikenhet, glädje och stor förväntan. Vad skulle komma härnäst, vad skulle jag hitta på? Jag smög ut på toaletten, där fanns bara en handduk, en tvål, min tandborste och en tandkräm. Jag såg mig i spegeln. Femtiosex år och fågelfri, hur såg jag ut då? Jag log igen, jag såg ut precis som igår. Fortfarande brunbränd och glad. Tyst smög jag tillbaka till sängen och kröp ned under mitt fluffiga täcke. Jag lyssnade på huset och de svaga ljuden från grannar som vaknade.

Jag hade rest runt i nästan ett halvår, träffat fantastiska människor, varit på helt magiska platser och upplevt underbara saker. Ändå var det här, under täcket i en liten, liten lägenhet på söder, en gråmulen aprilmorgon som jag skulle landa. Det var här mitt nya liv började. Resan hade gett mig styrkan att fatta beslut, vetskapen att jag klarar mig själv och den starka längtan efter att vara helt fri och oberoende. Jag visste nu att jag alltid skulle ta mig tid att lyssna inåt innan jag fattade någon form av beslut, och att jag helt litade på mig själv och min intuition. Den här känslan som hade dykt upp, känslan av att tiden var begränsad, att livet var så oerhört värdefullt och att varje minut var viktig, hade överrumplat mig, men jag hade bestämt mig till hundra procent att följa det som mitt hjärta ville. Så här låg jag nu. Ensam och förväntansfull. Jag tänkte på all rikedom jag hade, barnen, Marko, som fortfarande var min bästa vän, lägenheten, vännerna, alla saker, jag hade allt jag behövde och lite till. Ett roligt och spännande jobb, ett eget företag, där jag själv kunde bestämma vad jag skulle göra härnäst. Jag översköljdes av tacksamhet och ödmjukhet för allt det goda i världen.

Tankarna på jobbet flimrade förbi. Jag skulle jobba på, fortsätta med nästa företag och avsluta det här uppdraget. Samtidigt skulle jag fundera på vad jag skulle ta mig för efter det. Jag hade bestämt mig för att jobba vidare med min egen personliga utveckling på något sätt, jag ville upptäcka alla de hemligheter som universum hade, eller i alla fall så många som möjligt, så länge jag kunde. Livet var så stort, så ljust, så mycket och allting var tillgängligt bara man öppnade upp och släppte taget om allt gammalt.

Idag var början på mitt helt nya liv! Jag satt mig upp, tog fram mobilen och öppnade text-appen och skrev *Jag ska inte vara rädd! Jag ska utföra mitt jobb på allra bästa sätt.*

Det kändes skönt, som att jag bekräftade att jag inte skulle råka ut för något. Jag skulle inte låta hoten från Parisas och Yasins håll oroa mig det minsta. Jag skulle meddela Sami att jag inte jobbade med företaget längre, den juridiska processen fick fortsätta utan mig, jag hade gjort mitt och hittat de hål där pengar strömmade ut från välfärdssystem in i de kriminella organisationerna. Det var inte mitt jobb att täppa till hålen, det överlämnade jag åt andra. Jag skulle fortsätta med mitt uppdrag som jag tyckte var viktigt och roligt, och där jag dessutom hade bra kollegor.

En grå lördagsmorgon i april på Heleneborgsgatan var en morgon för beslut, nystart och lugn. Jag kände mig verkligen lugn mitt i allt som spirade i mig. Nu kom min tid! Nu var det dags att följa allt jag kände för, äventyret började NU!

Jag log, tog på mig sockor och en fleece och gick upp och satte på vatten till mitt snabbkaffe. Jag slog mig ned i köksfönstret och drack kaffet medan jag kikade ut över innergården.

Allt föll på plats.

Här är jag.

Jag är Emma, femtiosex.

Singel, egenföretagare och äventyrare.

Redo för nästa äventyr!